安妮·普鲁文集

March 6 '05

Nice day. Drove over to Bird Cloud. Spent hours looking at everything on south side.
There was one visible TA cow on north shore. Must have
  a) broke through fence somewhere
  b) climbed down into ditch (dry at this time of year) and up the other side.
  c) somebody left TA gate open?
How do we solve this problem? Put something in ditch for necessary period & remove when water comes?

First thing that met my horrified eyes was the spruce tree Daryl James planted at entrance — utterly stripped. About 8 trees and shrubs damaged by porcupines). Called Daryl J. but he was in Denver. His mother said "porcupines are very agile." Next day Daryl called after examining the damage. He says they are forcing in under the fence and that the damage all looks recent. He & Dave will pay a visit at dusk and see if they can get the bangsters. He suggested I get my porcupine recipes ready. I thought Ashbury-Sater did have porcupine recipes — a game cook book that recommends skunk, woodchuck & crow is pretty all-embracing — but they gave NO porcupine recipes. They did briefly detail Indian way of looking with porcupines: (Presumably gut first? Or after singeing?)
  1. Remove useful quills for grillwork
  2. Singe off hair
  3. Prepare favorite style

and did I see a prairie dog on Olsen's side of fence on lower section?

Saw many birds: 5 bald eagles flying off west end of cliff
                 2 goldens   "   " east "   "
                 1 harrier cruising Olsen's strip
        In water: many Canada geese, 10 mallards, 6-8 buffleheads,
                 3 mergansers, and, at east end between my line &
                 Foote fishing access 2 common loons. A big
                 goldeneye glided into a tree not far from the loons and sat
                 waiting for one of them (perhaps) to swim under the tree
                 and be nabbed.

Walking back I could see up where channel mouth opens to river island two bald eagles standing argravel bar? in the river up to their ankles, obviously fishing.

March 6 '05

Nice day. Drove over to Bird Cloud. Spent hours looking at everything on south side.
There was one visible TA cow on north shore. Must have
  a) broke through fence somewhere
  b) climbed down into ditch (dry at this time of year) and up the other side.
  c) Somebody left TA gate open?
How do we solve this problem? Put something in ditch for necessary period & remove when water comes?

First thing that met my horrified eyes was the spruce tree Daryl James planted at entrance — utterly stripped. About 8 trees and shrubs damaged by porcupines). Called Daryl J. but he was in Denver. His mother said "porcupines are very agile." Next day Daryl called after examining the damage. He says they are forcing in under the fence and that the damage all looks recent. He & Dave will pay a visit at dusk and see if they can get the bangsters. He suggested I get my porcupine recipes ready. I thought Ashbury-Sater did have porcupine recipes — a book that recommends skunk, woodchuck & crow is pretty all-embracing — but they gave NO porcupine recipes. They did briefly detail Indian way of dealing with porcupines: (Presumably gut first? Or after singeing?)
  1. Remove useful quills for grillwork
  2. Singe off hair
  3. Prepare favorite style

and did I see a prairie dog on Olsen's side of fence on lower section?

Saw many birds: 5 bald eagles flying off west end of cliff
               2 goldens   "   " east "   "
               1 harrier cruising Olsen's strip
   In water: many Canada geese, 10 mallards, 6-8 buffleheads, 3 mergansers, and, at east end between my line & Foote fishing access 2 common loons. A big goldies? glided into a tree not far from the loons and sat waiting for one of them (perhaps) to swim under the tree and be nabbed.

Walking back I could see up where channel mouth opens to river two bald eagles standing (on island/exposed bar?) in the river up to their ankles, obviously fishing.

安妮·普鲁
文集 | 10

鸟之云

[美]安妮·普鲁／著　　陈雍容／译

BIRD
CLOUD

Annie
Proulx

人民文学出版社

著作权合同登记号　图字 01-2022-2046

BIRD CLOUD
by Annie Proulx
Copyright © 2011 by Dead Line, Ltd.
Published by arrangement with Dead Line, Ltd. c/o
Darhansoff & Verrill Literary Agents
through Bardon-Chinese Media Agency
Simplified Chinese translation copyright © 2025
by People's Literature Publishing House Co., Ltd.
ALL RIGHTS RESERVED

图书在版编目（CIP）数据

鸟之云／（美）安妮·普鲁著；陈雍容译. -- 北京：人民文学出版社，2025. -- （安妮·普鲁文集）.
ISBN 978-7-02-019054-6

Ⅰ. I712.65
中国国家版本馆 CIP 数据核字第 2024BC7139 号

责任编辑	翟　灿
装帧设计	李思安
责任印制	王重艺

出版发行	人民文学出版社
社　　址	北京市朝内大街166号
邮政编码	100705
印　　刷	三河市中晟雅豪印务有限公司
经　　销	全国新华书店等
字　　数	150千字
开　　本	850毫米×1168毫米　1/32
印　　张	8.375　插页2
印　　数	1—5000
版　　次	2025年1月北京第1版
印　　次	2025年1月第1次印刷
书　　号	978-7-02-019054-6
定　　价	55.00元

如有印装质量问题，请与本社图书销售中心调换。电话：010-65233595

"惟有泥土与天空最重要"

——读《鸟之云》

我一直都很喜欢美国作家安妮·普鲁。原因很简单,她是我最想成为的那种作家。我受到真正意义上的文学启蒙很晚。待我经由广泛阅读,了解到自身写作条件的局限之后,2020年我读完了《树民》的中文版。很难形容当时的心灵感受。我只是想,如果有生之年,通过努力我能写一部这样的作品,那就此生无憾了。

安妮·普鲁出生于1935年。53岁时,她才发表第一部短篇小说集《心灵之歌及其他》[①](1988),可谓大器晚成。安妮·普鲁的父系(家族)是加拿大魁北克移民,母系则可追溯到康涅狄格州最早的英国移民,被她视作"定居新英格兰的近四百年时光沉淀出了一种罕见的香料"。在语言上,她从小受到父亲作为法裔加拿大移民的熏陶,加之硕士和博士均就读于加拿大魁北

---

① 即人民文学出版社2021年出版的《心灵之歌》。——编者注

克法区蒙特利尔市,自带的双语环境和多元文化的历史冲突给与她写作和研究的土壤。能够写作《树民》这样的长篇巨著,显露出安妮·普鲁对不同地域的伐木业、航海业、渔场、畜牧业及世界贸易的知识积累和深邃洞见,这可能和她早年的成长背景和长期高度关注的领域有关。亦有研究者提及,安妮·普鲁的文学方法受到法国年鉴学派的影响甚深。年鉴学派在20世纪50年代后期,慢慢渗透至欧洲及美加等国。年鉴学派强调地理因素对人类活动的限制作用,并把生态环境作为人类社会的一个系统引入了历史研究领域。落实到文学创作层面,地理空间与人类心灵生活的内在联系,是安妮·普鲁小说的重要特征。有两部研究资料可以帮助我们理解安妮·普鲁作家生涯的养成及其文学成就。一部是2001年出版的《理解安妮·普鲁》(*Understanding Annie Proulx*),以个人生活传记的形式对安妮·普鲁的生平与创作历程进行介绍,后来被许多研究者引用。另一部是2010年出版的《安妮·普鲁的地域想象:重构地方主义》(*The Geographical Imagination of Annie Proulx: Rethinking Regionalism*),赋予了安妮·普鲁的作品以新地域主义及生态环境叙述的解读视野,后来成了中国读者理解她作品的主流路径。

感性地来看,在五十多年的前半生中,安妮·普鲁其实过得很动荡。童年时,她随着父母的生计不断搬家。我们在《鸟之云》的开篇,就能读到安妮·普鲁的生涯起点。她猜测"我们频繁搬家的一大原因是父亲执着地想要摆脱他的法裔加拿大人背景……他和他的家族一直饱受种族歧视之苦……法裔美国人是一群无根之人"。成年后，她不断地求学，又不断地因经济原因辍学。直至博士研究中断后，安妮·普鲁移居美国怀俄明州一个偏远的乡村，在荒野中、从自然中汲取各种原始生存的宝贵经验，包括畜牧、钓鱼、种植，等等。这些具体的生活技能，不仅成了安妮·普鲁小说中人物的生活场景，也成了她结构小说的纲目。如果读过《船讯》，就会发现这部小说的每个章节，居然是由不同的绳结打法来挈领的。而《近距离》①中多次写到惊悚的"阉牛"意象，可能是她长期在农场畜牧劳动的观察经验所得。边念书、边打工，边结婚，又数次离婚，中年的安妮·普鲁靠当自由撰稿人、新闻记者的工作维持生计，独立抚养三个儿子。

在《心灵之歌及其他》问世后短短几年时间，安妮·普鲁凭借长篇小说《明信片》（1992）、《船讯》（1993）拿下福克纳小说奖、美国国家图书奖、普利策奖等重要奖项。《船讯》还曾被改编成电影，由凯文·史派西、朱丽安·摩尔、凯特·布兰切特等大明星出演。1999年，安妮·普鲁的短篇小说集《近距离：怀俄明故事》出版，十三篇小说的合集中，收入了后来李安导演改编电影的同名小说《断背山》（2005）。"怀俄明故事"系列对当代媒介文化的影响还不止于此，《近距离》中的另一篇故事《脚下泥巴》，与2021年获得奥斯卡金像奖提名、威尼斯电影节金狮奖

---

① 即短篇小说集《近距离：怀俄明故事》，人民文学出版社以《断背山》为书名出版并收入"安妮·普鲁文集"。——编者注

提名、金球奖最佳剧情片的《犬之力》，亦有难以撇清的渊源关系。《脚下泥巴》的男主人公戴蒙德几乎是电影《犬之力》中"卷福"所扮演的牧场主菲尔·伯班克的原型，他们对西部牛仔"男性气质"外观偏执的追求（"他学会双腿外开的走路姿势"）和对内在女性倾向的焦虑和恐惧（戴蒙德幼年乘坐旋转木马时，拒绝乘坐有着丰满臀部的木马，而选择黑色公牛），最终幻化成了新西兰女导演简·坎皮恩以柔制刚、解构有毒男性气质的视听媒介。与新世纪女性导演的锋芒不同，在小说世界里，安妮·普鲁对类似话题的处理要柔和一些。她只是婉转表达了一件事：这样的人（驯服这样的对象）已经过时了。"过时"并不可笑。相反"过时"意味着破解禁忌后的心灵自由。牛仔们（杰克和恩尼斯）只有掉出读者和观众的期望之外，才能自由地"骑马远赴大角山脉、药弓山脉，走访加拉廷山脉、阿布萨罗卡山脉、格拉尼茨山脉、奥尔克里克等南端，也到过布里杰—蒂顿山脉，弗黎早、雪莉、费里斯、响尾蛇等山脉，到过盐河山脉，多次深入风河区，也去过马德雷山脉、格罗文特岭、沃沙基山、拉勒米山脉，却从未重返断背山"。每次读到这里，我都感到震颤动容。这些陌生的山脉，我可能永远都不会去到。甚至安妮·普鲁未曾书写它们的话，我都不知道世界上有这些地方。这些山脉是什么呢？我猜想山脉就是血脉和心脉。山脉的荒僻和私密，宛若心灵的幽深曲折。他们彼此识别、彼此游历，才得以找到最最安全的地方，在天地间、以心灵之声，对唯一的人说出唯一的话："要是我知道怎么戒掉你就好了。"

安妮·普鲁对托马斯·萨维奇所创作的《犬之力》夸赞不已,尤其是对托马斯·萨维奇力图重构西部牛仔形象的努力十分赞赏。正如《断背山》故事所隐隐渗透的瓦解能量,传统西部牛仔(cowboy)刚毅、乐观、幽默的正面形象,在20世纪60年代以后,逐渐成为单一的消费符号。真正的牛仔是有血有肉、有隐私有恐惧的真实人类,他们有自己的苦恼、失落和难言之隐,反而是不被西部以外的观众所接纳的。《犬之力》的电影改编及上映过程,安妮·普鲁都曾参与。在接受媒体采访时,她回溯道,"我能从欧文·韦斯特的作品看出,它(西部小说类别)是一直发展的。他于1902年写出了《弗吉尼亚人》。这部作品为西部怀俄明州的牛仔文学树立了典范……在1960年代,有一位来自得州的年轻作家拉里·麦克穆特瑞(曾任电影《断背山》的编剧)写了一部精彩的西部三部曲,故事均发生在一个虚构小镇塔利亚,包括1961年的《骑士路过》、1962年的《离开夏延》,以及1966年的《最后一部电影》。这个过程十分重要,不仅是对托马斯·萨维奇,对我来说,抑或是对那以后所有出版的西部小说来说都很重要。拉里·麦克穆特瑞打破了传统的高尚牛仔范式……与韦斯特笔下的弗吉尼亚人恰恰相反。"在谈到托马斯·萨维奇始终无法广受欢迎时,安妮·普鲁说得非常动情。她猜想,在当代仍有相当多的美国读者更喜欢欧义·韦斯特的牛仔神话,因为那种英雄主义是美国拓荒精神的一部分。无论是以性向还是以其他文学方式解构这种精神,都会遭遇大众文化接受面的冷遇。这可能也是安妮·普鲁身在美国西部小说传统中，对文学和社会变迁复杂性的理性判断。

这段采访给我很大启发。安妮·普鲁的贡献可能不只是西部小说创作层面的。许多人都不知道，安妮·普鲁在1960年代还曾写过几篇科幻作品。此外，她还有丰富的非虚构写作经验，支撑她度过了成名前的艰苦生活。在她的研究论文《危险之地：美国小说中的风景》（Dangerous Ground: Landscape in American Fiction）中，她以创作者的思维方式论述了风景写作与美国文学的关系。论文开篇就引用评论家James Stern（詹姆斯·斯特恩）在1948年第一次阅读澳大利亚作家Patrick White（帕特里克·怀特）的作品时提到的观点："我从未去过澳大利亚，但这部作品中的散文描述，以其巴洛克式的丰富性、可塑性和丰富的奇异符号，使一个未知之地的风景如此真实。"我没有去过美国，对美国的地理及文化的了解同样来自优秀作家的文学建构。好的作家，足以为跨文化的读者命名自己的家乡。那么，怀俄明州是一个怎样的地方呢？如果我们打开美国地图的话，可以看到它位于美国西部落基山区。州轮廓近似正方形。北接蒙大拿州，东界南达科他和内布拉斯加州，南邻科罗拉多州，西南与犹他州毗连，西与爱达荷州接壤。首府夏延，也就是安妮·普鲁小说中经常出现的地景，位于怀俄明州东南角。怀俄明州的州名来自印第安语，其含义是"大草原"或"山与谷相间"。童年时，安妮·普鲁随家人迫于生计游遍了近半个美国大陆，曾在美国缅因州、佛蒙特州、怀俄明州等多个地区生活，我们在"怀俄明故事集"中可以看到她观测的足迹和不同地方糟糕的天气。许多故事主人公都曾举家迁徙、艰难谋生，不仅要与沙尘暴、干旱、低温搏斗，还要忍受孤独与无常。

在一篇名为《身居地狱但求杯水》的小说中，安妮·普鲁隐于叙事者的身份，沉浸式体验着天、地、人之间的神秘联结，可见在山与谷之间，人类活动不仅是渺小的，更是朝来暮逝的、不可靠的。生生世世的更迭中，自然之力会让沉静的人心生虔敬，无论是经由无情和暴力，还是经由温煦的照拂，人的力量都不足以与危险冷漠的大地抗衡：

> 站立此处，双手抱胸。云影如投影般在暗黄岩石堆上奔驰，撒下一片令人晕眩的斑驳大地疹子。空气嘶嘶作响，并非局部微风，而是地球运转产生的暴风，无情地横扫大地。荒芜的乡野——靛蓝而尖突的高山、绵亘无尽的草原、倾颓的岩石有如没落的城镇、电光闪烁，雷声滚滚的天空——引发起一阵心灵的战栗。宛若低音深沉，肉耳无法听见却能感受得到，宛若兽爪直入心坎。

> 此地危险而冷漠：大地固若金汤，尽管意外横祸的迹象随处可见，人命悲剧却不值一提。以往的屠杀或暴行，意外或凶杀，发生在总人口三人或十七人的小农场或孤寂的十字路口，或发生在采矿小镇人人鲁莽的房车社区，皆无法延误倾泻泛滥的晨光。围篱、牛群、道路、炼油厂、矿场、砂石坑、交通灯、高架桥上欢庆球队胜利的涂鸦、沃尔玛超市卸货区凝结的血块、公路上日晒褪色的悼亡魂塑胶

花环，朝来暮逝。其他文化曾至此地扎营片刻，随即消失。惟有泥土与天空最重要。惟有无止境重复倾泻泛滥的晨光。你这时开始明白，除了上述景象之外，上帝亏欠我们的并不多。

（宋瑛堂译）

"惟有泥土与天空最重要"，这是安妮·普鲁的世界观。正因为她了解面对大自然时人类的脆弱和无力感，"建造"这件事才显露出鲜明的精神特质，尽管近二十多年来，外部世界包括文学领域也发生了不少变化。2009年，收入论文集《地域主义与人文科学》(*Regionalism and the Humanities*)中的《危险之地：美国小说中的风景》一文里，安妮·普鲁亦谈到了关注风景写作的非虚构作家。安妮·普鲁清晰地论述了 Rachel Carson（蕾切尔·卡逊）、Edward Abbey（爱德华·艾比）的创作，并总结道："1970年代标志着风景写作和地方叙述的主要文体，开始从长篇小说转向散文和非虚构。在这些非虚构作品中，风景是可塑的、脆弱的、受损的和濒临灭绝的。与此同时，虚构则走上了一条更窄的路径，去探索个人的内心景观和家庭，外部的世界似乎越来越无关紧要。"直至她观察到在美国当代作品中，风景描写几乎失去了原有的地位，也失去了流动性的表达，文学作品中地方性的危机由此呈现。在这一背景之下，我们再打开安妮·普鲁2011年写作的《鸟之云》，便能更好地理解她为什么会在功成名就后，开始创作这部回忆录形式的非虚构作品。

《鸟之云》的叙事主线，是安妮·普鲁决定在怀俄明一处土地上修建自己"梦想之屋"的过程。女人与房子，会让人联想到另一个文学脉络的观察点。但显然，安妮·普鲁的世界更为广袤。通过确定居住空间，她回忆了自己的童年和家族史，从第一座与家人生活的房子，到因不断搬家经历过的每一处居所（房主包括波兰人、爱尔兰裔兄弟会成员、德国前战俘、纽芬兰渔民等）。经由这迁徙的逻辑，安妮·普鲁试图爬梳出个体复杂血统的来源及其与美国开拓史的关系。也是经由修缮小屋的过程，安妮·普鲁以非虚构的形态，更肆意地展示了她的文学兴趣，包括地理环境、地质形态、鸟类生活习性和土著印第安人被美国政府掠夺家园的过程。有趣的是，阅读《鸟之云》解答了许多我对《树民》的困惑。《树民》讲述的是两名法国白人在殖民扩张的浪潮中来到北美的原始森林开拓未来的故事，涉及西方殖民背景下两个家族整整七代人的发展历程，尤以法国定居者和印第安人对自然世界的看法差异，令我印象深刻。我一直想知道，《树民》中类似阿凡达故事般的印第安史诗是怎么写成的，《鸟之云》中镶嵌在"梦想之屋"建造过程中的个人回忆录部分，则解释了安妮·普鲁追溯家族族谱时复杂艰辛的写作准备。安妮·普鲁的买房、建房过程和在城市里完全不同，没有现代服务业，充满了波折和挑战。她必须依循大自然的规定，且接受恶劣天气变化造成的延误。植物、动物、工人们都会造成混乱，但安妮·普鲁始终不屈服于现代文明规训的便利，这令她吃尽苦头。

安妮·普鲁从中汲取的能量，远超盖房子这件事本身，是她理解人类文明的路径："鸟之云完工之后，随着我在这栋房子里安顿下来，我发现欧美人把时间分为五天工作日和两天周末的做法在我这里崩塌了。我开始更强烈地意识到季节变迁、动物活动和植物习性，也能够借助思考去想象印第安人的世界中时间的不同形态。"

最后房屋建成时，因冬季暴风雪会堵塞道路，安妮·普鲁甚至不得不放弃常年在此居住的想法，这也很像她写过的一些小说。有读者批评《鸟之云》写得枯燥冗长，殊不知写作准备本来就是如此，历经千难万险，差点功亏一篑，留下的那些成品，是作家精心裁剪、提炼的精髓，隐去了失败的过程。我欣赏安妮·普鲁的思维方式，有如欣赏她在小说世界"自力更生"的建构能力，这确实是小说编织和推进的坚实道路。例如《树民》由两个伐木工人引出的不同产业，其中一个人成功将兽皮贩卖到中国，他开始意识到，不得不经过原住民狩猎而成的加工行业远不如伐木业成本低。于是他便很有野心地想把木材卖到中国，从而一定要建立航运、港口。建港口就要与政客打交道。有了产业，就迫切要生孩子。没有孩子就先领养孩子，投注继承人……每一个解决问题的思路，都是桥梁，桥接的是历史、时间、人的野心，也是人类与自然博弈的过程。《鸟之云》无非是把一位优秀艺术家造梦的现实手段，真切地袒露了出来。我们阅读这本书，有如阅读一位奇奇怪怪的朋友决定做一件奇奇怪怪的事，这件事多么麻烦和辛苦啊，但她却乐在其中。就连困难和挫败，都仿佛能成为她的观察定点，协助她考察挫折的过程，就仿佛在上一门历史课、地理课、动物学课、人类学课。

我想起《鸟之云》"后记"中最后一段话："突然，那只新来的雕腾空而起，朝西边飞去，孤雕也追随而去。我以为雌雕不喜欢这个地方。但在第二天早上，河边的树上停着两只雕。在这个季节建立家庭已经太晚了，心之所望要推迟实现，对野生动物来说也是常有之事。"安妮·普鲁不是一无所获，虽然失去了鸟之云的冬季，但她还有鸟之云的早春。虽然鸟之云不是她梦想中的那个最后的家，但她拥有建造它的意识过程。她还有丰沛的写作热忱和用不完的技巧，来帮助她落成那些现实世界的爱与遗憾。

张怡微
2024年4月

目 录

第 一 章　通向鸟之云的小路 …………………… 1
第 二 章　一码布 …………………………………… 17
第 三 章　扭叶松和我的那些房子 ……………… 41
第 四 章　如坠冰窟 ……………………………… 61
第 五 章　詹姆斯帮 ……………………………… 77
第 六 章　起风了 ………………………………… 105
第 七 章　细节，细节，还是细节 ……………… 125
第 八 章　鸟之云的曲折过往 …………………… 147
第 九 章　"……所有挂着珠子的，所有戴耳环的，
　　　　　翼羽饰在侧边弓弦的……" …………… 173
第 十 章　鸟之年 ………………………………… 201

后记 ………………………………………………… 243

理想之家的 A、B 面（译后记）………………… 245

献给设计它的哈里·蒂格
给建造它的詹姆斯帮
以及发掘它的杜德利·加德纳

……一道很特别的维也纳香肠，一头热得咝咝作响，另一头却还冻着——这是香肠在高海拔地区不导热的绝佳例子。

——H.W. 蒂尔曼

第一章

通向鸟之云的小路

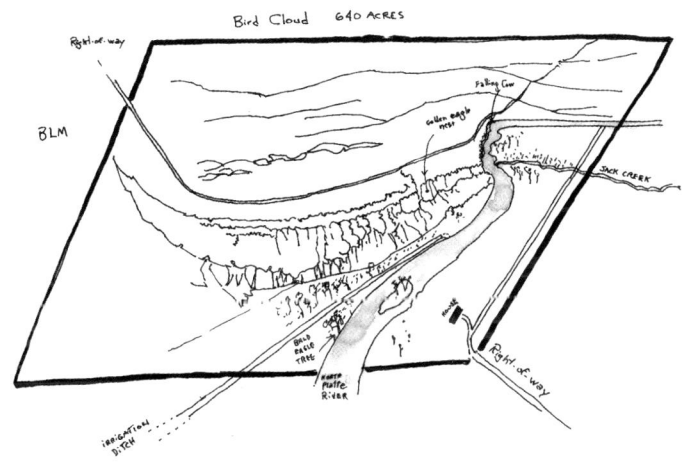

·2005 年 3 月·

眼前的景色灰蒙蒙的，有奶牛零星点缀其间。我开车穿过一片平坦的牧场，行驶在县道上。路不太规整，基本上是土路，护路的碎石早被飞驰而过的卡车挤到了沟里。道路两侧有板结的轮胎印子，胎痕穿过泥地，一直延伸到三齿蒿树丛里——这是有人在这个偏僻的地方经营牧场的痕迹。还没到长草的季节，

1

牧场主们仍在往外放草料。偶尔会出现一溜绿色的苜蓿随风翻滚，就是这个沉闷世界里唯一的颜色了。奶牛们依牧场主设定的路线排好，低头扒拉着浅色的干草。

路面白中泛青，蜿蜒曲折，像条被翻过来的露出肚皮的蛇。两侧道沟的颜色和蒙在三齿蒿和金花矮灌木上的土一样，灰扑扑的。道沟壁斜堆着粉状的泥块，仿佛在告诉人们"离这里不远处曾经是火山"。在怀俄明穿行时，实在很难不去在意那些喷着灰的高龄火山。三齿蒿树丛几近发黑，被无休无止的风吹得很低。为什么会有人住在这里呢？我想。而我就住在这里。

但下游的鸟之云就是另外一个世界了。河的北岸耸立着一座400英尺①高的悬崖，远古珊瑚的硬壳形成了它奶油色的冠岩。这座庞然大物经历了数千年的风吹日晒，被洪水、冰雹和雨水反复冲洗打磨。雨后，悬崖看起来遍体鳞伤，暗色的斑点和竖直的凹槽仿若古老的疤痕。向西两英里②，悬崖收缩成了黑铁色的石头，状似巴比伦神塔的台阶。在这片土地的最东边，崖壁上有一个断层，或者说是一条对角线状的疤。我的一位地质学家朋友说，这可能和那座正在缓缓撕开北美大陆的里奥格兰德裂谷有关。在我此前住过的所有地方里，从没有哪处需要我如此频繁地去考虑大陆板块地表之下的活动。这个断层提醒着我们，地球正处于缓慢而持久的变化之中，大陆块被不可抗力推到一处，复又被分开，形成新的大洋和广袤的超级大陆。据预

---

① 1英尺等于0.3048米。——译者注
② 1英里约等于1.6093公里。——译者注

测，再过几亿年，在我们这个物种退出历史舞台很久之后，将诞生一座全新的巨型终极盘古大陆。里奥格兰德裂谷的变形从三千万年前的新生代就开始了。地幔深处汹涌的热浪里生出向上挤压的力量，拉伸地壳，把它抻薄。裂谷从得克萨斯州西部和新墨西哥州一直延伸到鸟之云以北约20英里的地方，它不仅生成了陶斯附近的里奥格兰德峡谷，也促成了西部最美丽的若干谷地的诞生①。事实上，裂谷似乎与西部的盆地和山脉地形息息相关。鸟之云悬崖上的对角线断层，整个悬崖的倾斜形态，还有杰克溪这条支流的存在，也许都被这股不可抗力深深影响着。

鸟之云的金色悬崖也会让我想起乌鲁鲁巨岩——澳大利亚的红色中心。托马斯·基尼利曾用狂想曲般的笔触描绘过这块巨岩的"美轮美奂的沙砾岩体"。它的外层剥落得十分均匀，以至于尽管它的体积在过去的几个世纪里逐渐缩小，巨岩的轮廓却从未产生一丝改变②。这座庞然大物离爱丽斯泉不远，我在1996年的时候与艺术家克莱尔·范·弗利特一起见到了它。当时她正在为附近的卡塔丘塔岩石阵写生，那些岩层的样子就像一块块巨大的岩石头巾。

说来可能有点牵强，鸟之云与乌鲁鲁颇有一些相似之处。它们的大小和体量大致相同，也会在一天中随时间推移出现颜

---

① 大多数早期资料都将里奥格兰德裂谷的最北端定在科罗拉多州，但怀俄明大学的地质学家们近期在一份研究中把它划在了怀俄明州中南部。

② 托马斯·基尼利，《内陆》（悉尼：霍德和斯托顿出版社，1983年版），第19页。

3

色变化。两者都像是内部装置了灯光似的，在入夜后会生出微光。乌鲁鲁有池塘和沿着巨大的岩体而下的曲折水道；鸟之云的悬崖脚下则有河水流过。对当地的原住民部落，尤其是西部沙漠地区的皮詹加加拉和岩堀尼加加拉部落来说，乌鲁鲁和卡塔丘塔在精神和典礼层面都极为重要。然而，它们被联邦政府从原住民们手中夺走的过往，却是一个悲伤、丑陋且有些似曾相识的故事。1985年，当地的土著阿南古族和政府达成了一项"协议"，被迫将乌鲁鲁和卡塔丘塔租给国家公园，允许游客攀爬这块巨岩。尽管公园在告示牌上标明，原住民认为攀爬乌鲁鲁巨岩是一种亵渎，但这条规定形同虚设，每年仍有数以千计的人无礼地攀上它。而在我身处的怀俄明州，鸟之云的悬崖曾是西部印第安部落的营地，尤特人、阿拉帕霍人、肖肖尼人，也许还有苏族人和夏延人都常来这里。埃尔克山附近曾有一个地标，标记着当时各族公用的战场。

乌鲁鲁周围散落着一些从梦幻时代[1]起就存在的远古英雄足迹。这里有用来举行典礼的洞穴——今时今日，源于世界上最古老文明的若干重要典礼仍在此举行。这里有鲜为人知的生育圣石，还有发生过传奇事件的水塘。偶尔下过雨后，会有水流沿红色的岩侧蜿蜒而下，流入不同的水塘。乌鲁鲁岩的弧度在一个叫坎朱的褶层处开始转折，基尼利如此描述它："一条来艾尔斯岩寻找回旋镖的仁慈蜥蜴。"[2] 而鸟之云那座黄色悬崖也在

---

[1] 澳大利亚原住民信仰世界观中的上古时代。——译者注
[2] 托马斯·基尼利，《内陆》，第19页。

东端逐渐收窄，与远处隆起的彭诺克山遥遥相对，互为倒影。

杰克溪沿岸，光秃秃的柳树枝条的色泽犹如未熄的余烬。柳树很谨慎，它是最后一批长叶子的灌木之一——这里一直到6月中旬都可能有霜冻。悬崖倒映在玛瑙色的河中，一只胖胖的河狸游过水面，远处是它在河岸上筑的巢穴。最后，河狸消失在了鲜亮的柳枝丛里。

这个地方，也许将是我度过余生的所在。至少我是这么认为的。

我很清楚自己性格中负面的部分——专横、缺乏耐心、寡言、急躁又固执。好的那部分不太明显，但我猜自己是个有同情心的人，甚至常怀恻隐之心——这是作家想象力的一些附赠。我能够设身处地地为他人着想，也确实经常去这么做。善于观察，能快速做出决策（虽然颇做过几个差劲的决定），时常自不量力，愿意去领悟，也爱尝试困难的事情，这都是我性格的不同侧面。很久以前，我便醉心历史，就像路伊吉·皮兰德娄笔下的菲莱诺博士一样：

> 以为自己找到了治疗所有人类疾病的灵丹妙药，一剂能够在一切公共或私人灾难下给自己和全人类带来慰藉的良方。

事实上，菲莱诺医生找到的不仅仅是一种疗法或配方，而是一种方法：例如夜以继日地读历史书籍，并学着把当下的时事视作已被埋在故纸堆中的过往。通过这种方法，他摆脱了一切痛苦和焦虑,找到了一种无须通过死亡便能获得的稳定、安详的平静——它包含了一种特殊的悲伤,即使全世界的人都已死去,你仍能在墓地里找到它。①

要获得这样的态度,也许得先建一座与自己兴趣、需求和性格相称的房子。大多数时候我都是独居,只有在夏天的时候会有络绎不绝的访客和朋友登门。我需要足够装下数千本书的空间,以及大大的工作台来堆放手稿和研究素材,以及铺开地图。书籍对我来说很重要。我也希望自己能够像某些出版商一样把它们视为"产品"——但我做不到。我住过不少房子,它们大多不太合格,空间规划十分尴尬,没有一处装得下我所有的书。我童年时期频繁搬家,有段时间甚至每年搬一次。我的父亲当时在新英格兰的纺织厂上班。为了克服法裔加拿大人背景带来的障碍,他不停换工作,通过各种方式朝自己设定的目标前进。照他的说法就是:"找更好的工作,挣更多的钱。"

第一座给我留下生动记忆的房子在康涅狄格州东北部的一个小地方,离威利曼蒂克不远。我的父母在上个世纪30年代末从一家姓沃伊尼亚克的波兰人那里租下了它。沃伊尼亚克,我喜欢这个名字。尽管那个时候我才两三岁,我至今仍能凭记忆画下那座房子的样子。

我清楚地记得,试图去爬楼梯的时候,小小的我感到一阵

---

① 路伊吉·皮兰德娄,《一个小说人物的悲剧》,收录于《短篇小说十一则》(英译本),斯坦利·阿佩尔鲍姆编译(纽约:多佛出版社,1994年版),第149页。

晕眩。我的毛衣被钉子钩住了,全身为之一紧。我当时正病着,哪怕七十年过去了,那种晕乎乎的感觉和无情的钉子仍在我的记忆中栩栩如生。病中的我被家人从楼上自己的床上挪到了厨房窗边的一张婴儿床里。母亲给了我一盒之前从未见过的芝兰口香糖。我挨个舔掉了小方块上光滑的糖衣,然后把吃剩的灰色口香糖块在窗台上排成一溜。它们的样子太丑了,完全没法入口。

还有一次,我从母亲打算做晚餐的比目鱼上掏了一只眼睛下来(在那个年代,人们通常一买就是一整条鱼),把它拿到楼上的儿童便盆边,扔在一摊尿里。然后我把母亲唤过来,让她看看我干了什么好事。母亲吓坏了,不是因为比目鱼眼睛,而是觉得我是不是脑子少了根筋。她的脆弱让我意识到自己有必要行事更为隐秘,直到我成年以后,这个观念也始终伴随着我。

母亲喜欢户外活动,她最喜欢的书就是吉恩·斯特拉顿-波特的《利姆伯罗斯特女孩》。她会带我去湿地散步。在那里,我们得在草丘之间跳来跳去。我对脚下暗色的水塘十分害怕,最终被困在一块摇摇欲坠的土包上,孤立无援地号啕大哭,压根迈不开腿跳向下一块。

我们有一辆坐垫吱嘎作响的绿色自行车。我经常独自骑行,有时会带上我的猎狐梗林迪。后来,它在追着一辆摩托车跑的时候被对方碾死了。有一回,我和母亲一起骑这辆自行车,她被大黄蜂蜇了一口,我哭了起来。可能是因为例假的缘故,她的裙子上有血迹,但思考了一番前因后果的我却认为黄蜂才是让她流血的罪魁祸首。

1938年那场飓风来袭时，我的双胞胎妹妹乔伊斯和珍妮特才几个月大。风越刮越猛，我们的小屋晃得厉害。我不知道父亲去哪儿了，大概是在工作。家里没有电话机，也没有收音机。母亲决定带我们去路那头的邻居家避一避。我们步行过去，母亲带了一堆盒子、一只手提箱，手上还抱着双胞胎的其中一个。尽管我当时才三岁，也承担起了抱着另一个双胞胎的重任。我至今还能忆起当时风的悲鸣，邻居家里法式对开门上的玻璃突然脱落下来，男人们把木板钉在玻璃门外侧，整座屋子变得阴森又怪异。

我的母亲出身于一个农村大家庭，全家有四姐妹和四兄弟。飓风过去几年后，我们搬到了康涅狄格州的普兰菲尔德，住处是外祖父母刘易斯和莎拉·(格尔)吉尔提供的。我母亲家祖上——吉尔、格尔和克罗韦尔家族——长期务农，直至19世纪开始逐渐投身纺织业。克罗韦尔家颇有些艺术基因；有一位家族成员精通家具制作，另一位则给希区柯克椅①做过装饰面板。在我们住在普兰菲尔德期间，我的父亲身在海外，去南美帮别人建了一家纺织厂。

这栋房子紧挨着路边，曾是一个加油站，是我头脑灵活的外祖父吉尔投资过的项目之一。他发明过一些纺织机械装置，但压根没有从中赚到什么钱，于是他便开了这座加油站。我们

---

① 希区柯克椅是19世纪康涅狄格州一位名叫希区柯克的家具制造商生产的某种椅子，与导演希区柯克无关。——译者注

住进去几年之后，他又把它改成了一家布料和纱线店。外祖父是位娴熟的木匠，什么都能修。无论是子辈和孙辈，都喊外祖父母"阿爹"和"阿娘"。他们有一座巨大的花园，我特别喜欢那里头的外国灯笼果①，剥开它们纸一般薄的外皮，就能尝到内里甜甜的果实。"阿爹"养了一条叫杜克的老狗，脾气不太好。花园周边有一圈电围栏，我的舅舅们在那里养了几头奶牛。我和亲戚家的小孩们那时会组成"人链"玩：排头的人抓住电围栏，队尾的那个人就会加倍地被电到。

外祖母，也就是"阿娘"，闺名叫莎拉·梅奥·格尔。她的祖上是一对孤儿兄弟，两人来自英国布里斯托附近的一个叫"重树"的地方，在1635年移居到了康涅狄格州。一大家子儿女似乎总让她有点疲于应付。家里一直有很多人进进出出，很难保持整洁，但也称得上舒适宜人。她会把纸币洗干净再熨平，弄得十分挺括。我甚至怀疑她会给它们上浆。外祖母是个急性子，对厨房小工具十分痴迷，还是个有创意的故事大王，特别有幽默感，一度给报纸专栏供过稿。就我家来说，他们总是认为我对读书和写作的兴趣是受了"阿娘"的影响。为什么不呢？家族中也有其他人从事过文字工作；我的舅舅阿尔迪安·吉尔曾写过一部关于约翰·威斯利·鲍威尔②的科罗拉多河之行的小说。表亲大卫·罗宾逊也是《国家地理》杂志多年的撰稿人。我的家人

---

① 即中国北方的"姑娘果"。——译者注
② 约翰·威斯利·鲍威尔（John Wesley Powell，1834—1902），美国地理学家和西部探险家。——译者注

都热爱音乐、美术和工艺。我的母亲和她的姐妹格洛里亚娜（每个人都有几个绰号，我们叫她"登山佬"）会画画。长姐莎拉则醉心于金丝彩绘，甚至重新启用了她们的舅公比尔·克罗韦尔留下来的模型。所有人都会给自家孩子缝衣服。我母亲有一台织布机，还会织地毯。在我和妹妹们长大的过程中，自己动手做点什么是一件再正常不过的事。多年以来，我的衣服都是自己亲手缝制的，后来电脑把缝纫机搞得又怪又复杂，这点乐趣也消失了。

我外祖父和舅舅们亲手建起的吉尔家大屋似乎一直处在一片激动人心的混乱之中，总有人在找放错了位置的东西。在楼梯转角处，有一扇美丽的彩色玻璃窗。透过它，我眼中的世界被染成了深深的红、病态的橙或是诡异的绿。

在我上学前，我跟母亲和双胞胎妹妹们住在外祖父家后头的一栋小木屋里，屋子周围环绕着巨大的松树。时至今日，白松的气味都还会把我带回童年那种悲伤中夹杂着憧憬萌动的感觉里。我们也可能是在双胞胎出生前住进小木屋里的。记忆惯会玩一些把戏，我不信任它。母亲和她的兄弟们合力盖起了这栋小屋，这也许是她读《利姆伯罗斯特女孩》时期的一个梦想。屋里有一台老式的蜡筒留声机。随着母亲摇动曲柄，蜡筒转动，一个尖声尖气的声音开始讲起《三只小熊》的故事。

小屋有一扇窗户朝西，窗外是一座被烧毁多年的小山丘。天空中黑色残枝的剪影看起来像是畸形的长颈鹿和骷髅大象。它们的样子令人伤感，又有些吓人。暮色四合，这些动物骨骸仿佛动了起来，时而踢踢腿，时而又弯弯脖子。而在今天，在鸟之云夏日的黄昏里，黑肉叶刺茎藜和金花矮灌木会蜷缩成巨大的土拨鼠和跛脚的麋鹿。我母亲的小屋里最美的东西是一件天蓝色的锦缎袍子，那是父亲送给她的礼物。曾经有一个冬夜，还发着烧的她赤脚走进屋外的雪地，身上只穿着这件漂亮衣裳。后来，有人说她得了肺炎，这病症在她一生中反复发作，久蕴不去。

有一天，我们搬出小屋，住进了原本是外祖父的加油站的房子，角色的转换赋予了这栋建筑新的活力。我记得被强制午睡时的无聊，记得天花板上裂缝的图案，记得复活节早上黄色棉花糖小鸡恶心兮兮地粘在我们的鞋上。我还记得有一次在黑暗中醒来，耳朵上有什么东西又热又黏。我清醒地意识到有个活物从脸边跑开了。那是只老鼠，它咬了我。到今天，只有疤痕和回忆留了下来。尽管外祖父母和曾外祖父母就在身边，舅姨辈和表兄妹们也常来常往，我还是有一种孤独感，觉得自己不是这个热热闹闹的家族中的一员。老杜克弄死了我的小猫，我特别愤怒，但它却活了下去，仿佛无事发生。要是有一场审判就好了，有陪审团判它死刑。

母亲喜欢晒太阳，在阳光炎热的杂草丛里，她能在毯子上一动不动地躺上好几个小时，合上双眼，在眼皮上盖两片绿叶。我们有一只宠物乌鸦（它叫吉米，因为有首南北战争时的歌，副歌部分唱的是"吉米掰玉米，我才不管哩"）。它好奇心特别强，会悄悄溜到我母亲的毯子上，小心翼翼地把叶子挪开。直到母亲睁开一只绿眼睛，吉米才松了口气：她还活着。母亲在后院用石头搭了一座壁炉，其间她允许我在湿漉漉的水泥上按下我的手印。吉米也在上头踱来踱去，留下了它的印记。多年后，我们搬出了纽约尤蒂卡麦克布赖德大道2217号，装了满满一车的孩子和衣物。父亲把吉米放进一个打了洞的纸板箱，把箱子绑在后保险杠上。当我们在路边停下来吃午饭时，这个可怜的家伙已经在汽车尾气中窒息而死了。我永远都不会原谅父亲的罪行。发生在宠物身上的不幸，让我人生中第一次体会到了什么是悲剧和刻骨铭心的失去。

我们搬了又搬。这么多年来，一家人陆续住过好几十处房子。在罗得岛州的家里，楼梯底部的碎石膏板上有一条手臂的轮廓。北卡罗来纳州黑山的那栋房子视野很不错，能看到被链子锁住的囚犯们在做苦工的间隙去树荫下休息。缅因州的家里有着美丽的榆树，破土欲出的树根给修剪草坪制造了不少麻烦。后来，缅因收费公路修到了四分之一英里外，随即发生了一起可怕的事故，引来了警察、救援车辆和姗姗来迟的救护车。当地政府在这里立了一个十字架，表示此地发生过死亡事故，这是缅因州的一项安全警示政策。这类十字架的数量沿途激增，使整条公路看起来让人毛骨悚然。

我们频繁搬家的一大原因是父亲执着地想摆脱他的法裔加拿大人背景，彻头彻尾地成为一个新英格兰美国人。这也意味着从贫困的工人阶级脱身，取得财务上的成功，跻身安全的中产阶级。他和他的家族一直饱受种族歧视之苦：新英格兰地区的盎格鲁－撒克逊白人新教徒们大都将移民——尤其是南下的法裔加拿大人——视为劣等种族。今时今日，虽然这种歧视已不再那么露骨，但白人种族主义造成的焦虑仍在那个地区盘桓不去。我想，父亲当年娶了母亲的一个重要原因——他们彼此并不般配——就是她古老的新英格兰家族背景。母亲的家族很穷，但拥有得天独厚的优势：她的先辈很早就来到了这里，只比五月花号晚了十五年。当然，父亲从未获得岳父母的接纳——他们怎么可能接纳一个中间名叫"拿破仑"的这么浮夸的女婿？在父亲的族谱里稍作发掘，就能发现他祖辈们的法国名字更为华丽：迪厄多内、纳西斯、诺博特和奥维拉……相比之下，乔治·拿破仑这个名字听起来已经相当平凡了。尽管如此，他们还是容忍了父亲和我们，我们都假装身处于一个尊重平等和多样性的家庭之中。

在成长过程中，我们对父亲的家族知之甚少，几乎没有什么往来。他的母亲，菲比·布里松·普鲁·马洛尼·卡尔彭蒂耶里，结过三次婚：第一任是位法裔加拿大人（普鲁），第二任是位爱尔兰人（马洛尼），第三任则是一位来自那不勒斯的意大利人（卡尔彭蒂耶里）。意大利继父教会了我父亲做意面酱——我和我的妹妹们至今都还在用这个食谱。这是我们从一位难以了解的父亲那里得到过的最好的，或许也是唯一的礼物。

在我们看来，父亲的家族有好多谜团。父亲曾隐隐约约地提过，我们有一部分印第安血统。他认为证据藏在他的祖母艾克希尔达（又名玛吉）的大箱子里，曾祖母死后，这个箱子便消失了，再也没有出现过。祖母的烟熏色皮肤和报纸上的几篇富有想象力的新闻稿成了仅存的证据。还有一些其他的有趣故事。例如，祖母菲比的鼻子上曾长了个东西，在某次横跨"那条河"（我总认为那是圣劳伦斯河）抵达某个印第安人定居点后，有一位萨满或是巫医用一种不可言说的方式去掉了它。我们请求父亲和祖母菲比多讲些其中的细节和深意，但他们的嘴很严。他们想要隐去身份，但这种卡在半截的故事反而助长了我们熊熊的求知欲。

对宗族和祖先的迷恋似乎是人之常情。那些关于祖先的古早故事——被添枝加叶地渲染了一番之后——也许就是历史和小说的源头素材。罗马人就对自己的祖先毕恭毕敬，费尽心思与那些古老家族攀上关系，最理想的就是公元前753年创立了罗马城的格拉古兄弟一脉，或者更古老些，在罗马存在之前就已经在意大利中部定居的伊特鲁里亚人。1991年，人们在阿尔卑斯融化的冰川里发现了冰人奥茨，一个生活在新石器到铜器时代之间的人类。奥茨的线粒体DNA分析显示，他属于一个名为K1的单倍群分支（总共有三个K1分支）。今天，大概有8%的欧洲人属于K1分支，于是很多人认为自己是奥茨的后代。自己的祖先有五千多年的历史，背上还嵌着一枚石质的箭镞，这简直太酷了。但在2008年，一份更深入的DNA报告显示，奥茨属于另一个此前不为人知的单倍群分支。它现在被称为"奥茨分支"。显然，这个单倍群，也就是奥茨的基因组，已经从人类的基因组里消失了。它可能已经灭绝，也可能极为罕见。如今，已经没有人认奥茨做祖先了——这就是科学令人扫兴的地方。

对我来说,即使在多年以后,母亲的大家族仍有些特别,仿佛定居新英格兰的近四百年时光沉淀出了一种罕见的香料。在我的想象中,它混合着新鲜的牛奶、劈开的橡木、秋天的树叶、雪、泥泞的沼泽、相册和冰冷灰尘的气息。

第二章

一码布

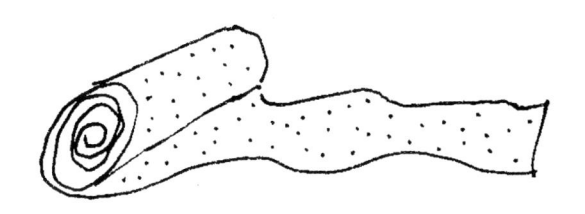

上个世纪80年代①的某一年，我和妹妹罗伯塔在感恩节的第二天去了新罕布什尔州的布里斯托。我们的母亲住在那里一栋小小的老年公寓里。当时我俩都住在康涅狄格河以西的佛蒙特州。对11月下旬的时节而言，那天的天气还算温和，阴云密布，有一点点雨和雾，是新英格兰地区秋季最阴暗的时光。沿途有猎鹿人以20英里的时速行驶，他们伸长脖子观察着沿途乱糟糟的树林。

罗伯塔和我关系比较亲近，我们的思维和感受模式都很相似。当时，我们试着每个月去看望一次我们的母亲路易斯·吉

---

① 即20世纪80年代。——译者注

尔·普鲁。她患支气管扩张多年，一直用运动、饮食、药物和意志力与这种不常见的退化型肺病做斗争。潜在的并发症还包括频繁发作的肺炎和结肠炎。她最亲的姐妹格洛里亚娜（亲爱的"登山佬"）也患上同一种恶疾。2008年夏天，我和表妹埃莉诺·古迪纳夫·米尔纳在翻阅我母亲的一些材料时，发现了这对同病相怜的姐妹之间曾有过辛酸又难过的信件往来。那种不可救药的强装勇敢，讲了又讲的老笑话，最亲密的姐妹羁绊，还有对愚蠢却高高在上的医生们的厌恶——一切病友间可以分享而旁人无法理解的事将我们吞没。我现在几乎无法打开那个装信的盒子，因为扑面而来的是两位渴望真爱的女性破灭的美梦。

那个感恩节次日，罗伯塔和我驶入布里斯托渐浓的阴霾。在离母亲的公寓楼一个街区的拐角处，曾经有一家很棒的晶石铺子，里面摆满了矿物：晶洞、玛瑙碎片、紫水晶、奇形怪状的泥岩和孔雀石板。但那天我们没见到铺子的招牌，取而代之的是橱窗里一条垂下的横幅，上面写着"**家装织物大特价，便宜过批发**"。罗伯塔和我都喜欢那些珠子、布料、毛线和针什么的。

"咱们回程的时候去看看吧，如果他们还没打烊的话。"

"行。"

晚餐是猪里脊和奶油洋葱，味道和小时候一模一样。我们还吃了红薯和罗伯塔做的苹果酱。她用了邻居家的苹果，是跟他拿一只鸡交换的。母亲有些疲惫，但健康和精神状态都不错。为了做这顿饭，她整整劳累了两天。（内疚！内疚！）我和母亲各饮了一杯酒。

下午晚些时候，我们离开了母亲家。日光渐渐暗了下去，薄雾四起，树上的小枝变得模糊。在拐角处，我们想起了那个特价布料的招牌，那儿还没打烊。我停好了卡车，和罗伯塔一起进去瞧瞧。

店里没人，一个人都没有。成堆的布料整齐地码在长桌上，墙边靠着一匹匹闪闪发光的锦缎。店里有一股旧矿物味，夹杂着残留的烟味，还有我们带进来的湿叶子和雨水的味道。

这些布匹十分难搞，像一捆随意堆在一起的拐杖，如果试着扯出其中一匹，其他的也会纷纷滑落，倒在一处。起码要放倒十多匹布，才能看清它们的花纹。正当我们与这些滑溜溜的布匹搏斗时，门开了，进来了一个男人。

说不上来为什么，他有些令人生厌。他的脸上皱纹横生，两侧的黑发梳上去，盖住了窄窄的头颅。松弛的双颊上还有没刮干净的胡茬，牙齿颜色也脏兮兮的。在他的衬托下，布匹们一下子显得格外热烈生动。此人开始用一种谄媚又亲密的语气跟我们交谈，发表一些又荒谬又愚蠢的言论。

"我就知道女士们喜欢在布堆里翻来翻去。"

我想，这些极可能是被绑架来的该死的名牌面料，明明是它们不肯留在原地。那人问我们从哪里来，我们没有正面回答，只说是"佛蒙特州"和"河对面"。

"佛蒙特州的哪里？哪个镇？"他没有放弃。

"哦，佛蒙特州中部，蒙彼利埃附近。"我撒了个谎。

这会儿他又坚持要给我们名片，卡片在街对面他的古董店里。不，不，我们并不想麻烦他，拒绝了。我突然强烈地想离开。他开始给钟表上发条，调指针。我讨厌他。店里的布料品种丰富，做工精美，价格也很低，但这人油腔滑调地讲个没完，让我无法做出理性的选择。我随手抓了一匹布，看都没看一眼，表示想先裁一码回家去试试，看看颜色是否合适。随便什么，只要能脱身就好。

他从柜台底下取出一根脏兮兮的码尺和一把断了头的剪刀。我的妹妹靠在一个还沾着粪便的空鸟笼上，没有说话。那人动作有些夸张，并承诺"我会给你不止一码"。他量了量，用剪刀简单地裁了一下，然后把布料撕开，叠成一个小方块。付钱的时候，他的手——非常优雅，十指纤长的一双手——碰到了我。这双手烫得像在发烧。

但我们还是走不掉。他给了一连串的建议，让我们小心驾驶，注意安全，警告说这是一个糟糕的夜晚，有雾，路很滑，还跟着我们走下台阶。我觉得他的坚持实属不同寻常。直到最后，总算单独走上了人行道之后，我们告诉彼此，刚才碰到了个奇葩。

我们在雾和湿气中一路向西驶去。在北方特有的昏暗灰色光线下，道路被小雨弄得模糊不清。雾气笼罩着佩米格瓦塞特河。行至郊区，路变宽了一些。公路上只有我俩，我的妹妹在读信。我们驶入了一段宽阔的路面，顺着河道骤然转了个弯后，眼前赫然横卧着两辆撞毁的灰色汽车。路上空荡荡的，一片烟灰色的死寂。车子还在往外一股股冒着蒸汽。满地的碎玻璃，仿佛一块上好的地毯。我们停下车，周遭寂静无声，一切都像凝固的舞台布景。车身毁坏严重，但车内似乎空无一人，全部车窗都已碎落，金属部件在挤压和拉扯下扭曲变形。湿漉漉的路面上闪烁着一大摊红色的散热器冷却液。走近那两辆车，我看到一个倒下的身影。

其他车辆陆续也来到了我们身后。大多数车子绕了过去，继续前进。一辆小卡车停了下来。两个年轻男人从车上跳下来，开始拽两辆车中远一点那辆的车门。

"别动他们。"我喊道。

他们的手从某件东西，或是某个人身上收了回来。罗伯塔和我在近处的那辆车边上。我们看到了那个弓着背的男人和血迹，看到他很年轻，有一头浓密的浅色头发，金色的小胡子被鲜红色浸染。他身边的车座上有一个像支架似的东西，还有一些塑料汽水瓶。他呻吟着。我妹妹摸了摸他的肩膀。他的脸色灰败，双眼紧闭，衣服上的碎玻璃闪烁发光。他用一种扭曲的姿势弓着背，双腿嘎嘎作响。我妹妹把手轻轻放在了他的肩膀上。

就在这会儿，不断有车辆从两头驶来，它们纷纷转弯、绕道或靠边停下，有人下车观望。没有警察。

"我去求救吧。"我冲那两个年轻人喊道。

"警察局！"他们大声回我，"沿着这条路走半英里就是。"

"别动，我们能找到人帮忙，他们马上就到。"我告诉伤者。我不确定他能不能听到我的话。我跑向我的卡车，又回头看了一眼。我的妹妹仍然在他身边，手放在他的肩膀上。我叫了她一声。她不情愿地向我走来，一步一回头。虽然已离开了伤者的身边，她仍将手伸向他，似有万般不忍。几天后，我们得知他最终还是伤重不治。

在警局，调度员呼叫了警察、救护车、"救生颚"①、消防车和交通管制人员。几分钟后，闪烁的车灯和警报声从我身边呼啸而过。我们没有再回到车祸现场，而是走了另一条更长的路线回家。这条路离我们原定路线有好几英里之远，在大雾中堵得水泄不通。我开得很慢，很小心。

我妹妹和我都相信，是商店里那个人的拖延话术和告诫救了我们的命。要是再早个一两分钟，在河边那条弯道上出事的可能就是我们了。这桩车祸十分怪异，令人不安，我俩都觉得它很重要。

那天晚上，我给母亲去了个电话，把车祸的事告诉了她，也提到了商店里那个让我们毛骨悚然却极可能是我们救命恩人的男人。

"哎，"她说，她的声音里有一种轻蔑的味道，"你知道他叫什么名字的，对吧，店里那个男的？"

"不知道啊。他想给我们名片，但我没拿。"

"他姓普鲁。"她说。她的语气里——许是我误会了？——有她家对我父亲的那种小心翼翼的新英格兰人式的中立态度，

---

① 一种在车祸后用于撬开车身救人的装置。——译者注

在我看来即一种拒绝感。得知这一信息的我如遭电击,一大堆私人问题喷涌而出,跟妹妹激烈地讨论了起来。那种贯穿我们整个成长过程的沉默瞬间被打破了。这个和我们同一个姓氏的人是谁？我们是谁？我们的族人又是谁？我们几乎一无所知。那种所谓的美国式经历,对个人成就的关注,通过获得物质和金钱来证明自己的社会价值,正是建立在这种失落感,这种与家族文化温度和遗传纽带的脱离之上的。与族人分离,会在人的内心深处产生一种孤独感,并随着年龄增长逐渐加深。有很多人,尤其是移民,都会强烈地想要找回那些丢失的碎片,完成这幅拼图。我们身上又发生过什么呢？从小到大,我们始终都是外来者,从不属于任何地方——在我十五岁的时候,我们已经搬了二十多次家。除了母亲那边浅瞳色的新英格兰家族以外,我们不属于任何族群。而母亲的族人也微妙地让我们感到,我们还是不同的,或者说是被污染了的？现在我们挺后悔没跟那位同姓的人多聊聊。

我在成年之后也搬了无数次的家。这种颠沛流离的经历,部分是因为美国人是一个流动的民族,同时也跟我的法裔背景有关。法裔美国人是一群无根之人,他们没有国家认同感,也完全不属于美国的任何一个地方。与他们最接近的大约是缅因州的法裔,他们在那里有一块地盘。还有就是来自加拿大滨海诸省的法裔。他们自从1755年被逐出阿卡迪亚后,先去了法国,但法国并不欢迎他们。后来,他们又去了路易斯安那州,在那里,他们成了卡津人（"阿卡迪亚人"一词的变体）。我们栖身的地区和住所都颇有历史，尽管我们对它们知之甚少。

我们无声地进入他人建造的房屋和公寓，却几乎不知道那里在发生着什么，不知道第一任主人是否曾在园子里种满樱桃和梨子，不知道那道怪怪的楼梯为什么台阶高低不一，后院的大石板是不是块墓碑，印第安人是否知道这个地方，如果知道的话，他们又在那里做过些什么。我们一家在新英格兰不停迁徙，而我的脑子里一直满是这些问题。我们的心在佛蒙特州暂留，又去了北卡罗来纳州，然后又去了缅因州，但它们从不属于以上任何一地。杰克·凯鲁亚克曾写道，"所有在美国的法裔加拿大人都有一种恐怖的无家可归感"[1]。正是如此。我在蒙特利尔住过一年，也曾有几年为读研究生往返于佛蒙特州和蒙特利尔之间，我会了一点点若阿尔语[2]，也逐渐熟悉了那里宽阔平坦的河景与当地人的面孔。若干年后，在我的人生中有过这么一个周末，我去缅因州的一个小岛上参加一个法裔美国作家的聚会。一走进房间，我就被强烈的认同感击中了。这里全都不是盎格鲁－撒克逊裔，他们有我熟悉的脸部轮廓，长长的手指和纤细的骨骼，深色的眼睛和头发，还有特定的动作和手势。我的眼泪立刻就上来了。有那么一小会儿，我感受到了和同乡们在一起的那种奇特又愉快的感觉，还畅想了一番搬去魁北克，

---

[1] 杰克·凯鲁亚克，《给伊冯·勒·迈特的信》，1950年9月8日。对方是一位为魁北克刊物撰稿的评论家兼记者。我要感谢大卫·普兰特提供了这句引语，还有纽约公共图书馆的艾萨克·格维茨，他找到了这句话的来源。

[2] 一种非正式的加拿大法语，受英语的词汇和语法影响。——译者注

去蒙特利尔、加斯佩或蒙马尼的景象。但当时的我已在孤独中浸润了太久，也变得过于盎格鲁-撒克逊化，这种快乐很快便褪去了。

1993年，一直为家世问题困扰的我聘请了康涅狄格州的族谱研究者戴安·L，想看看关于我父亲那颇为复杂的一脉，她是否能找到些什么，他们与印第安人的关系是否真实存在，如果是的话，是哪个部落或群体。在之后的几年里，她察看了出生和死亡记录，查阅了大量关于移民、洗礼、婚姻、出生、联邦人口普查报告、教堂司事报告①的记录，并与族谱协会取得了联系。加拿大那边，蒙特利尔的族谱专家理查德·德·格鲁希找到了一些我连名字都从未听说过的亲戚。一下子出现这么多人和与他们相关的统计信息，大大超过了我的承载能力，我感到十分混乱。这犹如一部涉及数百人之多的人物特辑，它的内容不断变化又含糊其词，让我不知所措。我仿佛被丢进了彼得·马修森的《迷途者之河》，成了书中众多关系疏离、四处游荡却实际上又有所关联的角色之一。

我父亲的家族分支问题似乎可以归结到他的母亲菲比·布里松身上，她是奥利维尔（莱维）·布里松和艾克希尔达（玛吉）·拉巴尔热的女儿；我父亲的父亲彼得·奥维拉·普鲁生于1886年，是米歇尔·普雷奥（原文如此）和妻子梅利娜的儿子。新英格兰的办事员们往往把法语名字胡记一通，同魁北克的地

---

① 一种下葬时记录死者生平的档案。——译者注

名也进行过一番绝望的斗争，而且这些人名和地名都有好几种不同的拼法。蒙特利尔南边的圣雷米（St.-Rémi）被记成了圣雷马尔（St Remal），或是加拿大的圣雷米克（St Remic）。每个家族分支的成员们似乎都结过三到四次婚，都有小名和"别姓"①，出生名都用了美式拼法。两边的家族都很庞大，有许多婴儿早夭，于是经常把夭折的孩子的名字重新拿去给新生儿命名。尽管如此，我还是逐渐理出了一些头绪。

我的祖母菲比·布里松也是拉巴尔热家族的后代。这一家族可以上溯到诺曼底的罗伯特·拉伯奇，一位生于1633年的"巴约纳教区的科隆比耶尔人"。他来到魁北克后，在蒙莫朗西定居，并于1663年成家。他的玄孙约瑟夫·玛利亚·拉巴尔热1787年在魁北克的拉松普雄出生，并于1808年二十一岁时离开了家。希劳姆·奇滕登曾这么写道：

> 他走了最常见的路线，沿渥太华河而上，穿过安大略省北部错综复杂的水道，进入乔治亚湾和休伦湖。然后，他取道麦基诺海峡和密歇根湖来到格林湾，顺着福克斯河和威斯康星河进入密西西比河，一路抵达圣路易斯。他全程只用到了一艘桦树皮独木舟，陆路行程仅8英里。②

---

① 一种法裔传统，在家族姓氏之外还有一个实际上"被称之为"的姓。——译者注
② 希劳姆·马丁·奇滕登，《密苏里河早期蒸汽船航行史：与印第安人交易五十年的航行先驱，密苏里河谷商贸的化身——约瑟夫·拉巴尔热的生平与历险》（纽约：弗朗西斯·P.哈珀出版社，1903年版），第1章第3页。

1813年，他在圣路易斯娶了一位"住在密西西比河谷、兼具西班牙和法国血统的克里奥尔后裔"①。之后，他应征了报纸上的一则招募广告，对方需要一百个能人去美国西部捕猎毛皮动物。于是，他成了威廉·H.阿什利将军1828年毛皮探险队的一员。今天，在怀俄明州西部有一条叫拉巴奇（La Barge）河的小溪，附近还有座名为拉巴奇的小镇，就是以他的名字的英文发音命名的。他的名字之所以与小溪和小镇相连，是因为有报道说他在那里被一个阿里卡拉人②剥了头皮。那人与捕猎者们住在同一个营地，或是住在他们的附近。尽管詹姆斯·克莱曼和大骗子詹姆斯·贝克沃斯③说拉巴尔热已经惨遭杀害，但其实他并没有死④。希劳姆·奇滕登在为拉巴尔热的儿子约瑟夫·拉巴尔热船长撰写的传记中称，船长的父亲头上有一道印第安战斧劈出的疤——也许就是在怀俄明州的那场袭击中留下的，尽管他在密苏里河上也参加过同印第安人之间的其他战斗。在第一次西行之旅中，阿什利在笔记里提到过一座位于帕斯溪以西、埃尔克山以南的峭壁。虽然无法确定，但如果捕猎者们是沿着普

---

① 同第26页注②，第1章第2页。
② 居住在密苏里河沿岸的一支印第安人。——译者注
③ 均为美国探险家和登山家，后者亦从事毛皮交易，与印第安克劳部落多年同住。——译者注
④ 查尔斯·L.坎普，"詹姆斯·克莱曼"，《西部登山者与毛皮贸易的故事》，勒罗伊·R.哈芬编辑（斯波坎：亚瑟·H.克拉克公司，2003年版），第1章第244页。《詹姆斯·P.贝克沃斯的生平与历险》，由T.D.邦纳根据本人口述记录整理（纽约，1856年版），第63页。

拉特河北段行进的话，这座峭壁很可能就是鸟之云的悬崖，那是一个相当引人注目的地标。

回到圣路易斯后，约瑟夫·玛利亚一边从事制炭业，一边经营一家寄宿公寓，同时还为阿什利的毛皮企业招募年轻人。他生了七个孩子。三个儿子——约瑟夫（生于1815年）、查尔斯·S和约翰·B——都成了蒸汽船的船长。早在十七岁时，约瑟夫就开始在皮埃尔·肖托的残忍的美国毛皮公司工作，担任"船工、免费劳动力或办事员"长达三年，并凭借其对密苏里河复杂河道的深刻了解，迅速晋升至蒸汽船船长[1]。他被誉为密苏里河头号领航员，据说还影响了马克·吐温对蒸汽船船长的认知[2]。在他工作的第一年里，也就是1832年和1833年间的那个冬天，约瑟夫前往康瑟尔布拉夫斯附近的波尼镇，学习当地部落的语言和习俗。

1837年，美国毛皮公司倒霉的圣彼得号蒸汽船给密苏里河上游的曼丹人带去了天花。病毒如野火燎原，在接下来的几十年里，这个西部部落几乎全员灭绝。拉巴尔热没有参与这一可怕的事件——那次航行中，圣彼得号的船长是小伯纳德·普拉特。但拉巴尔热自己也遭遇过疫情。1833年，在他受雇于美国毛皮公司的第二年，他登上了由安德鲁·贝内特执掌的黄石号。

---

[1] 奇滕登，《航行史》，第1章第23页。
[2] 详见奇滕登《航行史》第一、二卷。保罗·奥尼尔的《水手》（弗吉尼亚州亚历山大市：时代生活出版社，1975年版）把约瑟夫·玛利亚·拉巴尔热和约瑟夫·拉巴尔热船长父子两人搞混了，因此只能算一本时髦的冒险故事，而非严谨的史料。

船上的乘客有德国自然学家和早期民族学家维德的马克西米利安亲王，还有瑞士画家卡尔·博德默尔。当时，一场霍乱正肆虐全国，黄石号上也暴发了疫情。船员们被大量感染，贝内特被迫回圣路易斯寻找新的人手，黄石号交到了年轻的拉巴尔热手上。当地居民来到岸边冲他们大喊大叫，威胁说如果黄石号不立即启航离开密苏里，他们将放火烧船。船上的消防员和工程师都已经丧命。十八岁的拉巴尔热独自烧开了锅炉，把船开到了堪萨斯河上游西岸。他从此声名大噪。

他多次为美国毛皮公司所雇用，又一再辞职自谋生路，其间遇到过若干次财政危机。在他的职业生涯中，拉巴尔热结识了他那个时代的许多名人。在少年时期，他遇到了拉法耶特①。他不喜欢的奥杜邦②曾经是他的乘客，耶稣会传教士克里斯蒂安·霍肯和皮埃尔-让·德·斯梅神父也都曾坐过他的船③。他还认识杨百翰④。尽管拉巴尔热船长的兄弟查尔斯在1852年死于蒸汽船爆炸，而另一位兄弟约翰三十三年后在北达科他州的俾斯麦靠岸时倒地死去，约瑟夫·拉巴尔热活到了八十四岁，在1899年作为一名杰出的圣路易斯公民去世。当我把这些信息发给父亲时，他不置一词。可能这在他的孩童时期算得上重要大事，但对已年届九十的他来说，这一切都不那么重要了。

---

① 法国将军，曾在美国独立战争中援助华盛顿。——译者注
② 美国鸟类学家、画家和博物学家。——译者注
③ 1851年，在圣昂热号上暴发的一场霍乱中，霍肯神父在照料患病乘客后去世。德·斯梅神父也在船上，他得了"胆汁热"，但活了下来。
④ 耶稣基督后期圣徒教会首领。——译者注

相对而言，布里松家族就没有那么耀眼了。族中有三位早年离开法国来到了新法兰西，只有一位名叫塞巴斯蒂安·布里松（别姓拉罗什）的定居在了拉普雷里 - 圣康斯坦 - 圣雷米地区。帮助我们寻根的族谱专家理查德·德·格鲁希说，圣雷米地区所有姓布里松的人都是这位塞巴斯蒂安的后代。他于1671年在法国吉耶讷地区的波尔多出生，1722年6月在魁北克与玛丽 - 玛格丽特·拉里维埃结婚。

虽然我不太相信自己的家族真的与印第安人有交集，但我能理解后辈们为什么认为这一交集来自布里松一脉。我父亲的外祖父奥利维尔，或是如他自称的，"莱维"·布里松，在19世纪60年代离开了圣雷米——蒙特利尔南部内皮尔维尔县下面一个讲法语的村庄——来到康涅狄格州。圣雷米离卡纳韦克，也就是北边纽约州圣劳伦斯河畔的那块莫霍克族保留地不远。莱维在罗得岛州的边上，康涅狄格州的东基林利安下了家，并在当地小有名气，因为他声称自己在从魁北克经明尼苏达到康涅狄格的一路上，娶了三个妻子，生了四十多个孩子。一些采访者记下了他的故事（他们还原了他蹩脚的英语，用那种典型的滑稽漫画手法勾画出这个小个子法裔加拿大佬的形象）。我们仿佛能听到他的声音：

> 我知道我这会儿有十吴个娃儿还或着，要问其他还有多少个在明尼苏达，在加拿大，还是甚么别的地方，窝也不知道。我以前挺阔，但好多（孩子）并了，好多死了，把

我搞穷了。老天啊,如果哪个大劳爷们跟窝似的要靠干农活儿养散个家,塔也存不下什么钱。要斯在厂子里那括就不乙样了。他就括以把娃娃们放在厂里,存点钱,慢慢地他就括以回加拿大种地了。内肖娃娃是我小女儿。窝老婆生了个女儿,但没或成,生落来就没了,也没埋在教堂里。①

佛罗里达州的一位表亲给了我一张照片的复印件。照片里,这个小个子面相如鹰,据说体重只有一百一十磅②,他和其中五个孩子坐在门阶上。屋侧挂着一串串干苹果——或是熊爪果,按照我那位亲戚更喜欢的那种叫法。我的祖母坐在前排,当时她大约五岁。据说莱维·布里松在接受那次采访时已经八十多岁了。他们与学区签了协议,住在一个不收租金的旧校舍里。按照罗得岛州的规定,布里松家的孩子们需要保持足够的入学人数,以保证另一所学校和教师团队满足运转条件。

布里松先生和他的家庭并非如他人所描述,或是曲解的那样。他们不是非法住户。诚然,他们的确居住在公共领域,占用了一座公共大楼,但他们也做了相应的付出。与其说他们是半赤贫者,不如说是真正的公共慈善家。正是由于他们一家人大大增加了当地的人口,这个地区才成功保住了学校。③

---

① 《布里松先生:四十孩之父,福斯特地区法裔加拿大大家庭家长》,《普罗维登斯日报周日版》,1903 年 6 月 3 日。
② 110 磅约等于 99.79 斤。——译者注
③ 同注①。

我们对此人的了解大都来自这些报道。根据《普罗维登斯日报》记者的转述,"他在1820年出生于蒙特利尔附近的圣雷米克(圣雷米)教区,但记不得是几月几号了。他在美国生活了四十多年,其中一半时间都在康涅狄格州的丹尼尔森方圆十几英里内活动。他结过三次婚,第一任妻子克莱芒斯·本杰明为他生了六个孩子,包括一对双胞胎。他的第二任配偶玛丽·西尔是二十一个孩子的母亲,其中有两对双胞胎。第三任妻子玛吉·拉巴尔热身怀六甲,已为他生了十一个孩子,其中四个夭折了"①。如果他生活在今天的话,他甚至可以拥有自己的电视节目。

在这次采访结束五个月后,莱维·布里松离开了人世。《温德姆县纪事报》刊登讣告如下:

> 莱维·布雷松(原文如此),他熟悉的身影时常在我们的街道上出现。11月(难以辨认),他在家中去世。他是一个加拿大混血儿,五官和阔步行走的姿态则充分体现了印第安血统。大约八九十年前,他在魁北克附近出生。他坚持自己的印第安人生活方式,似乎总是喜欢在森林边缘的小木屋里安家。他后代众多,是四十二个孩子的父亲,因被记者报道而出名。他的言谈举止古朴天然,健谈,擅交际。葬礼定于星期五举行。②

---

① 同第31页注①。
② 《温德姆县纪事报》,1903年11月19日,第四版。

然而，新闻报道并不足为证。调查员理查德·德·格鲁希没有发现任何家族与印第安人的交集。不过据他推测，圣雷米离莫霍克族的卡纳韦克保留地很近，也许布里松家族在那里有朋友，"于是便产生了家族与印第安人有关联的念头"[1]。戴安·L也认为，没有确凿证据能证明布里松家族与印第安人有关。尽管莱维·布里松有好几个后代，包括我的祖母、我的父亲和他的表亲理查德·布里松（一位印第安文物收藏家）在内，都认为他们有一位印第安人祖先，但莱维·布里松本人是"混血儿"这个说法并没有得到证实。我的姐妹们和其他亲戚也仍然坚持认为这位印第安人祖先是存在的。

尽管我们在康涅狄格和魁北克都花力气做了族谱的调研，但我父亲的父亲彼得·奥维拉·普鲁那头却没有什么收获，而且不太可能会有了。但这已经不重要了。我的父亲乔治说，他知道此人是个瘸子，小时候得过小儿麻痹症，是一个熟练的纺绸工。他一直认为自己父亲的家族来自三河城。根据1900年康涅狄格州的人口普查报告，彼得·奥维拉·普鲁时年十四岁，能读会写，会说英语，是一名纺织工人。他跛得厉害，由于步态蹒跚，人们叫他"火鸡"普鲁。他的"一战"征兵登记材料中记录道，他身材矮小，头发和眼睛都是棕色的，是个"瘸子"。他的离婚记录里说，"因为他习惯性酗酒"，菲比在结婚三年后

---

[1] 理查德·德·格鲁希于1996年5月6日给安妮·普鲁的信。

离开了他。有一个出处不明且未经证实的说法，说他离婚后偷了个火车头，开回加拿大去了。我们也没有找到任何名为奥维拉·普鲁的死亡记录。当我们找到一名来自罗得岛州文索基特的名叫奥维拉·普鲁的士兵参加"一战"的记录时，还小小地兴奋了一下。然而，记录中的描述与他并不相符。就像这个世界上的许多其他人一样，彼得·奥维拉就这样消失了。

当一个孩子开始思考自己的姓名时，他或她也许会下意识地受到一些影响。艾伦·莱特曼（Lightman）是一名物理学家和小说家；雷蒙德·锡德（Seed）成了一名生物学家；有叫皮博迪（Peabody）的成了园艺专家，也有叫瓦卡（Vaca）的成了牧场主。杰弗里·F. 布雷恩（Brain）选择心理治疗为职业，桑尼·格普珀（Grouper）则是驱鲨剂的研发者。奥克斯（Oakes）·埃姆斯（乔治·普林普顿的祖父）成了哈佛大学的植物学家。[①] 我不知道普鲁（Proulx）（或是原形 Prou 以及 Preault）是什么意思。毫无疑问的是，在家谱的名单里会有那么一个描述词——一些积极正面的短语，如"骁勇善战"，或是"坚定"。我也不知道。

德·格鲁希先生从奥维拉追溯到了最初的让·普鲁（Prou），我们祖辈中来到北美的第一人。"他的名字叫让·普鲁。他是法国安茹省（现在曼恩－卢瓦尔省的一部分）昂热主教区索米尔区索米尔市南蒂伊圣母教区的让·普鲁（Proulx）和路易丝·瓦莱

[①] Lightman 中的 light 意为光；seed 意为种子；peabody 意为白喉带鹀；vaca 在西班牙语里意为母牛；brain 意为大脑；grouper 意为石斑鱼；oakes 谐音 oak，意为橡树。——译者注

的儿子。他抵达这里的时间应该早于1672年，因为在1673年6月5日，他在魁北克市与雅凯特·富尼耶结婚。"①

虽然我们没有找到让·普鲁的雇佣合同，但人口普查将他登记如下："为蒙马尼乡绅和庄园主路易·库亚尔·德·莱斯皮奈阁下服务的佣人。路易·库亚尔住在魁北克下城区的圣母街。他的家中人丁兴旺；有五个年龄在两岁到十四岁之间的孩子，一位名叫热纳维耶芙·德普雷斯的厨娘主宰着家里的灶台，还有两名都叫让的佣人。两人都年方二十二岁，与庄园主有契约在身……根据以上内容，我们可以得出，让·普鲁在1666年来到北美，当时他二十二岁，是一名帮佣。"② 三年后，他获许在法耶河畔拥有了不到3英亩③的"长满了乔木"的土地。为此，他每年要向庄园主献上"1苏尔的'岁贡'、3只活阉鸡和9银里弗尔的'年息'，同时要在庄上工作九天"④。他还必须把他所有渔获的十分之一交给庄园主，总之条件相当苛刻。这块地须用人工一手一足细细开垦，他整整花了两年都没能完成。1671年2月，纪尧姆·富尼耶愿为这片地出价150里弗尔。他卖掉了地，搬回魁北克市。1672年，蒙马尼圣吕克的领主诺尔·莫兰给了让·普鲁一些圣吕克的土地和一份不那么苛刻的合同。他可以保留渔获，但得在接下来的一年里伐下4阿潘特的林木（1阿

---

① 理查德·德·格鲁希于1996年11月25日给安妮·普鲁的信，第1页。
② 托马斯·J. 拉福雷，《我们的法裔加拿大先辈们》（佛罗里达棕榈港：昆廷出版社），第3章第216页。
③ 1英亩约等于6.0703亩。——译者注
④ 同注②，第217页。

潘特等于0.85英亩），并住在这个地方。1673年，他娶了纪尧姆·富尼耶的十四岁女儿雅凯特。于是，他成了最早一批定居在圣劳伦斯河畔蒙马尼的移民之一①。让·普鲁在蒙马尼留了下来。1681年的人口普查显示，他拥有一支步枪和十二头牛，耕种着6阿潘特的土地。他和雅凯特为蒙马尼人口贡献了十四个孩子。但事情的后续发展不太妙。历史学家托马斯·拉福雷这样写道：

> 之后出现了整整二十年的空白。在这段时间里，无论在官方还是民间的文件里，让·普鲁这个名字一次都没有出现过。1701年10月14日，他又出现了，却已穷困潦倒。他是去尝试毛皮贸易了吗？在他回到魁北克时，食品商让·皮卡尔的遗孀玛丽－安妮·福尔坦正等着他。当着公证人尚贝隆的面，她要求让·普鲁偿还700里弗尔和16苏的债务，他也承认欠了她这笔钱。这笔债务直到他死后，才用他的遗产清偿。②

他在1703年3月1日去世，享年五十九岁，留给他的遗孀一大堆孩子和一屁股债。她卖掉了包括房子和谷仓在内的一半农场，搬去跟她二十四岁的儿子约瑟夫同住。剩下的资产少得可

---

① 为了给小说《手风琴罪案》做功课，我曾在好几个夏天都前往蒙马尼参加当地著名的手风琴节，当时的我还对此一无所知。
② 拉福雷，《我们的法裔加拿大先辈们》，第20章第219页。

怜——土地若干、一匹马、一头牛、三只羊、二十五只鸡、四把步枪和三把镰刀。到我的父亲乔治·拿破仑·普鲁出生时，距离他的祖辈抵达新大陆已经过去二百五十多年，一切与让·普鲁有关的记忆早已从家族的认知体系中消失。

在普鲁家族所有的洗礼、出生、婚姻和死亡记录里，有一道细细的黑线始终贯穿其中——"低能儿""黑白混血儿""习惯性酗酒""她的标记"——这都是人们不想在家族史里看到的字眼，但它们一直存在着。这是一个贫穷的农村劳动者家族，大多数是文盲。他们年复一年，走不出贫困和苦难的怪圈，直到我的父亲乔治·拿破仑·普鲁成功摆脱了它。也许他是对的，把一切血缘关系抛诸脑后，放弃历史、魁北克语、文化和信仰，像许多美国人那样创造自己的世界。我觉得他的孩子们都不理解他眼中的自己，也不懂得他的野心和生活。

我想到了奇卡诺人的一个词：下层（rasquache）。它有两个含义。负面的含义是指那些贫穷、低等、未受过教育、无组织和肮脏的人。另一个含义则被艺术评论家们用来描述一种生机勃勃的、专属于奇卡诺人的感受力，表达抵抗、随机应变以及讽刺和反叛的能量。我的父亲出身于具有第一种含义特征的家庭，并将自己重塑成了一个向上流动的美国白领。他反复用的那句祝酒词——"为更好的工作、更多的钱干杯"——正是他的一种美国梦。这些关于我们的模糊的法裔加拿大人家族渊源和移民经历的种种猜测，也为我的小说《手风琴罪案》积累了素材。

父亲去世一年后，罗伯塔在1889年1月的一期《纽约时报》上找到一篇报道，标题是《见死不救》。这件事发生的时间距离我父亲去世的2006年，相隔了一百一十七年。

蒙特利尔，1月10日——上周日，人们在圣莫里斯附近的树林里发现了乔治·普鲁的尸体。尸身已完全冻僵，被运到派尔斯交由验尸官调查。但由于重要证人缺席，审讯被推迟到1月17日。整件事怪异中透着伤感，使人想起早期殖民时代的那些冒险故事。大约在去年11月底，死者前往圣莫里斯河源头附近的一个木材棚工作。在那里，他病倒了。当发现他无法康复时，监工决定把他送到三河城。由于没有交通工具，他派了两个人去帮助这个病人。

他们是在初冬时节最寒冷的时候出发的。紧接而来的是一场大雪，小路变得无法通行。此时，这些旅行者已经进入了沉闷的图克区，距目的地约100英里，沿途只有一些零星的棚屋。

暴雪中，两位保护人在鲍克河抛弃了他们的照顾对象，由他自生自灭。那个奄奄一息的人试图追上他们的脚步，却还是被寒冷击倒，埋身于雪下。

两人到达派尔斯后，对此事只字不提。但人们还是产生了怀疑，并组织了一支搜救队。来自里维耶罗拉的桑迪·亚当斯和埃居尔·德西莱兹发现了尸体，并用担架运到了派尔斯。

两人的行为引起了极大的愤慨。然而，当调查启动时，他们却失去了踪迹。①

　　与布料店的那个男人一样，这位不为人知的乔治·普鲁成了我们家族的又一个谜团。

---

① 《纽约时报》，1889年1月11日。

第三章
扭叶松和我的那些房子

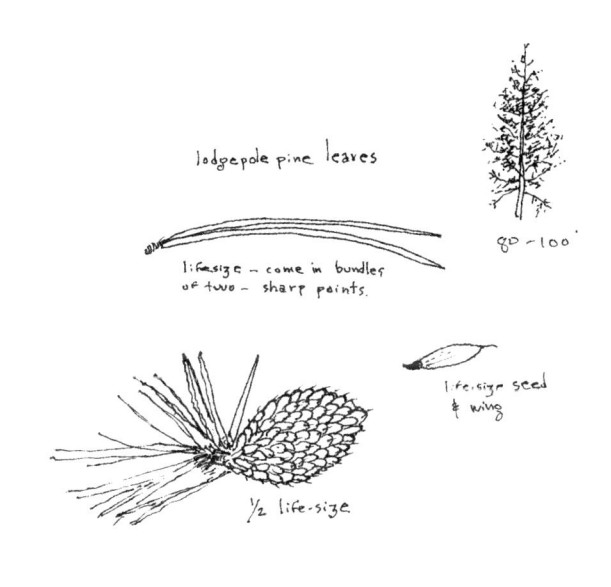

lodgepole pine leaves

80-100'

lifesize - come in bundles of two - sharp points.

½ life-size

life-size seed & wing

·2003—2004 年·

  天知道我攒了多少关于房子和公寓的经验：从新英格兰到纽芬兰，再到北卡罗来纳和日本，我参与过一些房子的建造，租住过一些，还买卖过一些。我翻修过其中几栋，也忍受过房子自带的装潢。鸟之云的那栋房子脱胎于一些我自认为是好的想法——至少是好的意图。我至今仍不知事情在哪个环节出了问题，甚至不知道它们到底有没有出问题。我以为，在与各种尴尬的住所角力多年之后，我已经充分了解了自己对房子的需求。但现在的我恐怕还是不甚了解，换言之，对我来说，并没有什么房子是完美的。

佛蒙特州北部曾有一座19世纪的农舍，其间有一个倒塌的棚子。据说在1866年芬尼亚兄弟会起义期间，几个爱尔兰裔的兄弟会成员从加拿大南下，来到佛蒙特州圣奥尔本斯，这个棚子便是他们最后的藏身之处。当工人们挖开这所房子的化粪池时，有人挖出了一枚19世纪60年代的十美分硬币，并保留了下来。我和一个朋友在佛蒙特州的"东北王国"①建过一座木屋，一栋怪里怪气、挺讨人嫌的半嬉皮式建筑。我们在它身上付出了大量劳动：砍树、把木料削平并捆起来拖走、剥树皮、按照井干式（pièce-sur-pièce）的结构要求开榫，最后把这一堆乱七八糟的材料整合到一起。我同这位朋友也一起在蒙特利尔的圣洛朗区住过一阵，附近有家绝妙的市场，它颇有些年头了，在那里可以买到像路标线一样黄的鸡爪、异国的香料、热乎乎的小馅饼、榴梿和荸荠。我们住在一个形状非常怪异的小公寓里，房东是一位独臂的德国前战俘。楼下大厅里住着一位身量极高的异装癖，他只穿夏天的连衣裙——对蒙特利尔的冬天来说，这显然是远远不够的。这个地方最令人难忘的是一台古董电烤炉，炉子内部有一层加热线圈。有一回我用这台炉子烤蛋糕，

---

① 佛特蒙州的东北地区，包括埃塞克斯、奥尔良和喀里多尼亚县。

炉顶上的线圈直接垂到了面团里。

后来,我住过一个从银行金库改装而来的地方,特别暗,但绝对安全。我还花了好多年去翻修了一座纽芬兰渔民的房子。翻修工作从撬开厨房烂地板上的十九层油毡起步,以七年后因为本地杂工换地板弄得一团糟而流下泪水结束。第一个木匠的手艺极出色,他在网上觅得新欢,便离开了他的妻子,同新的爱人私奔到北美大陆。大概是20世纪60年代,我在一栋豪华大宅里暂住过一阵 —— 它有着玻璃移门和纹理像乳酪一样的天花板。我还在一间丹佛的公寓里住了一两年,从房间里可以看到摩天轮和顶楼的疯子。怀俄明州东北部保德河上有一座没通电的小木屋,它头顶那片天空极为不凡。在那个8月,我见到了此生最叹为观止的英仙座流星雨,成堆的流星,多到我数都数不过来。然而在一英里外,运煤的火车在轨道上整夜呼啸而过。在那之后便是怀俄明州森特尼尔的那座房子了。

1995年,我在森特尼尔买了一栋原木小屋,房龄三年。森特尼尔是落基山脉南部梅迪辛博山东边的一个小镇,海拔8000英尺。小屋西边便是国家森林,陡峭的山坡上长满了扭叶松,徒步小径和滑雪线路在树下交错而过。东面是希普山的主体部分,大量麋鹿和美洲狮栖息在这座崎岖的山岳之中。山的那边是拉勒米平原,怀俄明州的养牛业正是在这里发源的。19世纪时,有个养牛人从蒙大拿的夏季牧场回得克萨斯,途中丢了一些牛。第二年,在赶着另一群牛北上的途中,他发现了去年丢失的牛,它们膘肥体壮,数量也增多了。从那时起,远方矗立

43

着拉勒米峰的拉勒米平原成了牛的国度。最近，一家老牌牧场变卖了全部家当，还出现了许多小小的房子和一家天然气站。幸好我没住到那些小房子里去，因为这里地下水的水位很深，用水很贵，新房子的主人们不得不用储水箱运水。

住在森特尼尔的十年里，我从冬到夏都在昏暗的山间小径上徘徊，它们中的大部分都被我踏足过。在废弃的伐木道上，我滑雪、徒步、骑山地车。到了冬天，这些小径在数英尺的积雪下变得截然不同，给了我人生中最棒的越野滑雪体验。我每天都滑雪，有时只滑几英里，有时能滑几个小时，视雪况而定。除了鸟类和一头偶尔出现的鹿以外，我几乎没见过其他动物。因为对野生动物来说，这座海拔8000到10000英尺的巨型单一树种森林相当不利于繁衍，它几乎没有下层植被，是一片生物荒漠。只有少数植物，如松鸡果（细枝越橘）和麋鹿莎草（盖耶草），能够在浓密的树荫下生长。与东部森林浓密的灌木丛和东倒西歪的巨型稻草垛相比，这里树下的地面十分开阔，一览无余，方便人类四处行走。在梅迪辛博，偏远处的山坳里有熊出没的踪迹，沼泽地里则有怀俄明驼鹿。我在滑雪时偶尔看到驼鹿，会想起它们破坏纽芬兰为数不多的新建越野雪道的行径，它们巨大的蹄子在天然的雪面上留下了深深的足印。不走那些被踩坏的雪道倒还好些，虽然在被大风吹弯的矮林里穿行会大大增加迷路的风险。在梅迪辛博，晴天时松树的暗影一道道落在山路上，会产生一种使人晕头转向的频闪效应；如果道路同时又陡峭或曲折的话，甚至会很危险。

人类喜欢扭叶松，它的用处数不胜数。扭叶松又高又直，是盖房子时做柱子和横梁的好材料。纤细一点的小树则会被印第安人拿去做帐篷支架和雪橇杆。松树上的沥青可以给软皮鞋做防水，并把羽毛牢牢固定在头饰上。据说克里族人牙疼发作时用树胶填牙洞，可以防止牙神经与空气接触。它也可以做口香糖，嚼起来十分爽快，能帮助保持口气清新。印第安人和殖民者们还会把它加热，用以缓解昆虫刺咬、疖子和溃疡的瘙痒。把树皮泡在沸水中则能沏成预防坏血病的药剂，可以直接服用，也可以掺入炖菜和汤里。边疆的军医们得了坏血病之后也用松针治疗。

我曾认为落基山脉的扭叶松林（有时候叫"黑松"）的美丽之处在于其数量蔚然，但有些枯燥乏味。后来我想到了那些松果和红色的松针，即使当时它们意味着林中肆虐的瘟疫。绿色的森林本身很单调，同一种树反反复复绵延不绝，无论树龄还是物种都谈不上多样性。全是扭叶松——这正是问题的一部分。

我最初注意到的是松果：松鼠咬断了挂满松果的枝头，因为它们发现树枝的尖梢更易下口。等松果们纷纷掉落，它们便从树上飞奔下来，把这营养丰富的食物储到树根和落木之下。我经常在森林里遇见它们的垃圾站——那一堆又一堆的松子壳。有一天，我把一根被松鼠咬断的树枝带回家放在了大桌子上，上头全是还没开口、浑身是刺的松果。它们交错着紧紧挂在树枝上，完全掰不下来。在像蛤蜊一样牢不可破地坚持了几天后，松果们开始慢慢打开，长着"翅膀"的松子探出头来，像半透明的昆虫翅翼，颜色是沼泽池水那种淡淡的褐色。

我了解到扭叶松有两种松果——晚熟松果和非晚熟松果。非晚熟松果，也就是我带回家的那玩意，每年都会舒展开来，让风和松鼠替它散播种子。树龄在十到三十年的低龄扭叶松通常会长出这种松果，它们在26至52度左右张开。更成熟一点的树，或是生长地区发生过山火的树，长出的大多是晚熟松果。它们通常会被松鼠无视，因为太难弄开了，只有当温度升高至45到60度之间时才会舒展开来。

这些松树本身树皮很薄，身姿挺拔，高达80到100英尺，树枝微微朝上弯曲。它们是落基山脉西部最常见的树木，构成了该地区独特的外观。硬实的松针两束两束地排列，每束中间有一条长长的凹槽。在我的袖珍显微镜下，一串串透明的小疙瘩紧紧挨在一起。这些就是松脂囊吧，我心想。我很佩服这些能够灵活调整繁殖策略的松树，这体现了自然界环环相扣的变通。在这里，有呼有应便是生命延续的方式。这个轮流对唱的团体成员济济：火和种子、疾病和火、阳光和插枝、昆虫和鸟喙、槲寄生和饥饿的松鼠。尽管山火以前会对某些松树造成直接伤害，但它也会催熟晚熟松果，为下一代提供营养丰富的苗床。幼树也有敌人：白靴兔、田鼠、无处不在的松鼠和囊地鼠。还有家养的牛羊，它们会啃咬并践踏森林租出去的那部分。然而，面对常年干旱、气候变暖和大规模山松甲虫（它的拉丁文名字意为"树木杀手"）入侵的三管齐下，扭叶松却束手无策，毫无抵抗之力。

在我搬来森特尼尔时，落基山脉正在经历如下的气候变化：干旱严重，冬天变得更短、更温暖，那种零下30多度、能冻住整个怀俄明州的漫长低温已成过去。这种变暖变干燥的趋势让树木变得不那么强壮，也成了这场"北美史上最大已知虫害"的一大推手。大部分西边的扭叶松林都在这场灾害中被山松甲虫摧毁①。当时的一些其他客观条件也促成了这一灾害。除了树种单一却数量庞大外，几十年来反复肆虐的山火也导致松林的树龄接近，还很容易得病。这就像是数百万个八十多岁的老人同时被卷入了致命的瘟疫。而且不仅仅是山松甲虫，云杉和亚高山冷杉也分别惨遭云杉八齿小蠹和冷杉小蠹屠戮。科罗拉多州和怀俄明州南部的大部分扭叶松林已是没有生气的空壳。那些从未目睹过美国和加拿大落基山中美丽松林的人，我替他们深感遗憾。他们从未在枝头落满雪的树下滑过雪，也从未从防火塔上眺望过绵延数英里的绿色山野。令我极为惊讶的是，许多西部地区以外的人压根不知道这些事。虽然许多报纸都报道了这场灾难，它仍是一个占地数百万英亩的秘密。

山松甲虫体积很小，它们能咬穿松树的树皮，在树干里挖洞产卵。孵化后的幼虫饿了就以树的形成层为食，这层细胞会形成年轮，是树木最重要的部分。为了不被树液淹死，这些幼

---

① 迈克尔·里恰尔迪，《甲虫大型侵袭威胁美国西部山地松》，2009年7月22日，ecolocalizer.com/2009/07/22/massiveinfestation-of-beetles-threatens-mountain-pines-in-western-us；吉姆·罗宾斯，《树皮甲虫泛滥致西部数百万英亩林木毙命》，《纽约时报》，2003年11月18日，第3版。

虫会吐出一种真菌，它不仅可以阻断树的生命之源流动，而且会把树干染成灰蓝色。家具商们一度认为蓝色的木材很迷人，如今却视这种颜色为毁容。由于许多人在林子里伐木，以便冬天在屋子里烧火取暖，甲虫也随着木料被一并带进了城。面对更丰富的食物种类，它们兴高采烈地向园林和观赏树木大举进军。扭叶松熟知甲虫的攻击方式，作为防御，松树会分泌出又黏又稠的树脂来堵上它们的卵囊和虫洞。不幸的是，甲虫反而被这种树脂激发出了费洛蒙。它们发出信号，吸引大批攻击性甲虫前来。与此同时，松树却由于长期干旱变得干枯虚弱，也造成树脂防御工事的效果不佳。

这场虫灾从加拿大的不列颠哥伦比亚省一路蔓延到新墨西哥州，几乎横扫整个西部地区。这其中，不列颠哥伦比亚和阿尔伯塔的虫灾最严重，怀俄明、科罗拉多和蒙大拿也都遭受了沉重打击，数百万英亩的土地蒙上了暗淡的锈红。据推算，在未来几年内，几乎所有直径5英寸①以上的扭叶松都将死去，没有什么有效的救治方案。今天，在鸟之云周围的森林里，连绵成片的红色松树虽死犹存。它们靠自己仅存的树根保持伫立，但最终还是会倒下，变成一堆可怕的可燃物。一旦山火燃起，也许从东海岸都能看到滚滚浓烟。

人一开始思考将要发生的事，就会不由自主地把视线投向更远的未来——落基山脉在一百年，乃至五百年后会是什么

---

① 1英寸等于2.54厘米。——译者注

样子的？它会不会变得像阿尔卑斯山一样，芳草丰美、野花盛开？牧场主们会不会带着他们的奶牛一块儿搬进来？它会不会看起来更像阿富汗被砍伐、侵蚀后光秃秃的草原？窘迫的林务局是否会启动大规模种植计划，提升物种多样性？我们不得而知。

我本应从森特尼尔的宅子里学到一切跟住房有关的重要经验。我的确获得了一些，但那远远不够。这块地面积约两英亩，和其他九块林地都属于同一家业主协会管理，总面积为90英亩。林地里有一条半英里长的通道，遇上暴雪的话偶尔会关闭。房子有很多问题，但原建造方就在它不远处，于是我启动了一连串的改造和修葺。

这所房子依赖三个"储热"电暖器取暖。第一个冬天里，它们的表现完全不及格，除了电费账单以外什么都没储下来。室内温度基本上不曾超过17度，相当冷，必须同时在壁炉里烧柴火取暖。厨房是个米色的恐怖地带，瓷砖地板和台面完全无法保持干净。这是间被诅咒的厨房：橱柜空间极小，布局也很尴尬。到了夏天，高海拔地区特有的灼人阳光会从厨房东边的落地窗直晒进来，屋内一改冬天的冰冷，变身为一台滚烫的烤炉。电器们挨个罢工，在这个缓慢而痛苦的过程中，我发现上一任主人买的都是那种市面上最便宜的玩意儿。我不得不把井泵、洗衣机和烘干机都一一更新。电线也铺得远远不够。最糟糕的是车库入口，它的北侧有一块光滑的混凝土板位于斜坡的底部。每年冬天，这块石板上都会冻起一层厚厚的冰，并一直延伸到车道上约10英尺。我每次都要花很多时间去刨掉这些冰。

翻修工作的第一步：用石膏板盖住多疤的松木天花板，并在胶合板上铺木地板。在力所能及的范围内，我每年都推进一个新项目——给图书室装书架，彻底清理并改造厨房，用煤气炉换掉电暖气，再把毛坯地下室改成办公室。我还拆掉了车库门口的水泥板，把它换成一套地下供暖系统。这套系统几乎大获成功，尽管它多次烧掉保险丝，还导致电费飞涨成国债般的天文数字，但冰层消失了。新的水泥坪表面粗糙，可以缓解冰冻对光滑水泥面的破坏。

我刚搬进这所房子的时候，地下室还是毛坯，若干粗糙的架子摆在一片黑暗中。地面上方约16英寸处有一道令人不安的线，说明这里过去曾被水浸泡。在开车经过新墨西哥州的克莱顿时，一座石头建筑上高高的水印引起了我的注意。这是20世纪20年代一场洪水的遗留产物，让我想起了地下室里那道不祥的水印。我很担心。我的房子位于一个坡的底部；它的脚下是怀俄明州的硬化黏土，融化的雪水和雨水往往沿着宽阔的通道迅速流向低处，并不会渗入路面。这座房子之所以没有年年被水淹，是因为它的车道底下有个涵洞，它将高处的水安全地引入了一条旧灌渠，流向低处的山杨林。

水灾问题后来变得更为复杂，因为邻居中有一位"爱管闲事"先生在某个秋天决定封住灌渠，原因不明（每个业主协会中都会有一位"爱管闲事"先生和一位"无所不知"先生）。到了春天，雪水从屋子西边那座风吹成的巨大雪堆下汨汨流出——这是在背风坡居住的一大特征。不可避免地，水倒流了回去，在涵洞内结成了冰。当时，"爱管闲事"先生的封渠工事尚埋在冻得硬邦邦的10英尺冰雪之下，我没法去打通那个封堵点，引出雪水。有个周末，我的大儿子和儿媳来访，我们把大部分时间都花在了砍冰挖雪上。可太阳一旦下山，一切就又冻上了。随着春日渐深，雪水顺着车道涌入了车库，人们得穿上泥靴才能接近我的房子。我花了好几个小时在车道上挖出些沟，好把雪水分流出去。既然这个问题无法通过友好的途径解决，那么对我来说，显然是时候离开了。

毋庸置疑，虽然环境极为秀美，周边也有大量理想的小径可供徒步、骑行和滑雪，但这座房子并不适合我。在这段令人沮丧的时间里，我写了一篇文章，描述了我心目中理想的房子。在封渠事件之前，我就已开始着手寻觅新的地块，想建一座合心意的房子。但直到十多年后，我才找到了自认为合适的地方。

我在附近寻觅了一番，因为我喜欢挨着国家森林，也喜欢森特尼尔，它别致的主干道上总有一辆老掉牙的警车停在路边，用来唬退超速行驶。还有，我刚来的时候，这里只有不到一百口人，却拥有五个酒吧。我看了一处房产，它坐落在一片平坦的大草原上，被当地远古冰川留下的巨砾原包围着。房子底下有一个半地下室，它又低又矮，里头安了工作台和储物架，得从一扇活动板门进去，人在里头完全直不起腰来。我又看了另一栋，为了减少灰尘，它的整个外墙都贴着瓷砖。我还参观了东南方向紧邻森林另一部分的一处房产，后来我发现那里是冬季雪地摩托的一片主加速区。我看过价格虚高的鼠尾草原，还有一些纬度高到需要氧气罩的坡地。有一块地价格高得吓人，一万美元一英亩，位置在交通繁忙的公路边，进出都受限，据说还附赠一个脾气暴躁的邻居。直到最后，我遇上了一块漂亮的地，是私产，非常美，小拉勒米河北边的支流在其间奔流而过，能看见希普山北端秀丽的风光，价格我也负担得起。我安排好了一切购买事宜，计划在这块40英亩大的地上盖房子。在离竞价结束还差十分钟的时候，卖家取消了交易。

找房子这件事逐渐变得漫无目的。有一天，在与一位熟人交谈时，我说觉得自己基本已经不指望找到合适的地方了。她问我是否考虑过在梅迪辛博山西坡、北普拉特河畔的萨拉托加镇附近找找。我说那片村子的确非常漂亮，但不见得会有多少房产挂牌出售。她说，是不多，但有一处我可能会感兴趣。那是大自然保护协会的产业，他们正在找买家。房子就临着河。

"那儿有座巨大的悬崖，"她说，"还有河。你去看看吧。"

"那我去看看。"

几周后，我真的跟负责这座房产的经纪人一起去看了一眼。一只白头雕栖在枯树上，注视着我们。此处的风景颇为肆意。这块地不仅临着北普拉特河，这条河还穿过了它，中间还有几英里折成东西走向。这片土地面积约一平方英里，也就是640英亩。在这一平方英里内，有河畔灌木和棉白杨，6月水位上升时会有一些湿地，还有鼠尾草地和大片杂草丛生、过度放牧的牧场。低处大约有120英亩是杰克溪流域，一个重要的鳟鱼产卵地。

杰克溪从30英里外的马德雷山蜿蜒而下，穿过这片土地，汇入北普拉特河。溪很宽，需要搭座桥才能去对岸。那里的确也有一座桥，是用铁路货运车底板建成的，结构坚固。这块地的绝大部分，500多英亩吧，位于砂岩悬崖的顶部和后方，是一片长着莎草和鼠尾草的斜坡。它的高处和低处都遭受了严重的过度放牧，处于疏于照管的状态。然而，在我第一次去见它的那天，我也见到了一小群骡鹿、鹈鹕、白头雕、大蓝鹭、水鸟、渡鸦、几十只蓝知更鸟、一只鹞子、一只茶隼，还有依在悬崖上的成千上万的燕子巢。我知道怀俄明州的大部分野生动物都在河岸出没，但这番景象还是让我吃惊。此处已经成了一块野生动物栖息地。显然，各路鸟儿纷纷来此避难。这里可以成为一片鸟类保护区，我旋即想到。它看起来十分私密，只有一条单行的公共通道可供进入。当时的我并没有意识到，这条通道正是这块地的阿喀琉斯之踵。

我了解到在悬崖西边高处长着一种名叫吉本斯钓钟柳的稀有植物，它们生长在精巧的垫状植物和珊瑚化石间，那里是天然的石头花园。虽然这种植物仅高至脚踝，却使徒步落基山脉成了大饱眼福之旅。山顶的景色让我无法呼吸，山顶的风亦如此——它吹得我几乎站不直。朝东北方向望去，可以看到巨大的科德山、彭诺克山和埃尔克山，再往东的话便是我心爱的梅迪辛博山。西南方向是马德雷山，曾经居住在那里的尤特人把它称作"闪亮山"。悬崖底部的环境与顶部截然不同——这片草原虽遭过度放牧，各种莎草和其他草类依然蓬勃生长。那里还有一个小小的草原犬鼠部落,居民们个个警惕性极高。偶有一只獾的鼻子短暂地出现在洞口上方,一会儿又消失了。有郊狼溜向远处。下方有一小群骡鹿在渡河,看起来简直像动物玩偶。这片土地美丽又独特,地处偏远却饱含力量,我为之深深倾倒。它没有围栏,四周被牧场环抱,周边既不通电也不通电话。但我已爱上了它。

这块地曾属于一个在怀俄明根基深厚的牧场主家庭。在把地出售给大自然保护协会之前,业主曾计划在这里建一个住宅项目。为此,早在十年前,这里便打下了一口井,入口处设了装饰性的白色塑料围栏。地上还打上了桩,它们被漆成白色后标上了数字,为那些又窄又长的地块标出分界。每块地有一英里深,几百英尺长,穿过崖顶上的长满鼠尾草的高地,然后沿着400英尺的崖面径直向下,穿过河流,最后抵达南边的边界。这样一来,开发商便可以声称每块地都是临河的。这种设计也许对泰山和珍妮来说会很有趣,因为他们仅靠绳索和藤蔓就可以攀下崖壁。

这块地附带了多页地役权保护文件,购地的流程也因此变得很漫长。有很多次我都觉得好像要没戏了。然而,某一个大风天,我从拉勒米开车到森特尼尔,天空中满是舒展的层流云。我向西边那块地的方向望去,空中有朵云形状像一只巨大的鸟,它的头、喙和胸部在落基山上空隐约显现。我把这视作自己最终能拿下这块地的征兆,并给这座旧牧场起了个新名字——"鸟之云"。

在那之后的几个月里，我和我的律师、州水务委员会、工程师、测水员和钻井工人们做了大量的文件工作，也商讨了很多内容：意向书、购买协议、保护地保留协议、各种评估、产权和放弃产权声明的核对、井水水质分析（结论是碱性过大，必须打一口新井，并对水做一些处理）、地役权文件报告、一项新的调查、水灾调查报告、矿权信息收集以及第一阶段现场环境评估。六个月后，一切必需品——资金、文书、各种测试和测量结果、国家许可证——都齐备了。2003年12月，在罗林斯的产权公司里，我和我的孩子们成了鸟之云的主人。

我觉得自己得找一位建筑师合作。在西部，常见的盖房方式是建筑商全权负责将房主的想法变成现实，并不需要建筑师的加入。虽然这迎合了西部人对独立思考和个性的要求，但有时也会导致千奇百怪的问题房屋，或是"千屋一面"的状况。至少当时的我是这么想的。但后来逐渐明朗的是：我的想法并不完全正确。如果我有机会再建一栋房子，我会选择一名办公室离工地不超过20英里的当地建筑师。我会更重视施工队的想法和意见，也会亲自选择电器、水管和照明设备。

建筑师哈里·蒂格多年来一直与我保持着联系。他的办公室在科罗拉多州的阿斯彭，这意味着他离鸟之云太远，有好几小时的路程，不能经常去现场。哈里是个聪明又有趣的大个子。我喜欢他这个人，也很欣赏他的房屋设计，尤其是科罗拉多的褐色丘陵间，那座像金属斜杠一样的建筑。和我一样，哈里也喜欢生锈的金属和废弃的材料。他有极好的幽默感，对光和影、

55

风和岩石都很敏感。

哈里和我以一种否定论的方式①查看了森特尼尔那栋屋子。我指出了那些再也不想遇上的问题：凹凸不平的原木墙，朝北的车库入口和厨房东边的落地窗。我提到自己曾写过一篇关于梦想之家的文章，他说他读了。我松了口气，认为他已经了解了我对房子的需求。直到后来我才发现，如果他真的读了那篇文章，估计也已经把内容忘得差不多了。当我自己重读它时，我觉得文章的内容更像是一种抱怨，而不是在描述我的理想，毫无建设性可言。

哈里第一次造访鸟之云的那天，西风格外猛烈。我觉得这风很反常，但他认为这正是此处的关键特征。他是对的。悬崖赫然耸立着，好一块盛气凌人的米色石壁。我后来才知道，这个地方常受狂风侵扰，它们横扫过西边数英里空旷无树的牧场，随悬崖起伏愈刮愈烈。有时，整个地区都会被怒号的狂风掀动，灰尘把空气搅得浓稠，远古时代的火山灰和淤泥的颗粒被高高卷起。褪色的草丛在风的拍打下来回摆动，仿佛被来自地下的一股股强电流激活。风滚草蹦蹦跳跳地穿过公路，在沥青上撒下它们黑色的种子。同样的狂风也在北边20英里外的80号州际公路上肆虐，不时有半挂卡车被吹得倒向一边，和纽芬兰雷克豪斯地区的强风在西海岸公路上的所作所为如出一辙。在鸟之云，时速70英里的狂风在冬季并不罕见，而时速100英里以上

---

① 一种神学理念，指的是上帝是人类永远不可能去正确认识的一个对象，只能通过确认他不是什么来进一步了解。——译者注

的那种，每个季节都会来那么几回。有个老笑话说的是，怀俄明州的雪不会融化，只会磨尽——这便是它的来源。那是些不宜晾衣服的日子。针对西风，哈里设计了一个窄窄的斜屋顶，这样可以把咆哮的气流稳稳地向上引过去，越过整栋房子，化解了它对房子的正面冲击。屋顶的形状与背景中悬崖的形状是相呼应的，这是我始终很满意的一点。

由于地理位置对我的写作和生活至关重要，所以我希望鸟之云能够在周遭的风景中自在呼吸。影响这所房子的不仅有风，还有傍晚会淹没它的浓浓阴影和悬崖东边锐利的阳光。我想要拥有有趣的光线，若干风景，以及能装下整个悬崖的大窗户。哈里天才地满足了我的以上要求，那多变的色调和光线一直让我感到愉悦。而同样重要的是，我不希望鸟类被大窗子上那些不友好的倒影引诱过来送死。哈里的父亲 W. 多温·蒂格是一位工业设计师，他的作品被纽约库珀-休伊特国家设计博物馆收藏。他建议说，带有遮罩的缩进式窗户可以防止鸟类死亡。这听起来是个很好的主意，我至今都不确定这个方案是何时以及因何原因作废的。毫无疑问的是，费用永远是个重要推手。

多年以来，扭叶松木一直是西部上好的本地建材，而原木房屋也是在怀俄明备受推崇的本土建筑。拉勒米附近的一条小路上有座老原木谷仓，我特别喜欢它，也给哈里看了它的照片。但我不想再住原木屋了，除非室内用干式的石膏板墙，或者房子是魁北克风格，用方形的木料按照井干式结构建造。用圆形原木搭的那种有缝隙的内墙对我毫无吸引力，而且那种不平整的灯芯绒表面没法挂画。森特尼尔那栋房子教会了我一件事——原木内墙是可怕的集尘器。我一年要擦两次高处那堆满灰尘的原木，这是一份永无休止的工作。原木会随湿度、温度和季节变化收缩或膨胀；填缝的材料会收缩，昆虫随之从小孔中蜂拥而入。刨过的井干式木料虽然能保证内墙的平整，仍然会影响房间里的采光，而且也还是得填缝。随着时间的推移，整根原木垒成的墙可能还会下凹和变弯。哈里建议我们用两英寸厚的粗切木板去搭出井干式结构，切割时微微加工出一些锥度，这样能省下三分之二的建材，也少一些重体力劳动。这个主意十分明智，我很认可。至于房子外部的木料，我们打算顺其自然地让它们的颜色慢慢变深，不再专门上色。

因为我的生活是在纷乱的纸张、书籍、信件、地图和日程表中度过的，所以反而喜欢干净的极简主义风格。我特别欣赏田纳西州克林顿市的那座由玛雅·林设计的兰斯顿·休斯图书馆。然而，我花了半辈子时间才明白过来，我的习惯和工作同干净的极简主义并不契合。默认风格是杂乱无章的我，往往只是从这张桌子上堆积如山的工作和文件挪到另外一张大桌子上其他堆积如山的工作和文件那里。每张桌面上的书本都是摊开的，紧挨着要归档的文件盒。书架和地板上，一箱箱老照片、手稿、信件和收据挤得满满当当。来往的信件堆积如山。这样的场面丝毫谈不上精干和简约。我认为自己需要一个大房间来摆放桌子、文件柜、地图箱、写字台、书架、办公用品、图书归类台和账簿桌。

在这间书房兼办公室的旁边，我希望有一间能放得下沙发和椅子的宽敞厨房。我喜欢做饭，而做饭需要为洗菜备菜、切块切片，以及大锅、瓦罐和许多盘子留出空间：这些都是必需的物什，一点都不极简主义。我还想要些架子来放我那几十本烹饪书。我在新英格兰的乡下长大，家里有大大的无供暖食品储藏室，很了解它的优点。我还希望厨房门外是菜园。因为附近有条河，于是添个渔具室似乎也是个绝妙的主意——一个放鱼竿、长筒靴和渔网的房间，从那里去河边跟河上的暗池只需要一分钟。

在细化设计方案的过程中，也有过一些妥协。渔具室里必须加入洗衣功能区，还要负责其他运动装备、花朵标本机、日用背包、缝纫桌、花瓶和大量杂物的存储。厨房本身比我的需求要小，区域划分也很分明，并不是开放式的。不过它正好通向那间放有大枫木餐桌的屋子，我经常在那里写作，离炉子上的热锅、悬崖的风景和鸟儿们的活动仅有几步之遥。

我想要一间朴素但宽敞的卧室，天花板和墙壁保持光滑就可以。森特尼尔那栋房子的卧室天花板上有五根巨大的横梁——每根直径有12到16英寸。我躺在床上的时候会盯着它们看，思考如果地震来了它们能坚持多久。那并不是一间风水很好的卧室。在卧室之外，我很想在一间没有家具的凹室里铺上榻榻米，用于冥想和锻炼。我希望有一个宽敞且通风良好的步入式衣柜，在里头安上大量架子和抽屉。由于我经常旅行，一个小小的私人阁楼也会很实用，那里可以收纳我的行李和背包。

  森特尼尔的车库不大，但它至少有宽敞的储物柜和架子。我希望鸟之云的车库能停得下两辆车，一辆越野车可以开去怀俄明的偏远地区，另一辆小卡车可以用于这块地上的日常活动，也可以开去镇上和垃圾场。我想要个工作台，还有很多很多储物架。森特尼尔的主卧下方有一台聒噪的炉子，被我用来替代电暖器工作。我告诉哈里，房子的安静对我至关重要。我不希望听到风扇声、鼓风机声、水泵声，以及各种呼呼和咚咚声。

  时间转眼到了2004年。在哈里和他的团队完成房屋设计的同时，我开始物色本地的建筑商。

第四章

如坠冰窟

·2004年·

哈里·蒂格的初稿是一栋又长又暗的房了，长度有点类似我喜欢的那座老谷仓。它没有地下室——这是个好主意，因为这里的氡气的确是个问题。房子计划建在一块基板上，室内是光滑的混凝土地面。我曾跟哈里提过喜欢一切不对称元素，所以令我很开心的是这套方案设计了一个又窄又长的结构，而不是长方形的。屋墙和前后门形成的角度都很有趣。最大的房间长达四十八英尺，在整栋房子的最西边，注定要成为图书室。房间东边是用餐区，饰有面向悬崖的巨大窗户。然后是紧凑的厨房，设有深深的石柜。一条短短的走廊通向北边的渔具室和朝南开的大门，走廊尽头则是双车位车库。

二楼的最西边是主卧，从房间里可以看到悬崖正面的美景，还有一个带日式浴缸的浴室，一个垫了榻榻米的运动区域和一个步入式衣橱。主卧和东边的客卧套房之间是一个大大的家庭间，也就是楼上的客厅。我曾提出想要个防鼠阁楼，哈里设计了两个，分别位于房子的两头。它们都很棒，都会装上电源插座和良好的照明，可以直接使用。主卧旁边的小阁楼被我用来收纳行李箱和旅行用品。大阁楼里装了金属架子，可以放书本和文件。毕竟在作家的家里，这些东西增长的速度堪比夏天的蚊子。

我认识了E，他是哈里手下年轻又认真的项目经理。他似乎满脑子都是想法，让我觉得自己在出国旅行的时候可以靠他去解决那些必须解决的问题。我们开始用电子邮件联络，讨论方案的细节。

当地大多数经验丰富的建筑工人都在天然气田里赚大钱。有个承包商好几个星期都不回我电话，等他打回来的时候为时已晚。另一个曾在森特尼尔跟我合作过的承包商也表示他有兴趣，但还没等我们开始认真讨论，他说自己在和妻子办离婚，要离开怀俄明州开始新生活。有个当地人——我可以称他为"建筑先生"——看起来很有戏，我和哈里跟他接触了好几次。他看起来意愿很强烈，对这个项目很感兴趣，我也挺喜欢他本人。然而，他在某些方面让我有些不安，我觉得他并没有理解我想要的房子是什么样的。也许是因为他办公室墙上挂着约翰·韦恩的海报，也许是因为他办公室的墙壁本身，它是那种塑料墙板，估计是其他项目剩下来的。我觉得他是个可靠的好建筑商，擅长处理中规中矩的房子和标准建材，但可能不是特别有想象力。我们打算在房子里加入生锈的金属和天然的物品，他会怎么想？我觉得这栋房子需要一个有点剑走偏锋、对新想法持开放态度的人，一个实验者。然而，由于熟练工实在供不应求，我们可能不得不与"建筑先生"合作。

哈里把方案给了他。我们等着他返还成本预算之类的东西，然而，好几个星期都没有回音。我的预算很紧，时间也是有限的，因为我已经不再年轻了。我想在这所房子里，在这块土地上，看看隼和雕。他的确也已向我们明确表示，秋天之前是不可能动工的。这无疑是个打击。

光阴荏苒，一年飞逝。我尽量多次开车去工地，试图想象房子的模样。夏末时，我们还是没有敲定建筑商。我强烈地感觉到了时间的流逝。6月浓浓的绿意已被西风吹散，现在已是8月，草地一天天枯萎，风中弥漫着干草那种微微伤感的气味。

叉角羚开始求偶，植物的种子成熟了，满是养分。野生动物正要进入它们一年之中状态最佳的时期。与在任何季节和天气都能吃饱喝足的现代人不同，野生动物的生理状况是以年为周期波动的：它们在夏末时营养充足，身强体壮，到了冬末则羸弱无力，年复一年地在生与死的跷跷板上摇摆。怀俄明的夏天总是戛然而止。8月或9月初，会来那么一两天的寒流或是小型暴风雪，随后是几周缓冲期，最后的金秋时光。然后冬天就正式登场了，暴风雪的时间更长，强度更大，雪也开始积下来。

此地还有一座漂亮的小岛，是北普拉特河中央的一片阴凉的棉白杨林。那年8月，我在岛上到处逛，发现了七根雕的初级飞羽（它们翅膀最末端的大支羽毛）。我一开始以为这是在换毛，可是换毛通常是一次一根，并不会一口气把成片的羽毛都褪掉。对飞行的鸟类来说，一次损失七根羽毛绝对是桩灾难。我在森特尼尔有个朋友叫"上坡"鲍勃，他是一位户外知识的"活百科全书"，也是个乐观主义者。他认为这并不一定是大雕死去的征兆（我曾怀疑是有人乘船经过时射中了一只雕）。然而，当我把同样的问题提交给黄石公园鸟类管理生物学家特里·麦克尼尼时，他直截了当地说："那只雕已经死了。"

在讨论施工方案可行性的阶段，我能着手启动的一项重要工作便是修起栅栏拦住邻居家的奶牛，这样被过度放牧和踩踏的土地可以慢慢复原。奶牛们还会啃棉白杨幼苗，这不利于河边新树的生长。它们尖利的蹄子和沉重的身躯对河两岸的环境也是一种破坏。大自然保护协会竟然允许周围的牧场主在这块地上放牛，这一点让我很惊讶。因为我们正在启动一项保护兼修复工程，我提出在保留协议中加入一个禁止放牧的条款，这样一来，即使这块地有朝一日易主，也能够得到保护。大自然保护协会拒绝了我的要求。渐渐地我才了解到，这个组织是和牧场主一个阵营的，他们更关心的是交易，而不是保护。牧场主们通常坐拥大片土地，而大自然保护协会一直以帮助他们继续扩充名下土地资产为己任，对这些土地的实际状况却漠不关心。他们忽视了这样一个事实：过度放牧会严重破坏植物多样性，如果是在水体周围的话，还会危害岸边的环境和新生的树木。同样令我震惊的是，他们的生物栖息地检查员并没有注意到那些有毒杂草——水路边的乳浆大戟、加拿大田蓟、旱雀麦和其他主要通过牛群传播的麻烦。我彻底幻灭了。

但首先我需要找个测量师来勘测边界。我惊讶地发现，这块地的东南端实际上是在河里。正如许多人意识到的那样，如果你买了海边或带河流的地产，那你必有所得，也必有所失。县书记官向我推荐了一个叫阿宾的篱笆匠，他从宾夕法尼亚州的农庄流亡到这里，总是十分思念故乡。他的父亲二十年前来到怀俄明州，在此处发现了扎篱笆的商机（牧场主和牛仔们都不喜欢这个工作），便留了下来。阿宾一家围好了高处的520英亩地，其中包括悬崖西端向下那段艰难的陡路。护栏材料大体是带刺的铁丝，但底部是光滑的，留出了16英寸的缝隙，以便让叉角羚通过。它们跟鹿不一样，更喜欢钻围栏，而不是一跃而过。然而，对阿宾先生来说，坚持工作是一桩难事。总是缺人手，总有坏掉的设备要修，总有其他利润更高的工作要做——阿宾先生手头有好多事。他曾告诉我，他去过牧场上那些牧场主从未踏足的地方。有一回，在拔一根烂柱子的时候，他发现了一块19世纪柯林斯堡一家妓院的代金券，可以换取一夜春宵。当年一定有个牛仔兴冲冲地去了镇上，却败兴而归。

　　房子附近的护栏我更喜欢 A 字形的，不想要铁丝网，于是阿宾先生在河边建了一溜漂亮的围栏。但它离河有点太近了，第二年，当河水比往年涨得略高时，大概有六段围栏被冲散了架。不过它们并没有被冲走，因为我的儿子吉利斯编了一张绳网，把塌了的栅栏绑在一棵离河边10英尺远的大杨树上。

　　让阿宾先生接着筑栏是越来越难了。大概一年后，我找来了另一位篱笆匠查理。那是个来自内布拉斯加州的高个子，身强体壮，速度很快。他完成了南边的铁丝网，把房子西边400英尺坏掉的旧围栏换成了新的 A 字护栏。整座小岛，乃至河的另一头也都用上了这种护栏。他还修复了断裂的部分，在杰克溪之上安上了百叶帘式的金属片或是大网，可以根据溪流的情况转动螺丝扣把它们升起或放下，以防止邻居的公牛闯入。关于东侧崖顶那条边界，在我们见到邻居家的奶牛轻松又帅气地跃过电线之后，他拆掉了那条脆弱的电线护栏，用五道铁丝网取而代之。我们总共安了6英里的护栏，因为除了这块地的外缘之外，河的两岸也必须好好保护。隔壁牧场的奶牛通常会离开它们自己啃过的田地，而浅浅的北普拉特河则是它们通向其他肥美草地的高速公路。

另一项可以趁早完成的任务是打一口新井。之前的水井离房子的位置有几百码远，井里的水是强碱性的，这是当地的一个普遍性问题。碱水的味道很糟糕，对穿越怀俄明州的大篷车队是灾难般的存在，因为人和牲畜都喝不了它，他们担心这样的水会让扁桃体长疱，还会导致胃痉挛。斯托恩斯家族是本地的钻井专家，他们是一家子兄弟姐妹，在镇中央经营一座小农场——那里有池塘、鲇鱼和鸭子。在怀俄明州农村，很多家庭会合伙经营小生意。斯托恩斯家有一两英亩空地，用来堆放自工业革命以来发明的各种机械零件。斯托恩斯女士养鸡，还卖鸡蛋。斯托恩斯兄弟钻井的动作很快，几乎一下子就打出了水。当然，因为河就在不远处，地下水位并不深。水是碱性的，勉强可以饮用。我们必须弄套净水装备来。

我想稍微缓解一下狂风之力，于是开始着手美化粗莽的草原。种防风林似乎是个实用的法子，于是我聘了景观团队：德里尔·詹姆斯和戴夫·奎特树木无限责任公司。他们曾挽救了我在森特尼尔那栋房子的一些糟糕的景观活儿，而且由于他们住在萨拉托加，请他们显得十分合理。我跟德里尔就景观设计、岩石和本地植物聊了几回，感觉也很不错。春天的时候，我跟我的儿子古利斯，遵照一位神秘人的神秘指示，试图在拉勒米东北部找一个艾草榛鸡跳舞求偶的场子。我们没有找到求偶场，却发现了一些美丽的天然岩石和杜松。我们在它们之间奔走，感叹所见的每一组岩石和树木都比上一组更漂亮。我拍了照片给德里尔看。看了这些照片后，他酷酷地说，这种搭配正巧是他的特长。于是，他和戴夫，还有德里尔的弟弟杰拉尔德三人一起开始施工。经他们之手，本地的树、灌木和岩石被设计组合成了各种不同寻常的美景。

后来我才渐渐意识到，德里尔是一个景观设计的天才。如果他选择去外面那个广阔的世界闯一闯，他完全可以名利双收。更多的发现随之而来。德里尔的搭档戴夫是一位经验丰富的地质学家，他曾在科罗拉多矿业学院就读，去过世界各地研究珍贵的宝石和矿物。此外，他对新技术的理解和吸收也很有自己的一套。算上杰拉尔德，这对搭档实际上是一个三人组，而当我得知他们还有个兄弟丹尼斯住在阿拉斯加时，这个三人组就升级成了四人小队。由于四人中只有一位不是詹姆斯家的兄弟，他们被简称作"詹姆斯帮"。尽管他们的正经名字叫"树木无限责任公司"，他们称自己为"树木"。不过"詹姆斯帮"这个叫法也保留了下来。德里尔用他严肃的口吻说道："哦，没错，我们还有另一个兄弟杰西。他跟家里不太来往。"我至今仍等着与杰西见一面。事实上，詹姆斯帮远不止园艺高手那么简单。

有一天，E发来一封电子邮件，说他要离开哈里的团队另立门户。哈里对此不以为意，我却大受打击。这似乎很糟。那一刻，我觉得自己就像P.G.伍德豪斯笔下的人物一样，在事态急转直下时，感觉自己如坠冰窟。我当时认为自己应该把整个工程都停下来，卖掉这处房产。于是，在内心煎熬中，我列了一份小小的利弊清单。

正方意见

- 建筑设计几乎快完成了。
- 哈里·T已经在这个项目上投入了一年多的时间。
- 我已经在这上头花了很多钱。
- 已经建好了3英里长的防牛护栏,费用也已结清。
- 新井已经打好了。
- 电线铺设完毕,费用也已结清。
- 家具设计师道格已经开始规划厨房的橱柜,不应该让他停手。
- 有了房子的话,这块地会升值。

反方意见

- 我的钱可能不足以支撑整个项目。
- 牛群入侵将一直会是个难题。
- 我们还需要再搭3英里长的护栏。
- 这个地方太过偏僻,离各种服务和商店都很远。
- 托天然气田的福,建筑工人一直人手不够。
- 建筑商要到今年年底才能开工。

这并不是一场势均力敌的辩论。在北上去自家在纽芬兰冈纳斯湾的房子小住期间,我把整件事想了一遍。虽然我有些打退堂鼓,但当我的会计师告诉我,如果盖了房子这块地能升值时,我决定继续完成自己的梦想。

这是一个在森特尼尔和萨拉托加之间来回奔波的夏天。我处理了地役权文件、许可证和通行权文件，然后在8月远赴纽芬兰，下决心出售那栋我花了十多年翻修的老房子。大北方半岛的这趟旅程使人心力交瘁，时间也一如既往地太短。我砍了柴，在船滑道上给木料剥树皮，把斧头从废木头堆里清出来，还去了乌鸦小径徒步。房子位于大西洋北部，那里公海的盐度约为35%，但近岸的淡水溪和河流的盐度略低。在我们码头以东的潮汐池里有黑鞭藻——它在1928年之前从未在这么靠北的地方出现过（或许这是气候变化的另一个证明？），有紫菜、带有成对气囊的岩藻、北岩藤壶、橡子藤壶，还有最好在放大镜下观赏的微型蜗牛和红色的小虫。在稍深一些的海水里，有数百万蓝贻贝和绿海胆，一两只紫色的海星，几只月亮水母和紫水母。去年还有好多水母的，但今年只有寥寥几只。

我们有一项艰巨的任务。在旧渔屋拆除之前，我们从那里收来了一些渔民的零碎，把它们放在了新船屋的一个盒子里。现在要把这些东西全部理一遍。有一个用绳子和钉子封口的渔民木质午餐盒，一个装煤油的镀锌罐子，一把用来卷渔网线的木轴，以及一块钻了六个洞的木片，用来防止雪橇犬牵引绳缠作一团。另外还有几个鳕鱼或鱿鱼的钓轴、凿实船用填缝剂的木槌、一副兽皮担架、一把切鱼刀、一套桶箍工具、各种鱼钩、一个鱼形铅坠模具、各种削好的楔子和塞子。现在的我有时仍以为自己还能回到那里，看看这些东西。

我会想念那些鸟儿的：一对愤怒的游隼；一只苍鹰，它在一棵倒向水面的歪脖子云杉顶端筑巢；三只退潮时在岩藻上忙活的乌鸦伙计，它们把海胆剔出来吃，还在山坡上啄食成熟的浆果当甜点。其中一只的脖子上有一块白斑。那里还总有笛鸻、难以辨认品种的海鸥（是银鸥？北极鸥？还是大黑背鸥？）和北极燕鸥。

还有一桩最后的遗憾，就是附近的餐馆把大菱鲆脸从菜单里删掉了。这是个重大打击，因为在我心目中这道美味是人们来半岛的最大原因。无论在那之前还是以后，我都没有在别的餐馆或鱼市里找到过这道菜。天知道昔日的那些大菱鲆脸都去哪儿了——大概是落入了渔夫的妻子们手里吧。

回到怀俄明州，哈里·蒂格和他的新项目经理吉姆·皮特里一起开车来了鸟之云。我们全体在建筑先生的办公室碰头，哈里看起来有点乱糟糟的，抱怨着在巴格斯路上又被开了张超速罚单——这已经是他的第二张了。他说，政府应该在路边立个牌子昭告路人，哈里·蒂格建筑事务所为这段公路出了钱。

哈里和吉姆带来了各种各样的材料，其中有一些匪夷所思的室内立面料子，比如皮面的砖片（！），还有一些亮闪闪的铜板，板上同样印着砖纹——我认为这怪吓人的。哈里说，等它们生出铜绿，就会成为玄关天花板的完美材料。有人说，获得铜绿的最好方法是把它们全部铺在地上，然后在上面撒尿。这项工作没有人毛遂自荐。我不喜欢闪闪发光的铜料，但表示这一次我会相信哈里。我们为什么要雇用建筑师？为什么不像很多人那样，和建筑商坐下来讨论，在指定的预算范围里找一个理想和现实的平衡点？因为，与建筑商坐下来讨论，列出自己想要的东西，把自己对材料的爱好强加到设计里，符合人类因循守旧、不爱冒险的行为偏好。而人们付钱雇建筑师的部分原因，则是看上了他或她的经验，他们在设计上的感受力，以及关于罕见材料和新技术的知识。所以我选择相信建筑师，同意使用铜质砖面。最后的成品的确很美，有丰富的暗色铜锈和微妙的纹理。

离我们买下这处房产已经过去八个月了，但建筑先生仍未向我们提供估价单。我意识到光阴似箭，时间在一周又一周地飞快消逝。然后，在2004年夏末，建筑先生给了我们一个惊人的估价，是我预算的两倍多，也是当地每平方英尺造价的两倍。他还说自己在几个月内都开不了工。对我来说，即使在那个时候，时间也比金钱更重要。我无奈地决定放弃他。怎么办呢？我开始在拉勒米找各路所谓的高档建筑商，但发现他们那些很贵的房子建得一团糟，是平平无奇的郊区低级货。成本还不止这些，因为夏季从拉勒米前往鸟之云单程要两个小时以上，工人们将不得不住在当地的汽车旅馆里——而这笔费用最终将会以各种形式落到我的头上。

在我的三个儿子中，有一位顶住了岩石和河流的诱惑，说他不太喜欢这个地方。另一位建议我至少等一年再动工。第三个儿子和我女儿觉得我应该接着推进。也有人说可以先建一座小木屋，之后再盖大房子。但小屋装不下我所有的书，更不用说床和桌椅了。我真的很想住进这栋房子，于是决定继续。当时的我并不知道房子会带来多少问题和麻烦，它们慢慢累积成了压力和升高的血压，让我时常想要逃到垂死的森林里去住帐篷。多年以后，我仍然在想，自己当时是否应该及时止损，为房子另寻新址。

但我没有这么做。这里太美了，巨大的峭壁被鸟类赋予了勃勃生气，植物和杂草因为生僻而有趣，罕见的吉本斯钓钟柳尚在等我找寻，星座在夜空中闪烁，时有流星划过，满天星斗的光芒甚至让人忽略了卫星、远程喷气机和地平线上萨拉托加20世纪70年代汞蒸汽灯发出的橙色光芒。规划中的房子位于马德雷山与梅迪辛博山交界的山谷以北，这让我想到探险家H.W.蒂尔曼对喀什的描述，他说喀什坐落在"一个山谷里，在那里人们艰难度日，却甘之如饴"[1]。夕阳下的河水泛起绿色和蜜桃色的光斑，让人想起斑驳的旧书环衬。很快，燕子纷纷撞进这片暮色，黑色的身躯逐渐没入越来越浓的夜幕。岛上的大角鸮叫了起来，一切都归于寂静，只有淙淙的河水和更远处猫头鹰的回应。这个地方有太多未知的东西。我告诉自己，必须要把房子盖起来。在当时的我的眼中，它就像一首木结构的诗。

我对诗并不擅长，特别是当我在新书书店，站在诗歌类的书架前时。我不知道问题出在哪里，但我从来都找不到自己确定那里会有的东西。在二手书店的诗歌书架前，情况就大不相同了，每一本旧书都能给我带来快乐。

---

[1] H.W.蒂尔曼，《从中国到吉德拉尔》(剑桥大学出版社，1951年版)，第720页。

我在诗中跌跌撞撞，时常被撞得东倒西歪。有时候我不懂什么是诗，虽然它似乎像草原上的三齿蒿一样随处可见。而在其他时候，诗似乎从未被书写，它只是人们脑中闪烁的画面和若干拼凑的词句。比如大卫·纳什的野生木雕，它们不是诗吗？还有，我想也有一种动物诗歌，生动描绘了朝自己的嘴里塞进又一颗松子的北美星鸦。鸟之云也会是某种诗，如果房子可以是诗的话。在鸟之云完工后，我意识到这是一首风景、建筑和精湛工艺的诗——当那场昏黄的雷雨在日落时分席卷而来，金色的光芒落在地上，彩虹出现了。透过大窗户，我看着悬崖逐渐被染成烛火般的红，雷声四起，滚烫的闪电拍击着峭壁。狂风像一串串爆裂的豆荚在屋上次第炸开，雨则在一旁喋喋不休。东边，越积越烈的暴风雨呈现出一片阴沉的蓝紫，颜色像新染的牛仔布，而与此同时在西边，天空渐渐打开，露出温柔的蓝，仿佛一件古董中式长袍的里衬。

整整一天，我都在读糟糕的"亡命之徒史"，那些关于油腻的西部枪手如何胡作非为的烦人东西——这是许多西部人心目中传统的精华部分。之后，我取出弗吉尼亚·亚代尔的《蜜瓜上的蚂蚁》（我也想到了葫芦乐队，他们有一首向弗吉尼亚·亚代尔致敬的同名歌曲）和奥尔登·诺兰的《他去商店买面包时发生了什么》。

我从《蜜瓜上的蚂蚁》这首诗开始读，脑海中却一直回荡着葫芦乐队凯文·罗素的声音。在我听来，他的声音总是像一个巡回演艺团的骗子被移魂到了密苏里河的平底船船夫身上，咆哞着要放下他的棕牛。歌声回荡在诗的字里行间,于是我把亚代尔女士换成了奥尔登·诺兰。很显然我早有此意。在我尘封的记忆深处,多年前在芬迪湾附近一家书店楼上斜顶的房间里,我第一次打开这本书,读到了《石岭舞厅》。我太喜欢这首诗了,差点被绊一跤。自那一刻起,我已爱上了奥尔登·诺兰。一首提到用瓶盖自制铜指套的诗!我和那个喜欢《公驼鹿》的老板聊了几句诺兰。不过现在我的最爱已经不再是带铜指套的表兄弟们了,而是他自己最初的那首诗。

> 我碰上麻烦了,她告诉他
>
> 这是头一回有人
>
> 提到我
>
> 那是1932年
>
> 她只有14岁
>
> 而像他一样的男人
>
> 工作一整天
>
> 只挣到了脏兮兮的一块钱。[1]

从读到的那天起,我就爱上了这个温柔的胖子,一位来自农村的穷诗人。他去世得太早了,才华未尽。他的身上有那种"无法解释的内容"。

---

[1] 奥尔登·诺兰的,《来这里真好》,选自《他去商店买面包时发生了什么》(明尼阿波里斯市:数千出版社,1993年和2000年版),第128页。

2004年是充满了舟车劳顿和忧虑的一年。似乎每隔几周，我都要长途跋涉到丹佛国际机场，在傍晚时分向东飞去，飞过密密的浇灌圈，飞过山间交错的水道，看着暗紫和棕色的地面逐渐变平变黑。第一盏农户的灯亮了起来——在一座已经建成的房子里。不久，一座镇上的主干道星星点点地亮起了路灯。渐渐地，黑暗中出现了花冠和花束状的光，那些就是城镇，它们之间还点缀着孤零零的光点，是一些农村居民点的院灯。最终，东部的城市像通了电的水母一样从地球的那一边浮上来。

而属于我自己的"无法解释的内容"是，在我们买下鸟之云后，整整一年过去了，只完成了3英里的围栏、半英里的电线和一口碱水井。我花了很长时间才认识到，延期和漫长的等待正是盖房子这件事的一部分。

第五章

詹姆斯帮

Red "barn dancer" by Doug Ricketts

·2004—2005年·

尽管我沮丧于没有敲定建筑商，对造价也毫无头绪，2004年还是像河里的石块一样顺流远去。一切似乎都漂浮不定，我也一直在奔波，要么开车去萨拉托加同德里尔·詹姆斯和戴夫·奎特会面，要么去县城办各种许可证，又或是去科罗拉多的柯林斯堡给车做保养，去丹佛看牙医。我的牙不太好，为此我异常努力地花了大量金钱和时间去种牙和补牙。我常年拜访好几个很贵的牙医。牙医的数量该用什么来衡量呢？用牙冠或牙套的数量吗？可能用牙痛的程度更确切一点。好多个痛苦而漫长的日子里，我驱车赶去丹佛，带回一个阵阵作痛的下巴。而且因为我当时正在写一本关于红色沙漠的书，时常需要在外露营：草垛岩，老硫黄泉，布奇·卡西迪的小屋，奥多比镇，玛吉·巴格斯的乳头峰，野猪牙山，还有许多不知名的地方，都是我的目的地。其中有一个岔路口，离我最爱的那个堆了数百个叠层石化石的山坡约数英里，生长着几株黄色的"王子羽毛"（沙漠王羽，一种十字花科植物）——那是土壤中硒含量的指标。"王子羽毛"背后的山坡被地壳断层突兀地一分为二，在那里，我发现了一块小小的三叶虫化石。

在大多数怀俄明人眼中，红色沙漠是一片空旷的，几乎一文不值的6000平方英里公共土地。事实上，这块地是由若干个人业主、怀俄明州和国家土地管理局共同拥有的。长途跋涉到俄勒冈的移民觉得这是片没有水的沙漠，对它又憎又怕，但在19世纪，来自加利福尼亚的牧羊人却发现这里是个越冬的好地方。营养丰富的滨藜养肥了绵羊，水源也很充足。近年来，随着石油和天然气开采的深入以及牧牛业的扩张，这块曾经的荒野的生态发生了变化，只有不到1%的土地作为野生动物栖息地得到管理和保护。早年，旅行者们能看到尖尾松鸡、野牛、大角羊、灰熊，还有大量海狸甚至狼獾，今天他们看到的却只有灰尘、野马和一些有毒的杂草，比如旱雀麦、盐生草，还有俄罗斯蓟。

  2004年，我去了两趟黄石，参加水禽识别和猛禽相关的课程。虽然猛禽课开课的时候还只是9月中旬，但我已无法从东北口的熊牙山口进公园，因为下雪了。这太糟糕了。这个山口是进入公园的最佳途径，能够直接抵达通常在拉马尔谷的旧水牛栏地区举办的野生动物课程，避开熊和挡路的车流——那些车随开随停，以便车上的人跳下来给野生动物拍照。引道穿过美得惊人的约瑟夫酋长公路，进入充满野性气息的库克城。这是一座嵌在峭壁之下的破烂小镇，拥有雪地摩托和超级怪人，住民们奇形怪状，却以此为豪。

  在山区各州生活和旅行的经历让我掌握了所有山口关闭和开放的大致日期。梅迪辛博山里，隔开森特尼尔和萨拉托加的那个山口从10月下旬开始关闭，一直到阵亡将士纪念日①，时间跨度长达七个多月。夏天走这个山口的话，行程能缩短到约55英里，冬季路线则要超过100英里。最差的路是80号州际公路，司机得跟大卡车、黑冰和大风搏斗。靠南的路线穿过科罗拉多州，相对空旷，但道路漫长曲折，似乎没有尽头。我曾在这条路上目睹一场奇怪的事故：一辆运牛的卡车不知何故翻倒在地，周边的牧场主纷纷对幸存的牛发起围堵。我只想着那些可怜的牛：它们在一片昏暗中饱受颠簸，行至半路突然天翻地覆，跌翻在地后又遭受了一场可怕的暴力。

---

① 每年5月的最后一个星期一。——译者注

10月，在一个暖洋洋的金色日子，吉利斯来探望我。我们穿过山口，去看了看那块地。那地方美得难以形容，棉白杨林染上了深琥珀色。我们走了一圈，然后乘着我开去红色沙漠的那部大型越野车去了东边，钓了会儿鱼，画了点素描。我们碰上了几只鹿、一只金雕、一对白头雕、两三只草地鹨，还有各种各样的白尾鹞。吉利斯注意到一位水貂居民嘴里叼着一只老鼠，沿着栅栏底部跑走了。远处传来一只反嘴鹬的声音。我们离开的时候，黄昏将至，防火圈几英尺外的棉白杨树上伏着一只黑色的大豪猪。"它可能对德里尔的树有所企图，不过好在动物们都被拦在外面了。"我说。每棵树都围了一圈防羊围栏，免得它们被鹿啃。我以为豪猪也无法通过，但很快便发现它们能像滑溜溜的鳗鱼一样溜进去，是相当厉害的树木杀手。那是我2004年最后一次去鸟之云。吉利斯回到了圣达菲，而我在森特尼尔安顿下来过冬。在这之后的六个月里，我也只去了一两趟。

2005年1月，我受邀参加鱼类与野生动物管理局专家罗恩·洛克伍德在化石丘附近的麋鹿追踪项目。这个项目旨在让鱼类与野生动物管理局了解麋鹿群的详细信息和它们的行踪，好让天然气公司确认这类地区没有麋鹿，从而获发钻探许可证。给麋鹿戴上项圈后，就能获知那一带到底有多少麋鹿。

这个项目用墙体圈出一个陷阱，连续数月敞开外圈的大门，地上则铺满了最好的苜蓿，给麋鹿们提供了一种虚假的安全感。经过数日间怀疑的嗅探和徘徊，麋鹿们开始在夜间进入，发现这里不仅避风，还有美味的干草。到了1月，它们已经出入得很随意，觉得这里有居所和美食是天经地义的，必然是某些善良的麋鹿神灵提供了这一切。然后，某天早上，天还没亮，当它们正在狼吞虎咽地吃着干草时，罗恩和他的儿子萨姆合上大门，把麋鹿们统统关了起来。

我抵达的那天晚上非常冷，几乎有零下20度。早上，身着睡衣的罗恩出现在我的汽车旅馆，来确认我已经准备好参与这个项目，而且我的车可以启动。我的车果然启动不了，罗恩说他一会儿来接我。他回来的时候换上了牧场主过苦日子时会穿的那种厚厚的卡哈特连体工装。虽然罗恩有房子也有家人，他的卡车才是他真正的家。他的副驾上通常坐着的是他的澳大利亚牧羊犬鲍勃，挡风玻璃上有一道星形的裂痕。车顶的架子上有两把步枪，其中一把带瞄准镜。架子是匆匆安上的，没有顶灯。仪表板上有一对麋鹿角、一段铁丝、一顶脏脏的白色牛仔帽、一顶鱼类与野生动物管理局的网眼帽、三双手套、一台收音机、一堆信封和表格、一本月份翻错了的日历，还有各色保险杠贴纸（"**拯救红色沙漠：50000只羚羊错不了**""**促进和平**""**生活很美好**""**吸毒有害生命**"）。前排座位内外堆着成捆的打包绳，还有许多适合去南极或死亡谷旅行的衣服。我们去了化石丘博物馆，罗恩的团队在那里等着。离开温暖的博物馆时，一只侏儒兔从一丛金花矮灌木下蹿了出来。

"像团雪似的。"有人戏谑地说。

我们向装满了麋鹿的围栏走去。它的南端有一段小围栏，高度相仿，却单独封住了。小围栏的那一头是一个带隔断的长槽，可以容纳四头动物。主围栏内，罗恩和萨姆把那些麋鹿一头接着一头地赶进第二个围栏，又从那里把它们挨个弄进槽里。麋鹿又怒又怕。小队成员站在槽的两侧，在寒冷的空气中，麋鹿和人类喷出的鼻息化为一团团蒸汽。起风了，裸露在外的手指很快就冻得发麻。天开始下雪，雪势很大。在疾速飞舞的雪花中，空气像地震时的珠帘一样战栗不止。一人抽血样，另一个人负责给小瓶子装箱。再有一人给麋鹿的左右耳打标，检查牙齿，另一个人量脖子。有人在书写板上记下数据，还有人给不合作的麋鹿戴上电子项圈。长槽尽头，两个壮汉打开门，把已经被彻底吓坏的麋鹿尽数放走。它们拔腿就跑，在漫天纷飞的雪花和雪子中越过厚厚的积雪越跑越远。在一片白色的空茫中，世界消失了，只余气喘吁吁的麋鹿和脸冻得发紫的人类。天特别冷，雪越积越厚，风也嘶吼不止，连开口说话都会疼。三到四个小时后，一切结束了。一头怕得发狂的雌鹿因为无法承受这一过程，试图跃过15英尺高的围栏，摔断了一条腿。它的生命就此终结，成为人类科学的受害者。罗恩给了我两个鹿角，它们和其他来自得克萨斯州麋鹿保护区的鹿角一起成了鸟之云的橱柜把手。我想鹿角一定是世界上最原始的把手；它们漂亮，与人的手掌十分合衬，而且用起来比迄今为止发明的任何木材、塑料或金属把手都要来得舒服。史前的印第安人有时会用鹿角做刀柄。在这场围堵的几天后，我来到纽约，在街角等待红灯转绿——在这里，只有它能够把人群圈在一处。

2004年到2005年的冬天适合在梅迪辛博山里越野滑雪。无论有没有暴风雪，我每天都会尽量出去。在经历了那天的围鹿之后，除了暴风雪以外，一切都显得微不足道。但森林里确实会发生意外，尤其是像我这样总是独自外出的人。有一年夏天，我走在一条有标记的小路上，被枪声和子弹打在附近树干上的声音吓了一跳。路的尽头，一辆内布拉斯加牌照的车载着一伙痞子扬长而去。还有一个闪闪发光的圣诞节，有人骑着雪地摩托驶过一条白雪覆盖的小河。冰层破裂，他跌进水中，摩托在水里抛锚了。浑身湿透的他只好改成步行，很快就神志不清，在积雪中糊里糊涂地蹒跚前行，冷得要命。最终，他进入了冻死前的一个奇怪阶段——身体感觉又热又难受。临终前，他脱掉了自己的衣服。这具赤条条的尸体还引发了一个谣言，说他是遇上了贼，被他们洗劫一空，衣服都扒光了。

随着2005年春天的到来，日照时间越来越长，积雪开始坍塌，最上面的冻层也逐渐软化。夜里，温度跌回冰点以下，未融化的雪被封在坚硬的冰壳之下，就没法滑雪了。只有在森林深处，远离日光的破坏，雪才能够保持松软。怀俄明驼鹿在柳树间晃着它们的角，到处都是兔类的足迹和各种古已有之的季节变化征兆。几个月后，山口将重新开放。在此期间，我又去了趟纽约，再回到怀俄明州，然后去陶斯待了几天，再一次去了纽约。在陶斯，我在城南加西亚家的高级瓷砖店稍作停留，为鸟之云未来的楼下盥洗室买了一个墨西哥塔拉维拉陶制成的水槽。

等到山口开放，道路变得干硬，便是去红色沙漠露营的时节了。我计划在5月再去一趟纽约，但鸟之云的问题日益紧迫。我们至今还没有敲定建筑商。

我跟一位萨拉托加的朋友抱怨这件事，他向我投来古怪的眼神，说："你认识杰拉尔德·詹姆斯，对吧？"

"当然了，他在帮德里尔和戴夫做景观。"

我的朋友哼了一声。"他是卡本县最他妈好的建筑商，甚至在整个州都是。"

"杰拉尔德？杰拉尔德是个建筑商？"

"是的，但他挑剔得很，不是什么活儿都接。他是最好的人选，前提是你能签下他的话。德里尔和戴夫会跟他一块儿干。"

那天晚上，我给德里尔写了封信，因为比起杰拉尔德，我跟他更熟一点。我问他们三人是否考虑做鸟之云的建筑商。开始几天我并没有收到答复，我以为杰拉尔德会拒绝除了复制泰姬陵以外的一切活儿，或者借口说有其他工作。但他们答应了，还为此搁置了自己原先的计划。那年，他们本打算在美洲大陆分水岭旁的自家地块上建一个雪地摩托旅馆。

我的朋友道格·里基茨是得克萨斯州潘汉德尔地区知名的家具设计师，他同意与哈里和杰拉尔德合作，完成厨房橱柜和金属油烟机。石材台面将来自拉勒米，供应商是曾负责鸟之云销售的房产经纪人的妻子。怀俄明州就是这样的地方。

7月25日，杰拉尔德和我签下合同，敲定由詹姆斯帮建造鸟之云。杰拉尔德更希望握手为定。这是一种已经基本消失的古老西部信任方式，但我的生活并不是握个手就行的，因为我对继承人、出版商乃至整个家族都有着许多复杂的责任和忠诚。我慢慢了解到，杰拉尔德绝对是个开朗、阳光的人，他极其注重细节，是个工作狂，坚持高质量施工，绝不偷工减料。他是那种晚上会因为不完美之处愁得睡不着的人，然后在黑暗中起身，把问题解决掉。杰拉尔德在兄弟中年龄最小，身形极瘦，金发齐肩，像个尚存于世的嬉皮士或是俄国滑冰运动员。他喜欢假装自己只有二十五岁，他身上的机敏和无畏也不失为有力的佐证。杰拉尔德和德里尔都是戒不掉的烟民。

工程进度很快开始加速。西部水务咨询公司的乔希和杰森过来划出了百年一遇的洪水来袭时可能受灾的泛滥区。河流两岸的土地常需要判断是否处于洪泛区范围，即在过去水位高时是否曾被淹没。据说每个新建筑工程都要受联邦、州和地方监管，而划出百年一遇的洪水位是获得建造许可的标准。但也不是不会出岔子，问问新奥尔良人就知道了。2010年的时候，我们也遇上了百年一遇的洪水。房子在岸上安然矗立，但河水冲走了不少栅栏。

德里尔和我去了卡本县的首府罗林斯，向县规划委员会请求重新规划这块百余年来一直被列为农业用地的土地。委员会批准了，将它重新划为农业兼住宅用地，这样比较符合眼下的一个趋势——保护河岸不受住房和商业开发影响，这样的变化缓慢却稳定。多年来，河两岸大量的放牧和牛群已经对生态系统产生了破坏。从我们买下这块地时起，闯入的牛群就始终是个麻烦，特别是某个牧场的法国萨莱尔牛。它们热爱红色山地，在悬崖西端辟出了一条险路，以便于吃到悬崖上营养丰富的莎草。这群牛涉水而行，周边任何地方，只要草和其他能嚼的植物看着味道不错，都留下了它们的足迹。

7月，詹姆斯帮把他们的拖车开到了建筑工地的南边。德里尔打电话说他们将在8月的第一个星期一动工。总算开始了。

建筑师哈里·蒂格和我一样喜欢旧金属，他将前后入口设计成用生锈的波纹状"锡"覆盖。于是我们开始找材料。哈里用科罗拉多一个小镇上覆满这玩意儿的老建筑照片来逗我们。詹姆斯帮在自家附近找到了一些当地牧场的谷仓壁板。他们花了好几天把上头生锈的旧金属拆下来，囤在杰拉尔德的店里。

德里尔告诉我，如果我给他们买一台二手的山猫牌滑移装载机，比起租一台来能省很多钱。他说，卡斯珀那儿正好有一台在出售。我真的买下了它，德里尔当即给它起名叫"小狗"。有了它之后，詹姆斯帮挖了地基的洞，填平后再二次刮平，为铺地基板做好准备。他们还挖了化粪池的洞和管道，为水管挖了沟，修好了路和车道。在我们签合同之后的那个礼拜，我不得不去纽芬兰岛待了一个星期。

我不在的时候，一直在仔细察看设计方案的杰拉尔德指出："设备间不够大。"也就是说，它的面积不足以装下所有的东西。两天后，哈里和他的项目经理吉姆·皮特里从阿斯彭赶来，在地面上精确标出了房子的轮廓，以便铺设地基板，并确认那些需要排水管和电源插座的公用设施的位置。在这一步，方案还是可以修改的，不只是扩大设备室，还可以让它拥有独立的地基板。据说杰拉尔德小声地提了一下这个事，但工程仍照原计划推进了。

铺地基板的工作非"鲇鱼"莫属。这位萨拉托加的混凝土专家标准高到足以让杰拉尔德满意。"鲇鱼"和蔼可亲，留着20世纪70年代风格的卷曲鬓角，看起来约四十岁。他的助手杰克穿着红衬衫，在一英里外就能看到。地基底层用了13吨碎石，车道加上德里尔想要铺的新入口路则用了20吨。在因为天气原因推迟了工期之后，新的延误又出现了。因为"鲇鱼"手头客户的半地下室工程突然变成了全地下室，然后罗林斯监狱的墙上冒出了一个洞，必须立即修复。浇筑的最后一部分是西边的图书室。当我到现场时，"鲇鱼"正在用电铲铲平未干的混凝土，而杰克在拆除先前那些部分的格板。这些混凝土板坚硬平整，闪耀着光芒，像一片灰色的湖泊。现在已经可以看到房子的真实形状了——它拥有奇怪的"湾道"和"群岛"——也大概能够感受到内部空间的样子了。这是一个伟大的时刻。这座房子真的要动工了。

经过六个星期挑剔又严格的工作，地基部分完工了。"鲇鱼"在第一块地基板上夸张地签上了自己的名字。第二块地基板将成为混凝土地板的底衬。吉姆怂恿我在厨房做混凝土台面，说会很美，我顶住了诱惑。没错，它们可以被染成任何颜色，表面打磨得像缎子般光滑，还有其他诸般好处。但事实上，跟石材台面相比，它们需要更多的打理，制作也相当费事。如果在随意取放橄榄油和酱汁的时候还要操心台面，就有点烦人了。

设备室的面积之争是杰拉尔德·詹姆斯和哈里·蒂格二人关系持续紧张的开端。哈里在设备室扩容的问题上寸步不让。他告诉杰拉尔德:"你必须接受。"这唤醒了杰拉尔德本性中回避建筑师的倾向。为了解决这个问题,杰拉尔德同电工和水管工开了好几个让人头疼的会;那间屋子分到的狭小空间压根放不下那么多泵、水箱、仪表、炉子、电线管道和通信设备。他们想出了一个分层的解决方案:增加一层能够承受巨大重量的钢质地板。问题是解决了,但这个房间至今都拥挤异常。如果设备出了问题需要维修,这个小房间就是一座燥热、窄小又吵闹的地狱。而即使有了这个分层解决方案,设备间里也再放不下那个三百加仑的大水箱。它现在还在车库里,摆在两个车辆入口之间。我相信对设备室的忽视是哈里罕有的盲点之一。后来,我们听说他在自己公司的新楼里彻底忘了安排设备室,当时我们都笑了——作为紧急补救,所有装置都不得不别扭扭地安在楼梯下面。我后来发现,好多建筑师都讨厌设计设备室,所以那些容纳了一切的房间经常被弄得像老电影里疯子科学家的实验室。

我回到森特尼尔,继续完成那本关于红色沙漠的书。鸟之云的工地上,建材开始源源不断地进场。摆在太阳底下晒干的是做壁板用的厚云杉木。遍地都是一堆堆盖着防水布的神秘材料。杰拉尔德的雪地拖车沉默地停在一侧,上头放着送来的电器。井泵、管道以及一个用于泵的启动箱也送到了,还有可以收紧电线电缆的地插、接缝带、射钉枪,成卷的电线,很多根管道。整个地方看起来像座大型度假村的施工现场。

2005年8月底,我们稍作休整,同考古学家杜德利·加德纳和拉斯·坦纳一起前往红色沙漠一个特殊的角落露营,大大考察了一番。这个地区的悬崖底部有古代炭笔画,画着一些马匹。我们沿着一个倒塌的刺柏篱笆走,它被各种弯折和切割,铺设和编织的手法隐约有点像英格兰中部的样式。这道神秘的藩篱总长7英里,把一大片水草丰茂的草甸围在其中。我们不知道是谁出于什么目的建造了它。是印第安人的狩猎围栏,还是19世纪牧羊人的作品,或者是美国国家森林局用来给羊群计数的围栏?从1905年开始,他们一直试图把附近国家森林里的牧羊活动纳入监管。我们在1977年怀俄明州地质协会野外现场讨论会的出版物里发现了一张照片,显示在阿布萨罗卡有一段平直的围栏,跟这个神秘的围栏非常相似[1]。多年来,从印第安人到放牧牛羊的白人,再到森林局职员,这个国家被一个又一个群体先后掌控,所以这个围栏可能有过多种用途。而由于红色沙漠是如此地干旱,很多物品被长期保存了下来。

8月,干草割完后,土地开始膨胀。尤其是在黄昏时分,大地仿佛覆上了一层栗色的天鹅绒。数千年来不间断的流水在这片土地上划下V字形的河谷和沟壑,再深切成裂缝。太阳落山时,这些V字形的隙缝中填满了亮晶晶的蜜色凝胶般的阳光,又逐渐转成焦橘色。

---

[1] 查尔斯·M. 洛夫,《怀俄明州西部史前人类之地质影响》,《怀俄明州地质协会手册》(1977年版),第26页。

9月，建筑商和建筑师之间又出了点小问题。从我和哈里第一次聊这个房子开始，我就提出要装太阳能板。哈里·蒂格建筑事务所给詹姆斯帮指定了一个科罗拉多州的承包商做太阳能设计，提示杰拉尔德："至少要让他来监督安装过程。"我们称他为太阳能先生。不幸的是，詹姆斯帮没能联系上他。管道工和电工急得七窍生烟，他们需要具体规格参数来安排线路和管道走向。最后，他们发现太阳能先生出国了，人在菲律宾。当杰拉尔德向蒂格事务所抱怨拿不到关于太阳能系统的信息时，对方告诉他，他们并不知道还要提供太阳能设计。直到五年前，建筑师们还会把太阳能设计丢给房主和建筑管理部门。但在鸟之云完工数年之后，我在圣达菲旁听了一个关于区域景观和建筑设计的建筑师小组讨论，哈里·蒂格正是演讲者之一。在讲话中，他强调世界在变化，建筑师有责任对新能源、新材料和太阳能等新技术保持敏感。听到这些我很高兴。尽管如此，在2005年的时候，太阳能先生告诉杰拉尔德，他没有做任何设计方案，因为他不确定屋顶电池板项目是否还在推进。杰拉尔德向他保证，项目绝无可能取消，只是没有方案的话，施工就卡住了。他要求对方提供方案图纸、成本、条款跟合同，太阳能先生同意来现场亲自监督安装工作。

关于设备室的面积和必须塞进去的内容，讨价还价还在继续。大家就为什么太阳能先生坚持要用两个小水箱而不是一个大水箱也展开了激烈的讨论。水管工一直在尝试设计一套适合这个复杂房子的系统，濒临崩溃。建筑设计中并不包括水管和电路图。通信系统也很棘手。安装固定电话的费用高得令人震惊，于是我们选择了卫星通信和无线计算机系统。来自科罗拉多州柯林斯堡生产工程公司的乔恩·朗设计了卫星互联网和电脑插座布局，还有房子的音响系统。这套系统效率并不高，因为信号要从地面发送到卫星再传回地面。它通常都能正常运行，除非遇上天气恶劣或太阳黑子活动期，那整个系统就会变得不稳定甚至死机。唯一的解决方法便是拔掉设备间里的连接盒，等一会儿（有时候要好几个小时），再插上电源，怀抱希望——这便是乡村生活的一大缺点。

2004年的时候，我们跟隔壁的牧场主签了一份租约，允许她的奶牛在2005年9月去崖顶上的500英亩地里吃三十天的草。但发生了一桩奇怪的意外。不知何故，她的一头牛试图越过我们栅栏末尾和东边悬崖边沿之间的那18英寸空间——原因和过程都不确定。牛摔死了，半个身子栽在河里。牧场主认为这是我的错，因为我们的篱笆匠阿宾先生在栅栏尽头留下了小小的缝隙；她给这头牛报了四位数的赔偿金。我请阿宾先生悬空作业，往栅栏上添了一个凸出的外延，避免类似的事再发生。直到现在，我和这位牧场主之间还保持着令人遗憾的冷淡。在这场跟牛有关的悲剧里，唯一的赢家是住在这里的一头美洲狮。它盯上了牛的尸体，对它产生了兴趣，抑或是一种占有欲。不知怎的，这头牛顺流漂到了我们的岛上，狮子把它拖上了岸，在过河的时候可能自己也被泡得够呛。在忙于盖房之余，詹姆斯帮有幸欣赏到这头狮子在几百码外日复一日地享用牛排。第二年春天，我在房子附近的一处洼地里发现了牛的头骨。没办法，我们把出事的地方改名叫"落牛"——向弗兰克·劳埃德·赖特致敬①。多年来，牛的残骸和被太阳晒得发白的牛皮碎片一直留在岛的东边。而且我现在怀疑，牛可能是被美洲狮故意赶下悬崖的，因为它后来以同样的方法赶了一只鹿下去。

我特别想在这栋房子里安一个日式木质深泡浴缸。我二十出头的时候，丈夫在空军服役。我在日本待了近两年，很喜欢那些山间度假酒店里木头或是石质的深泡浴缸。泡在热水里，靠着芬芳的桧木，看着云朵掠过蓝色的冬季天空，颇能唤起一些俳句之思。房子的设计还加入了一些其他的日本元素，特别是与浴缸和浴室相邻的运动区域。那里设了榻榻米，用滑动的屏风隔开。

我在森特尼尔的朋友鲍勃·库克，也就是"上坡"鲍勃，在岛上建了一座约20英尺长的木板桥，用一根连着长钉的钢缆把它固定在岛的一侧。在6月汛期，上涨的水流将桥托起，轻松地推到岸边。但当水位下降时，这座桥就被孤零零地留在了那边。因为它又沉又笨重，即使用到绞盘和电动牵引，也很难移回原位。2009年，在陆军工程兵部队的建议下，詹姆斯帮用一座90英尺长的桥取而代之，而鲍勃的旧桥被挪到下游，成了一座船坞。

---

① "落牛"原文为 Falling Cow，与弗兰克·劳埃德·赖特的代表作之一"落水山庄（Fallingwater）"相近。赖特是工艺美术运动美国派的代表人物，在世界上享有盛誉。——译者注

戴夫·奎特在一切与土、水、空气和火有关的问题上都是专家，他为房子的用水设计了一套反渗透系统，让我们摆脱了水碱的问题。碱会导致胃部不适，咖啡难以入口，还会在墙壁、水槽、浴缸、衣服和管道里留下白色的硬质残留。春天冰雪消融后，闪耀着白色碱盐的盐碱地颇为一道风景。

在主体框架施工的阶段，小问题接踵而来——窗户五金的颜色、给门找价格合适的货源——各种决定和最后确认因为人们在度假、暂时离开或不回电话而悬而未决。杰拉尔德一遍又一遍地清点着材料——法兰、金属钻头、木板、面板，还有成箱的螺丝、钉子和支架，每天他和团队都在研究方案和大量细微的变化。如果这些变化被忽略，整个工程都将陷入混乱。

也有过一些轻松时刻。2005年9月下旬，十几头奶牛闯进鸟之云，大肆踩躏这片土地尽头的河岸，把所有人带回了"大赶牛"的现场①。一时，呼喊和吆喝声四起，柳树相撞，石块乱飞，还有阵阵尖叫。伴随着这一切，我们把牛群赶了出去。杰拉尔德的烦躁像纸巾一样一燃而尽。其中有一头牛，它已习惯了同骑着马的牛仔打交道，被步行追赶的人类弄得意志消沉。于是，它以努列耶夫②般的身姿全速跃过五层铁丝的带刺围栏，落在了另一位邻居的牧场里。在它身后，围栏顶端的那股铁丝被拉得

---

① 应指美国独立战争时期，乔治·华盛顿率领的大陆军在费城陷落后退守福吉谷，弹尽粮绝，安东尼·韦恩在1778年2月被派往新泽西收集物资，最后赶回数十头活牛，解除了燃眉之急。——译者注

② 俄罗斯20世纪著名芭蕾舞艺术家。——译者注

很长。

每天收工时，工地都会被一丝不苟地清理一番——杰拉尔德不允许留下木屑、锯末、脏兮兮的塑料、洒出来的钉子或散落的工具。但是，严格保持整洁是很花时间的事，杰拉尔德这个完美主义者因此失去了去北边的滕斯利普乡下猎麋鹿的机会。

10月开始了，天气温暖又晴朗。一年前的这个时候，雪域山口都已经关闭了。詹姆斯帮答应趁天气好赶紧把材料都敲定。"鲇鱼"希望好天气能保持到感恩节，这样他们能赶上进度。我希望至少山区能尽快下起大雪，好开始滑雪。当然，我也愿意放弃滑雪，用来换取适合施工的好天气。

10月中旬，我和詹姆斯帮一起去科罗拉多州的拉洪塔南部观摩杜德利·加德纳的考古发掘。国家公园管理局管这个地方叫"哨兵线峡谷"，因为英国人把珀加图瓦尔（Purgatoire）念成了"哨兵线（picketwire）"。我们顺路去了趟石料场，为厨房台面挑选材料。我们在成堆的石料间漫步，这些抛光的石板每一块都比上一块更漂亮。地质学家戴夫详细描述了它们各自的品种和来源。我想好了要块深绿色的，但随即看到一块石板，上头流淌着桃红、灰色和焦茶色条纹，仿佛从空中俯瞰下的远古干涸河床。就是它了。戴夫说这是一块混合花岗岩，处于从变质岩转化为岩浆岩的过渡期。当它形成时，这块地壳深层的岩石像牙膏一样黏稠，因此产生了或蜿蜒或回旋的条纹。我给道格·里基茨寄了一份样品，方便他构思一下颜色，因为我觉得高饱和度的有色橱柜门能满足我对绚丽色彩的渴望——这份吸引力也许是源于北方的气候，也许是一些残留的魁北克品位。我喜欢厨房是五颜六色、凌乱却方便的，希望鸟之云的橱柜和抽屉有红色、紫罗兰色、海蓝色、焦橙色、钴蓝色、酸橙色、砖红色、约翰·迪尔绿①和鲣鱼蓝，它们能激发厨师关于炒菜、烩牛膝、烤虾、阿根廷奶油生菜沙拉、番茄、甜洋葱、希腊黄瓜和莳萝酱烤羊肉、意式烘蛋还有大黄酱配雷司令干白的灵感。绝对能。

我们沿着被干旱折磨至枯竭的珀加图瓦尔河行走，仔细参观了北美洲有记载以来最长的恐龙足迹。这里有1300多个草食迷惑龙（雷龙）和肉食三趾异特龙的脚印，还有岩石波痕、若干蛤蜊、棕榈叶、一些马尾巴、鱼骨和鲕粒，它们都已凝入坚硬的岩石里。这些痕迹是在人类进化前的数百万年里，动物们沿着一座安静的浅水湖岸跋涉而留下的。当地的印第安人是如何理解这些足迹的？他们做噩梦了吗？他们是否将恐龙纳入了他们的神话体系？这个地方并没有得到妥善的保护，在近几个干旱的年份里，曾有一位走投无路的牧场主把奶牛带来这里非法放养。

某天下午，杜德利向我们展示了一面非同凡响的岩画墙，上头画了很多种野生动物，它们似乎被一根绳子连了起来——尽管这可能是一根"非实体"绳子。附近矗立着一块极高极大的巨石，边缘是一圈尖锐的岩石，像一座自带雉堞的城堡；这块巨

---

① 约翰·迪尔是一家农用机械公司，商标为绿色。——译者注

石似乎是多年前什么人的背水一战之地，和谢伊峡谷或梅萨维德遗址一样让人不由自主地强烈地战栗了起来。

临近日落，我们在鬼城多洛雷斯附近闲逛。那里有一座忏悔教堂，废弃的祭坛上摆放着鲜花，令人不安。这座所谓的墨西哥人定居点的历史可以一直追溯到19世纪末。三齿蒿树丛间的地面上到处都是闪闪发光的七彩玻璃碴、妈妈珍藏瓷器的裂片、（似乎耐力惊人的）皮带扣和生锈的罐子。被太阳晒化的鞋底蜷成一团，年轻的狼蛛在植被间穿梭嬉戏。傍晚时分，它们在这里四处游荡，双眼在火光或手电灯下闪闪发光。我们寻找着这里常见的活板门蛛的入口洞孔，同时警惕着同样常见的响尾蛇。

第二天，在回家的路上，我们绕道去了阿肯色河上的本特堡，它在珀加图瓦尔河汇入大河的位置上游15到20英里左右。这座建筑刚刚落成时，阿肯色河是美国和墨西哥的分界线；本特堡在美国的那一侧。

我很喜欢本特堡。作为国家公园管理局的巨大成就之一，这座国家级的历史遗址是对西部历史感兴趣的人真正的必访之地。它是查尔斯·本特和塞朗·圣弗兰这两位生意伙伴设立的一个与印第安人交易的站点，对开拓西部市场意义非凡——尽管它只存在了十六年，威廉·本特在1849年出于一些复杂的原因将它付诸一炬。本特堡最初的土坯结构在东部人眼里像一座带外墙的城堡，它是仿新墨西哥州的普拉西塔斯建成的——一种带内部庭院和防御塔的大型方形土坯建筑。本特堡于1834年完工，中央庭院有一个小镇广场那么大。这片巨大的空地上有一台大型水牛皮压整机。在这座中空的广场周围，有一间铁匠铺、一个枪械师的工作间、若干木匠铺、贸易室、议事厅、餐厅和私人卧室。广场后方仙人掌围绕着的畜栏旁，有一间可以容纳十五辆草原大篷车的马车房。瞭望塔之间修了一条长廊，从那里朝各个方向都可以眺望到数英里外的乡村。楼上还有更多的房间，其中有一间台球室。彼时二楼还算是本地的动物园，有一只关在笼子里的大雕，以及其他草原上的野生动物。在19世纪晚期之前，本特堡的遗址还承担过许多其他功能，其中包括驿站、养牛场和邮局。

经过多年的研究和考古发掘，本特堡在20世纪70年代得到精心重建，并展出了许多出土文物。它帮助游客直面历史——所有使用过这座堡垒的墨西哥人、山地人、捕猎者、印第安部落、商人和旅行者，还有让它一直保持生命力的野生动物和家畜们。在它的时代，每一个接近它的人都被它改变了人生，它影响了国家政策，摧毁了过去，也为那些抓得住机会的人打开了一条发家之路。

10月下旬，我们回到鸟之云。这是一段奇怪的幕间时间，没有风，头顶的云层移动得很慢。我看到河岸边有一堆栅栏杆子。篱笆匠终于把它们从河里拖出来了？自春汛之后，它们一直都泡在河里萎靡不振。或者是詹姆斯帮把它们从水里救出来，还给篱笆匠堆好了？当然是詹姆斯帮了。戴夫在河边搭了个弧形的石头露台，和树荫的形状十分吻合。但我们从森特尼尔带过来的那张"上坡"鲍勃做的野餐桌用起来不太舒服。我不知道他为什么要让条板的圆面朝上？真是非常反常。

实现设想的机会再一次稍纵即逝。吉姆·皮特里给杰拉尔德寄来了主浴室的技术规格。如果我去做律师们口中的"尽职调查"，和他一起仔细看看图纸，我可能就会得到自己想要的主浴室了。

我本来想要和森特尼尔家里的浴室一样大的储物空间，但我对某本建筑家装杂志上的一张照片一见钟情。照片上有一个纤细的水槽，背景是潮水拍打着沙滩。我问了问能不能把这个水槽加入设计。答案是可以的。于是，我下单了这个漂亮的水槽。但我期待中的储物空间便从设计中被拿掉了。最后，水槽被塞在花洒和窗户之间，没有任何增加储物空间的余地。这个傲慢的水槽上方挂上了一面镜子，高瓦数的灯泡为饰，灯光直射在人脸上，像是约翰·吉尔古德①的更衣室里会有的东西。对于一个老年女性来说，这面镜子并不实用，反而让人害怕。它并不是那种医药箱造型的，打开就能看到置物架。它压根就没法打开。我们把它换成了一个更大更实用的药箱款。至少现在有位置放下所有那些瓶瓶罐罐了。建筑师们的浴室里就没有这些东西吗？

秋色渐褪，我走到杰克溪附近，注意到去年的河狸还没有回来。它被6月的洪水冲走了，尽管它的水坝留了一部分下来。

---

① 约翰·吉尔古德（John Gielgud, 1904—2000），英国演员，以擅长表演莎士比亚戏剧闻名于世。——译者注

当我接近桥的时候，溪里大约有五只鸭子——速度太快了，无法辨认，可能是鹊鸭。两头鹿朝东跑去，六只喜鹊分栖在六根栅栏杆上。水中飞出一团小虫子。我听到一只鹰嘶哑地叫着，但看不到它的身影。空气很平静，飞起来可能就有点费力，而当一阵微风吹起——不是西风，是从东边过来的——一只大个子红尾鹰攀上崖壁玩耍，然后掉了下来，堪堪从低空掠过。回去的路上，我停在了一棵老棉白杨的树顶边。这棵树被雷击或是风吹断了，倒栽下来，树枝刺入土壤深处。它的树皮几乎有两英寸厚，沟壑纵深。这样又厚又皱的树皮对树有什么用处吗？河里，一条巨大的鳟鱼跃出水面五英尺之高。是有一条更大的鳟鱼在后面追它吗？还能有比它更大的鳟鱼吗？还是说它在做一些无望的尝试，想给那只低空飞行的红尾鹰使个绊？

那是一个寂静的金色日子。风很安静，暗色的河水映出淡褐色的悬崖。西边顶上悬着一块巨石，看起来好像很快就要掉下来了。颜色都是淡黄、褪色的赭石色、干草般的米黄，还有胡椒籽似的白。杰克溪源头附近的马德雷山高处有雪。冬天快到了。像往常一样，我再一次被这里的美景和季节的轮转征服。

11月的第一天，混凝土板脱模。于是房子有了地面，但用来搭框架的木料还没有到位。丹尼斯回阿拉斯加去了，直到一切搭架的准备工作都齐了才回来。11月4日，雪断断续续下了一整天，第二天很冷，但对地基回填来说温度不算太低。天冷的时候，詹姆斯帮在前门装了一把密码锁。他们给了我密码，但当我绕了一大圈路从森特尼尔开车来工地时，我拨下密码，锁却打不开。我并不知道要把锁圈往上推进去，才能收获最后开锁时那"咔嗒"一声。这把锁让我不太开心，不过我猜这帮人是因为担心盗窃，这是建筑工地常见的问题。通常在出事之后，"孩子们"会被拉来挡枪，但镇上至少有一个成年人被目击过在聚会上大着胆子把一整条冷鲑鱼塞进他的夹克里。

11月缓缓滑走。杰拉尔德和吉姆反复讨论柱子和底板要如何接上，还有桁架和地板要如何联结。屋顶、桁架和横梁都是棘手的关键承重部分，必须完美接合。杰拉尔德需要的那种横梁还在运输途中。一切突然停了下来。哈里的屋顶工程师J.霍恩认为，桁架供应商那边有人算错了横梁交接处的负重。所以现在J.霍恩和吉姆在重新考虑要用哪些梁。吉姆告诉杰拉尔德，他会在第二天告诉他我们到底有没有足够时间重新订一批横梁，或是用在丹佛那批，又或是我们不得不制作一批。这一回，杰拉尔德有些沮丧，但吉姆既解决了地板问题，也安抚了争斗，杰拉尔德称他为"我的英雄"。地板将在12月2日送到工地，屋顶的材料仍迟迟未至。是时候问问得克萨斯州潘汉德尔的道格·里基茨对厨房和盥洗室橱柜的想法了。

我是在上个世纪90年代末认识道格·里基茨的。当时的我正在得克萨斯州坎宁城潘汉德尔平原历史博物馆的档案馆做研究，筹备小说《老谋深算》。我对潘汉德尔的一切都很感兴趣，而且，一如既往地，我爱上了这个古怪又辽阔的地方，非常渴望再多了解一些。那是在12月，我来到楼下的博物馆大厅。那里一片喧闹，人们跑前跑后，有人在挪箱子，还有人在搬桌子，腾出空间布置圣诞集市。虽然活动还没正式开始，我还是快速浏览了一下展台，有吹制的玻璃、陶瓷、织物、围裙、当地的风景画、圣诞树挂饰和鸟类雕刻。然后，我在一个角落里看到了一些很棒的家具，它们优雅且坚固，设计合理的同时还带着点幽默感，而且很显然是由零碎的旧物制成的。我很喜欢其中的一个墨绿色餐边柜，柜门上饰有金属格子图案。还有一个高大的柜子，它拥有纤细的柜腿和一个圆形的红色金属柜顶，看起来像一个准备好要跳木屐舞的年轻红发舞者——这件作品甚至名字就叫作"谷仓舞者"。制作这些家具的匠人不在，但我想买那个餐边柜。最后，集市的负责人找来了他。于是我见到了道格，他瘦瘦高高，性格温和，说话轻声细语的。我买下了餐边柜，跟他一起设法把它搬上了我的卡车货舱。我当时准备去怀俄明州，因此在手头有运输工具时买下它似乎是明智的。这一段经历并没有在此画上句号。我跟道格和他的妻子、记者凯西成了朋友。夫妇二人向我介绍了潘汉德尔的历史和风俗，我受益匪浅。后来，他们的女儿林赛也来到鸟之云为我工作。她帮我搭好了书架，把我大批的藏书搬过去，给它们分类、编目和上架。她还搞些调研，处理办公室杂事，让我有时间写作。正是因为林赛处理了日常工作，还帮我做了调研，我才能够写下故事集《随遇而安》。

12月来了，天寒地冻，大雪纷飞。从清晨到日暮，在射钉枪的"砰砰"声和电钻的尖鸣间，杰拉尔德沉浸在细节的巨瀑中：墙面、铰链、皮带、颜色、门框、屏风、榻榻米和聚碳酸酯窗户。屋顶、桁架和楼面梁的组装问题仍悬而未决，因为桁架公司的代表说她还没有获得所有相关方的确认。很显然，屋顶工程师拒绝让步。没有人知道为什么。在我们的脑海中，他是个干瘪又暴躁的老头，从为别人的生活制造麻烦中获得乐趣。

暖板系统① 暂定由本地的木材加工厂负责。在建筑界，没有一件事是可以由供货商和承包商直接沟通完成的，一切都必须通过中间人，这不仅拖慢了进度，提高了费用，还增加了一层官僚主义式的混乱。暖板将会是我家辐射供暖系统的主体部分。它能通过底层地板里的温水管向地板表面传导热量——无声、高效且均匀。暖板本身也承担了底层地板的角色。

珍珠港日② 那天，气温零下30度，天气晴朗；地板材料送到了。第二天，詹姆斯帮来森特尼尔吃晚饭，我决定卫生间的瓷砖用灰色的石料，并拒绝拿节疤松木做点缀，任何用途都不行。因为我不喜欢它，它的仿古外观让人想起发霉的新英格兰汽车旅馆。我父亲就喜欢节疤松木，觉得它有旧式北方气质。为楼上的地板选木料的时候也到了，杰拉尔德带来了吉姆·皮特里的样品册。我觉得用阿拉斯加黄杉会很美，它在册子里呈现出

---

① 一个辐射供暖的品牌，类似地暖。——译者注
② 12月7日。——译者注

一种浓浓的金色。早些时候，我在圣达菲买了一些锻铁铰链，希望它们有用武之地，但杰拉尔德说它们不适用于房门，做户外门更好些。此外，虽然"鲇鱼"是位优秀的水泥匠，但他没有做过大规模的混凝土面上色和抛光。在我的要求下，我们请来了Ａ先生，一位柯林斯堡人，来负责一楼的混凝土地面。两年前，他曾为我大儿子的房子做了一层漂亮的抛光混凝土地板，我们希望能获得类似的成品。

12月天气多变，杰拉尔德和他的团队整个月都在砌墙。主浴室的榻榻米是件头疼事，因为要考虑到地板高度、日式浴缸固定的深度，还有淋浴处需要做出的低凹，保证最后一切都很平整。

尽管寒潮已经过去，天气转暖，屋顶工程师和桁架公司仍未达成一致。戴夫试图为楼上的地板、楼梯踏板、边饰和门寻觅阿拉斯加黄杉的货源和报价。桁架公司还在等屋顶工程师"发来第三部分，即屋顶四坡线条与桁架连接处的细节"。工程师显然想在交叠的单板层积材（LVL）板上开个槽，这样可以卡在横接板上，但桁架公司的代表告诉杰拉尔德，如果他把横接板做成斜面，并添加一些托架支撑，她便会在图纸上**盖章许可施工**。杰拉尔德等的便是这句话。他说："别给LVL开槽。"但吉姆·皮特里赞同屋顶工程师开槽的方案。杰拉尔德写道："我告诉他我会按照（桁架公司的）方案来做。到时候瞧瞧我能歪打正着个什么出来吧。"又起了大风雪，施工暂停。雪停后，詹姆斯帮不得不先把积雪铲扫干净，再启动钉枪。12月30日，得到盖章批准的桁架到了。

圣诞节前几天,宾先生的帮工轧到了化粪池系统的检修管。第二天,詹姆斯帮把一整天都花在了修化粪池上。他们把账单开给篱笆匠,但足足等了两年才收到赔款。这也是个典型的乡间习俗。

2005年就这么结束了。

第六章
起风了

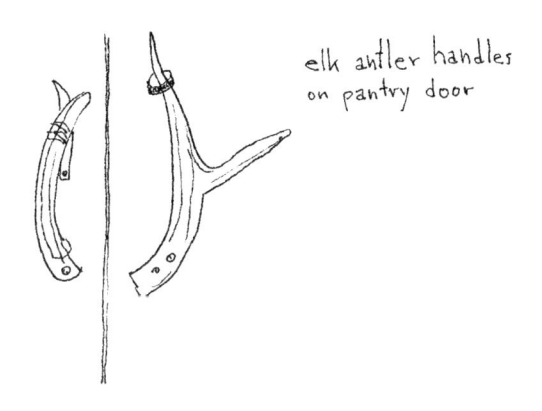

elk antler handles on pantry door

· 2006年 ·

夏天起风的时候，整片风景都会晃，草叶斜着身子扭动，柳树狂乱地摇摆。在冬季的飓风中，四散的雪花在磨人的雾霭中旋转，整片天空翻滚如海面，鸟儿像石块般被掷出去。时速七八十到一百英里的狂风把混凝土般坚硬的雪堆推到路中间。山顶上卷起羽毛般的雪花，像珠穆朗玛峰上的经幡。只有悬崖巍然不动。从2005年到2006年的整个冬天，它丝毫未动。尽管在强风之下，这片悬崖看起来会有巨岩脱落的风险，就像冰山从冰川上崩裂。整个寒冷多风的1月，框架工作继续推进。每隔几周，整个詹姆斯帮就会去找脊柱按摩师——"整骨师傅"——来重整他们的身体。有几天实在太冷了，他们没法工作。我偶尔去工地看看，房子的骨骼越长越高，像是悬崖边上的恐龙骨架。

哈里的屋顶工程师，那个隐身了的暴躁老头打来电话说，他发现詹姆斯帮放在自家网站上的施工细节照片非常有用，是建筑界的一项创新。黄杉地板的样品还没到。我急于见到实物，但几周过去了，它们始终没有送到。1月底，杰拉尔德开始考虑聚碳酸酯窗户的问题。计划是在二楼装一排狭长的蓝色窗户，使房子看起来像一艘远洋巨轮。他打算把一些聚碳酸酯块拼起来，看看实际尺寸是否与规格相符。因为杰拉尔德怀疑实际上的窗户会比预计大四分之一英寸，在他的观念里，这属于巨大的差异。我们都惦记着楼下的抛光混凝土地板，想着它的模样会有多棒。

在房屋设计初期，哈里和我曾讨论过日光和阴影，巧于用光正是他的特长之一。我非常喜欢房屋里奇形怪状的阳光和变幻的阴影，像查科峡谷遗迹对至日和季节轮换的标示那样，这是建筑的日历。哈里在房子的北侧设计了一个长长的双层金属盘，用来收集并排走雨水。雨雪融化后，盘中粼粼的波光投射在二楼的天花板上，仿佛液体的云纹。这样的光影游戏遍布整栋房子，带来千变万化的乐趣。

2月中旬，气温跌到零下20度，杰拉尔德一直在搭渔具室入口的那个屋顶。我们的老敌人风把时速飙到了60英里,刮个不停。而正是在这样的飓风日,黄杉的样品到了。我顶着强风,在80号州际公路上开了100英里去看它们。令人失望的是,它们呈一种浑浊的泥灰色,跟吉姆的样品册子里那种闪亮的金色完全不一样。于是我们又回归了哈里最初的建议,用回收过的南方松木。

怀俄明州晴冷又灿烂灼眼的日子很短,在新一轮暴风雪下了几个小时之后便结束了。大雪再次让施工暂停,铲雪活动重启。在暴风雪的间隙,杰拉尔德和戴夫搭了墙壁、坡型屋顶、西边的窗户和金属盘。

为数不多的几个好日子被中旬的暴风雪取而代之,但随后又前所未有地出现了十一个晴朗温暖的日子。县道上仍是一片乱糟糟堆着雪的车辙,杰拉尔德不知用了什么方法,哄着犁地工人把通往我们大门口的路都清理了。在这段温暖的幕间时光里,詹姆斯帮做了大量的事——扫雪、砌墙、制作金属盘的框架。他们还从自己的私人库存中刨出一大根木头做家庭房的系梁,用牛皮纸包起来放好。

4月中旬,所有参与了房屋设计和建造的人碰头查看进度。我和"上坡"鲍勃从森特尼尔开车过来。道格·里基茨带来了橱柜门的样品。它着色鲜艳,表面丝滑,各种色调和纹理的金属块镶嵌在绚丽的染色木框中,色彩也与斑斓的花岗岩台面相得益彰,我们都很满意。我们没有把橱柜的颜色限定在某一组之内,而是选用了各式各样的颜色来组成一个五彩缤纷的厨房。

我当时很喜欢这些颜色，现在也还是很喜欢，尽管它们并不是市面上流行的品位——那种现代派家居杂志上会刊录的寡淡同色系橱柜。许是为了和金黄色的草地风景相呼应，我想要黄玉或赭石色的地板，但道格的橱柜门样品跟黄色调放在一起看起来使人不安。哈里的建议是用赤土红，他是对的。

参观期间，工地像往常一样一尘不染——没有成堆的钢筋、木屑和泥土，钉子和螺丝也没有搞得满地都是。废木料在完工后立刻就被装进桶里，房子每天一扫，一切都非常整洁，有种尽在掌握的平静气氛，与大多数建筑公司的混乱和喧闹形成了鲜明对比。詹姆斯帮似乎能读懂彼此的心思，工作氛围如禅宗般安静专注。

哈利和吉姆对他们所见到的很满意。建筑质量很高，每一处接合都准确且合理，房子的顶部与底部连八分之一英寸的偏差都没有。悬崖的壮丽景色被框进了窗口，天窗里洒下柔和的光线。每个人都轮流爬到预留给日式浴缸的凹槽里，想象着它的样子。从那个位置能看到黄色的悬崖，滑翔的鸟儿，还有被风推着走的流云。

丹尼斯的妻子贝蒂从10月起就一直在努力地做木匠活儿。她回阿拉斯加去的第二天，德里尔和我飞往斯科茨代尔，去梅奥诊所看病。德里尔身患一种神秘的疾病，目前已经被下了四五种不同的可怕诊断，诊断结果完全取决于他去看怀俄明的哪个诊所或医生。找不到病因确实是件很伤脑筋的事。我的右髋关节也有问题，不知道是关节炎还是什么更糟的情况。去梅奥医院的好处是，从检查到手术都可以现场完成；而在怀俄明，要开很久的车才能获得医疗服务：检验中心之间的距离达数百英里之远，预约还常常因为天气恶劣而取消。

我和德里尔在斯科茨代尔租了一辆红色的汽车。凤凰城—斯科茨代尔地区有不少高速公路的工地，各种名字差不多的街道、大道和马路乱成一团，路况十分叵测。第一天晚上，我们在斯科茨代尔的老城区发现了个好地方，那里有大树荫蔽的露台，可以吃晚饭，再来几杯玛格丽塔酒。天气和暖，微风轻拂，而不是怀俄明那种冰冷的大风。德里尔很焦虑，不想去听他以为自己将要听到的内容。

我看了一位医生，他说我的髋关节问题是滑囊炎，能通过治疗和护理有效改善。X光片显示关节没有问题。德里尔发现他没有患骨癌，生命也不止剩下六个月，但可能是某些神经出了问题；倒是北方医生开的药正在慢慢地杀死他。在接下来的几天里，他做了大量检查，包括去看戒烟医生。医生并没有对吸烟这个行为大肆批判，只是平静地表示了不赞成。德里尔说，好几个医生听说他打算戒烟后都表示恭喜，并指出他的肺部没有恶化的迹象。

我们回到怀俄明后，天气立即振作起来，风以70英里的时速拍击着工地。气象局对飓风的定义是每小时74英里，但这样暴虐的天气在怀俄明过于普遍，大家都只会说句"好大的风"，然后就随它去了。第二天，雪下得太大了，屋顶工程无法进行，于是詹姆斯帮在杰拉尔德的店里度过了温暖的一天，刨刨系梁，为查询运输日期和材料打了无数电话。

风直到月底也没停下来的迹象。但窗户到了，捆在墙上等待安装。在租来的吊臂卡车和操作员的帮助下，家庭室的横梁也已就位。

詹姆斯帮的人对野生动物都相当有一套，而杰拉尔德是他们之中最厉害的。没错，这栋尚未封顶的房子里住着一些兔子。2006年5月的第一天，他们（詹姆斯帮，不是兔子）开始在屋顶上铺胶合板，这是一项大工程，起风的时候会很危险。我一直担心瘦瘦的杰拉尔德会被风刮到几英里之外，手里还紧紧攥着块胶合板。詹姆斯帮定了个日子，让暴躁老头J.霍恩来现场一趟。他们每天都在忙着挪动物品、拖车和成堆的建材，以便为后续进场的东西腾出空间。住在这里的大野兔冲杰拉尔德妩媚地转着眼珠子，像猫似的趴在地上。

接下来就是各种纤维石膏板、枕木、支架、胶合板和镶板的活儿了。屋顶工程师约定视察的那天，阳光明媚，空气和暖。我们都以为他是个脾气暴躁的秃老头，但他竟然挺年轻，英俊得像杂志上的模特，而且非常开放，乐于合作。他说他检查的一切都很好，甚至请我们提一些建设性的批评意见。于是杰拉尔德很高兴地向他展示了"一个更好的橡底尾部系统，供他在其他地方使用"。这些愉快的日子结束后，典型的怀俄明式天气到来了，热力全开，哪怕一点点云彩也能带来一些解脱。我去了趟纽约，谈论杰克逊·波洛克和西南部印第安人对他一些早期作品的影响。等我回来的时候，包钢的大门已经安装完毕，非常漂亮，让整座房子显得坚固有力，与它巨大的、雕塑般的体形十分相称。

我计划5月底去红色沙漠的海斯塔克山旅行，并邀请詹姆斯帮同行，一块儿休整一下。在我们为露营收拾行李的时候，地质学家查尔斯·弗格森来了，见到了詹姆斯帮。摄影师马蒂·斯图皮奇已经在红色沙漠了，跟我们定好了地方碰面。"上坡"鲍勃也加入了我们。

沿着翻花绳似的道路和模模糊糊的小径，我们在中午时分到达了海斯塔克山。扎好营地之后，我们开始探索活动，寻找矿物和化石，然后做晚饭和生篝火。一匹情绪激动的野马出现在我们面前，打了几个响鼻，又飞奔而去。夜里起了风，次日早上朝南向科罗拉多那边看的话，能看到一团团巨大的烟尘在地面上旋转，仿佛沙漠中的巨灵。这个地方有种鬼缠身的感觉，令人不安。类似的沙尘暴在沙漠里并不罕见，但由于近来天然气钻塔和工程车破坏了固定细土的隐生层，它们的数量有所增加。为躲过狂风，我们去一个巨大的浅滩继续探索。那里环布着顶端粉红的砂岩塔，到处都是溶洞、奇石、卵石、穹丘、沟壑和苍白的石壁。我看到有成年鹰抓了只兔子，带给塔背后巢里的孩子们。

从浅滩回来做午饭时，风声尖啸，我们的眼睛、耳朵和脸都被沙尘弄得很痛。风太大，压根做不了三明治，因为面包被吹走了，锅里的汉堡也被掀出来，连锅都被甩进了泥里。马蒂给家里打了电话，得知天气预报说下午我们这个地区会下雪，还是暴风雪。我们把帐篷匆匆塞进车里——之后再找个更平静的地方把它们叠起来——然后立刻开溜。回家后,我从皮肤和头发上刷下一些沙砾和微尘,在儿媳妇盖尔圣诞节送给我的袖珍显微镜下端详了一番。我惊讶地发现,它们看起来像是小小的玻璃碎片。后来,我跟一个户外团体聊天时提到了这件事,一位自称是地质学家的年长男子说,之所以这些尘土看起来像玻璃,是因为事实上它们就是玻璃,是六十多万年前黄石公园最后一次喷发后沉积下来的。这让我们想到一个传言,即黄石"早该"发生新一轮大喷发,把怀俄明和其他更多的地方从地图上抹去。那位地质学家笑言道,再过十万到一百万年,才是真正要担心的时候。在专业人士眼中,电视里的科普大部分都是些高雅喜剧。

我们从红色沙漠回来的第二天,一切都很平静。通往森特尼尔的通道已被铲雪机打开,往返都能少开50英里。时间似乎在飞速流逝,我对詹姆斯帮说,如果能敲定一个迁入日期就好了,因为我必须尽快把森特尼尔的房子挂出去。杰拉尔德说,在一个完美世界里,我可以在2006年10月15日入住。但在现实世界里,12月15日的可能性更大。于是他们还有七个月的时间来完成一切,而这七个月像块被压扁的湿肥皂一样迅速地滑走了。

在鸟之云,夏天还在继续,詹姆斯帮着手寻觅合适的材料。这时我们考虑用赤杨木做踢脚线和其他点缀。我有点好奇用薄薄的金属做踢脚线效果会如何。杰拉尔德支持我的想法,尝试了一下。他拿来一长条金属，沿着墙的底部铺好，我们都觉得它跟整栋房子的气质完美地合上了。

夏天的天气很热，偶有阵雨。水管工和电工都在努力工作。杰拉尔德又找到了让他夜不能寐的新问题。"后门的扣线比厨房和餐厅的窗户短了八分之三英寸。**试图／解决这个问题**。"此时的我已经为詹姆斯帮写下了二十二张大额支票，还有一些是给哈里·蒂格的。在我为钱发愁的时候，杰拉尔德给屋顶边缘抛了光，为进一步修饰做好了准备，并把他能找到的每一寸光秃秃的木头都打上了底漆。正如世上所有的同类工程一样，金属屋顶的搭建必须稳步推进——即使一波热浪正在袭来。

7月4日，我们在河边办了一场建房派对。我的儿子乔恩和他妻子盖尔来了，大家烤了肉，喝了酒（杰拉尔德喝了山露汽水），还吃了很多沙拉和蔬菜（杰拉尔德只吃了肉）。很多只雕在一旁围观。几天后，"上坡"鲍勃和他的妹妹卡罗尔从森特尼尔过来看看这个地方。我们再一次在烤架前喝起了酒。

轮到戴夫去梅奥诊所看看他的脚踝了。几年前，他们的大铲树车翻了，砸到了脚踝。在那之后，他的脚踝就没好过，走路很不方便，也很痛苦，常常一天下来脸色苍白，精疲力竭。他回来的时候说，踝关节融合手术能显著减轻他的痛苦，行走步态也能更接近于常人。在梅奥的建议下，他约见了怀俄明州优秀的骨关节医生之一——丰富的牧场和牛仔竞技事故处理经验使他们成为这个领域中的佼佼者。

太阳能先生来回奔波于科罗拉多和怀俄明之间，分阶段安装电池板。用于两个入口和楼上家庭室天花板的铜片到了，又丑又亮，尽管按照杰拉尔德的计划，它们将被做旧成一种令人愉快的铜锈色。那聚碳酸酯窗框呢？还得等到两周后。回填丙烷罐和电线槽必须订购特殊的抗磨蚀泥土。抗磨蚀泥土不常出现在我们的视野中；对房主来说，这种经过细筛的松软物质是个谜。

德里尔订好了屏风板，仿佛某种召唤一般，日式大浴缸也到了。水管工给供暖的热循环做了加压测试，一切正常，可以往暖板系统上铺地板了。屋外的壕沟简直跟"一战"时那么多：灰水管道、连通水泵的电源线、通往房子的丙烷罐线、卫星线缆管道，此外还有水井和化粪池的沟。

8月初，在对材料进行了一番讨论后，我同意了天花板的布灯方案。吉姆·皮特里建议把琥珀色的云母料做成圆锥形。他提供的云母片非常漂亮，我以为圆锥体只是个口头方案，想着先看看样品的色调再说。再见吉姆时，他已经带来了一箱又一箱精心制作却毫无吸引力的奇怪浅色云母片。其他人都挺喜欢的，但我觉得它们看起来像巨大的蛾子。聚碳酸酯窗户和窗框送到了杰拉尔德的店里，几天后，长叶松木地板也到了。真是漂亮的料子！

詹姆斯帮一直在物色外包商，能往墙上抹一层粗糙的普通石膏就行。然而他们一次又一次地得到"不行"的答案。一个奇怪的问题来了——我要给主卧室里接一根门铃线路吗？我并不想要，而且压根没有装门铃的计划。

2006年8月的第三个星期，有二十头牛涉水而下，从河的那一头爬上岸，开始啃咬和践踏——这引发了又一轮"大赶牛"。夏季的山林大火正在某处燃烧，空气被浓烟弄得又稠又暗。我们能闻到森林烧焦的味道，但看不见火焰。每个人都祈祷马德雷山和梅迪辛博山不要起火。这两座山上大多是干燥的易燃物，还有那些虽死不倒的树。在附近的瑞安公园，人们在数以千计已死去的红色扭叶松包围下度过了一个又一个不眠之夜。

我们放弃了抹石膏的计划——在干式墙技术被发明出来之前，在墙板条上粗粗地抹上第一层石膏，是给接下去精细地涂抹墙面打基础。这个打底活儿曾经是很廉价的，现在的报价却已经涨到可以请外国工匠来手绘壁画的程度。我们最终决定刷干式墙。杰拉尔德把10月初定为最后一道混凝土地板浇筑的时间。我不清楚鲇鱼是否在和A先生一起工作，还是在给他提供协助，抑或两者皆非。

在杰拉尔德忙于为楼上的天花板铺设护套时，电工找到了一些漂亮的不锈钢弹出式插座，可以用于厨房花岗岩柜面。不用的时候，它们可以被按下，几乎与台面齐平，仅留下拉丝钢面的弧形光泽。大家都很喜欢它们，甚至连我在内。那是一段美好的日子，唯一的烦恼是房子的造价已经超过了预算。我开始卖股票，考虑到两年后金融界的状况，这也许是件好事。

9月初，杰拉尔德清理了房子，迎接推迟已久的隔热团队。从此时起，接下去发生的一切都会是细枝末节的工作，也自然要一一加以检验。隔热材料看起来像蓬松的鹅绒，但实际上是一种新式的玻璃纤维，R-22评级，隔音得分也很高。一切都很顺利。石膏工人来了，迎接他的是楼下堆着的两百四十七块石膏板。杰拉尔德向他解说了一下铺设方案。他们从图书馆开始，动作很快，一个星期就收工了。

众所周知，地板仍然是鲇鱼和A先生的工作，但有迹象表明，双方都没有跟对方主动聊起过这件事。鲇鱼先把钢筋绑成18英寸×18英寸的格子，以便之后浇筑地板。10月10日，鲇鱼、杰拉尔德和A先生碰头开了个会，就规则达成一致。屏风板则引发了更多的争议。杰拉尔德估计，离完工还需要20万美元。要上哪儿去弄这些钱呢？我想到了杰克·伦敦，他就是因为买牧场和盖房子破产的。

我在梅迪辛博山上租了几天护林人小屋。一天晚上，我们都去那里做晚饭。屋里的炉子是坏的，但我们还是玩得很开心。丹尼斯讲了个有意思的故事，说他小时候抓到一只愤怒的獾，它挣扎不停，自己便只能紧紧抓着它，没法把它放下来，什么也做不了。这时来了个暴脾气的当地人，他一眼就看明白发生了什么，伸手从自己卡车后头拿出一卷光滑的栅栏铁丝，从丹尼斯手里接过獾，迅速把它缠成了贝宁公主的脖子[①]。我们与A先生也讨论了地板的颜色问题。我想要一种叫作"黏土"的深橘红色。每个人都面带微笑，因为在这个环节，如果有什么因素是确定的话，那便是A先生在彩色混凝土地板上的专业素养。

---

① 指一圈圈紧紧缠绕的样子。——译者注

浇筑定在10月20日，星期五。鲇鱼将到场。混凝土原料确认过了，泵车也雇好了，工地上一切就绪。

鲇鱼引着混凝土车和泵车来到房子这边，帮A先生摊匀地面。这是高温作业，尽管外头风雪交加，工人们都汗流浃背。这种天气唯一的好处是它能把泥泞的道路冻得很硬。水管工在一旁焦虑地盯着施工，怕地板下的水暖系统泄漏，但一切都很顺利。第二天，A先生切好了防止混凝土开裂的伸缩缝。杰拉尔德指出了混凝土活儿的一些问题，A先生说他会在几周后涂染色剂的时候解决它们。

一群数量在一百五十头左右的糜鹿闯入了鸟之云。我们听说它们先是在四五英里外的公路那头扎堆；后来有人拿枪射它们，鹿群便向西移动，直接穿过了鸟之云。杰拉尔德说这是个好兆头。

在拉勒米的油漆店，我们敲定了墙漆的颜色。我曾在森特尼尔家中的办公区域用过一种灰褐色的油漆，还有一些余量。现下的油漆店已经可以精确地调出跟你的色卡或样品相匹配的颜色，于是我们复制了之前的余漆。这是一种变色龙式的颜色，它能根据一天中不同的时间段，以及周围的物体（比如画）微妙地改变色调和色彩强度，在蘑菇、干草、橄榄和饼干的颜色之间变幻。它很美，完美弥补了放弃拉毛石膏面带给我的遗憾。

完工在望，杰拉尔德在他的清单上写下"完成、完成、完成"——这一定是份令他满意的单子。但詹姆斯帮一直找不到价格合适的室内门，因此他们决定自己动手做门：平板结构的山核桃木门，用带式铰链。北美洲最少见的门是什么？平板结构的山核桃木门。不知为何，它们听起来并不太有吸引力，直到我看到它们那一刻——那些浅色特大号木门闪着蜡光，看起来十分高档。和杰拉尔德的完美主义标准下的其他作品一样，它们的质量是顶级的。但我们又有了一个新的限制条件——森特尼尔的房子找到买家了，他们希望在12月中旬之前拿到房子。无论届时鸟之云是否完工，我们都必须把搬家的日子定下来。

按照计划，A先生将在一个星期四给混凝土地板上色。在那前一天，杰拉尔德把防水布拉起来检查工作。他对自己所看到的内容并不满意——地板表面粗糙，上头有累累的"颤纹"。厨房灶台后面的混凝土太深了，必须挪一下燃气阀的位置。A先生开始动手修整，并向我们展示了一份色彩丰富的酸性染料样品。杰拉尔德对A先生已经变得非常不信任，在远处盯着他做酸染。几天后，A先生打算再给地板做两遍固化，就算是大功告成了。

周五一大早我就开车过去，着急去看美丽的新地板。我的上帝！我的天啊！多么可怕的一幕。地板是生肝的颜色，油光闪闪，仿佛涂了层凡士林。A先生把地板刷成了光面，而不是半亚光的。最糟糕的是，地板表面依然保留着混凝土的粗糙感和大大的弧形颤纹。整体看起来粗粗笨笨的。我没有哭，但我很想哭。

杰拉尔德给A先生打了个电话，告诉他地板的质量不行。但当他后来再打去电话约见面时，A先生没有接电话。恰好当时有另一位地板工——修地板先生——在萨拉托加的一个项目上，詹姆斯帮便问他是否能补救A先生搞砸了的活儿。当时快到感恩节了，修地板先生说自己已经错过好几个感恩节了，他怀疑妻子不会允许这种情况再次发生，但他还是会去问问看。

我们都坐立不安。焦虑了一天之后，德里尔收到消息，修地板先生的家人同意他可以在噩梦般的日程表里塞进这项工作。他的价格很贵——（预算外的）40000美元，而A先生的价格是（预算内的）11000美元——但我们已别无选择。修地板先生说，要先把表面不平的部分磨平压实，再重新染色。这个工作量是A先生的两倍，而且磨平需要一定的时间。他有"绿色系"的颜色，并做了一些样品给我看看。熟赭看起来最接近A先生口中迷人的黏土色酸性染料。但是把修地板先生的样品涂到我们地板的混凝土块上（是德里尔从他亲手埋下废泥块的洞里挖出来的）之后，颜色很黯淡，并不迷人。这显然是因为我们的混凝土里石灰石含量更高，影响了显色。我说我非常喜欢A先生的黏土色，修地板先生说没问题，他会用酸性染色剂。他离开时还提到，在磨平的过程中，下层混凝土中的骨料砂石会露出来。这意味着地板最终会是带斑点的半水磨石形态，而我一直都不喜欢这种外观。修地板先生的开工时间比我们的希望的日期还早了一天，但厨房橱柜和台面的安装进度因此乱作一团。

A先生涂在地板上的染料几乎没有渗进去，因此要磨去的地方不多，但这并不意味着能减少一些成本。为了感谢修地板先生和他的团队在全国性假期照常工作，詹姆斯帮为他们烤了一只填满料的火鸡。杰拉尔德还是联系不上 A 先生，于是给他寄了一封挂号信，信中提到了"律师"一词。A 先生回复说，这个地面已经是他尽自己所能的最佳作品了，或许他能再打一层蜡。杰拉尔德说地面不是大问题——除了固化剂是亮面而不是亚光的以外，所以并不需要打蜡。问题在于旋转抛光机留下的痕迹，还有混入了最外层混凝土面的尘土、石屑、沙子和石膏板碎片。

与此同时，修地板先生也在努力磨地。A 先生突然来访，想看看我们到底对什么不满，但这个时候修地板先生已经把证据磨掉了。A 先生很生气。

唉，修地板先生也并非完美无缺。他告诉杰拉尔德自己没有工具来修补墙角，于是詹姆斯帮不得不拿出他们的风凿，花了好几个小时来帮他补上。第一层染色剂涂完了，看起来不错。然而，杰拉尔德对混凝土地板工已经丧失了信心，在修地板先生工作时一直怀疑地盯着他。第二层染色剂也上完了。下一步是中和染剂的酸性，然后喷上增稠剂。

这场灾难到底还有完没完？修地板先生的酸性染料染出了一种令人厌恶的黄橙色。我们决定用强度只有一半的"桃花心木色"染料来修正这个问题。这个问题必须解决，因为我们不仅已经没有时间，钱也花掉了。修地板先生和他的团队整晚都在染地板和涂增稠剂，最后得到的是一层灰扑扑的地面，上头散落着黯淡的红棕色斑点。修地板先生还警告说，任何固化剂都坚持不了几个月，因此地板必须经常湿拖，以吸收多余的酸性污渍，否则这些污渍会影响地板表面。他并不是在开玩笑。在接下来的一年里，我每周都要擦好几回这片巨大的地面，粗糙的混凝土屑磨坏了鞋袜，毁了拖把，而地板仍在析出红色的灰土。到最后，终于没什么土了，我们打电话给修地板先生，问他涂固化剂的事，可是他说地面根本就不该做固化。这毫无道理，因为这地面当时就像干泥巴一样丑。相比之下，楼上的心形松木地板就经过了四次染色和上油。它们让人很快乐，尽管杰拉尔德被熏得头疼，滴酒不沾的他把这种感觉比作宿醉。

离从森特尼尔搬过来的日子已经屈指可数，鸟之云在12月的冷空气里被高强度的室内活动弄得热气腾腾。人们在屋里忙作一团，丹尼斯在打橱柜，林赛在把书架钉到一处，并清理被修地板先生大张旗鼓的打磨搞得满是尘土的墙壁，道格在安装闪闪发光的厨房橱柜和储藏室架子，水管工和电工不停爬上爬下，金属底板的安装正在进行，杰拉尔德在往车库门上打防风雨条，冰箱安放到位，门柱和饰面还没做完，瓷砖工人在清理灌浆和硅胶。再过一周多一点的时间，蛮骑兵搬家公司（名字很贴切）就会带着家具从森特尼尔过来。而在家具进场之前，还有几百箱的书要搬。那是我的工作。

在森特尼尔，我日复一日地打包书籍，"上坡"鲍勃把它们装进杰拉尔德的多功能雪地摩托拖车。詹姆斯帮设法挤出时间来把它开到了鸟之云，林赛和我以及一个魁梧的高中生一起卸下这些无穷无尽的纸箱。给书装架的乐趣从此开始了——这项工作直到三年后都没有结束。

蛮骑兵搬家公司把几辆卡车塞得满到爆炸——割草机、行李箱、梳妆台、电脑、衣架、画、成箱的瓷器、厨房里的锅碗瓢盆、床、床垫、乐器、运动器材、文件柜、书桌和桌子、椅子和更多的椅子、花园水管，还有所有阁楼里的东西，这其中有我孩子们的大量物品。我决定亲自搬那几十幅装裱好的画和照片，而不是让蛮骑兵们把它们吊来吊去。直到几个月后我才发现，这些搬家工人做了件非常糟糕的事情。森特尼尔的阁楼上有我四十多箱手稿和草稿。这些箱子都已经编纂分类、贴好标签，并用胶带封上了。有一位搬家工人为了节省空间，在没有征得我同意的情况下，擅自打开了这些箱子，以更经济的方式重新打包。如果他现在出现在我面前，我会杀了他。

这是建筑商的噩梦——业主在房子完工前就搬进去了，但我别无选择。詹姆斯帮没有抱怨，继续埋头工作。事实上，他们离完工还有几个月，甚至好几年的时间。我们都学会了与对方共处。

我的儿子乔恩、吉利斯和摩根到了，乔恩的妻子盖尔也到了，这真是一场奇怪的圣诞聚会。没有一件东西被拆开，要走动的话得吸着肚子，在箱子间的狭窄过道里侧身而行。这像是个寻宝游戏，因为几乎每个箱子都被蛮骑兵们贴错了标签。标着"床品"的纸箱可能装的是两条床单、一台咖啡研磨机、易碎的灯具、花瓶、一盒火柴和七只鞋。在厨房里做点什么都很难，因为还没装台面，我们只能凑合着用一些松松垮垮的废胶合板。

天气很冷。而且开始下雪了。雪很大。进出被积雪封堵的县道开始变得像打仗。我发现这条路在冬天是没有人维护的，又惊又怕，这和三年前房产经纪人的保证大相径庭。

尽管还有一堆箱子没拆，大雪纷飞，天也冷得要命，我早上从楼上下来的时候，看到巨大的悬崖填满了窗格，它光芒四射，向前方延展，初升的太阳将它浸在一片鲜亮的黄色里，这一刻，所有的困难都被抛在脑后。罗克韦尔·肯特在《北偏东》中说过："我们为那些奇异的、不真实的美丽时刻而活着。靠着它们，我们便能在脑中绘出过往经历的全景图。"[1]

---

[1] 罗克韦尔·肯特，《北偏东》(纽约：布鲁尔和沃伦出版社，1930年版)，第10页。

第七章

细节，细节，还是细节

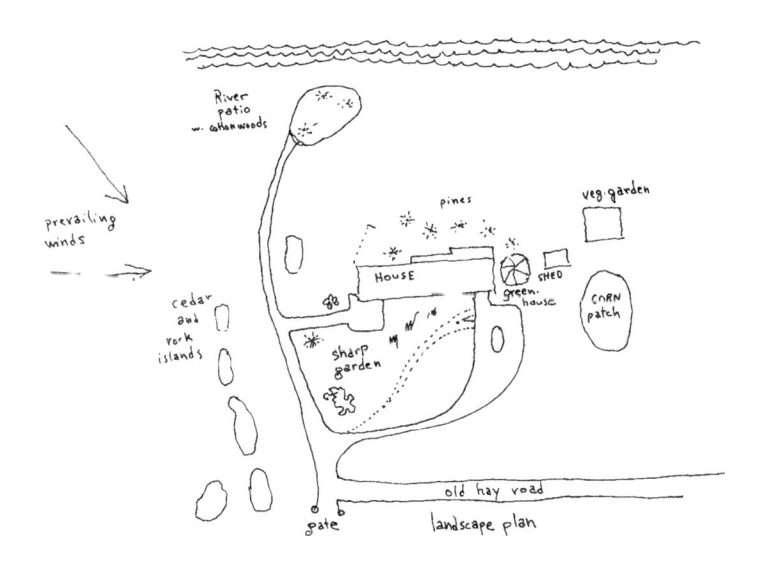

·2006—2007年·

圣诞节，乔恩和盖尔夫妇、吉利斯、摩根和我都在新房子里。我们找不到烤盘和银器。每个人都被堵在奇怪的角落里，车辆被雪封住，有些滑进深沟，有些压根动弹不得。风咆哮着。当那台旧丰田半截卡进了最深的沟里，摇摇欲坠，险些翻个底朝天，差点让我的至亲因此受重伤时，我失去了理智。哈克滑索公司的哈克带着他的犁前来，结果自己也被卡住了。詹姆斯帮救下了哈克，并清掉了足够多的积雪，吉利斯才得以从重重雪堆中逃出生天。吉利斯逃回了南方，真希望我们也能跟他一块儿走。

詹姆斯帮在盖房的间隙铲了雪。更多的雪落了下来。我的脑海里一次又一次回响着大自然保护协会那位房产经纪的声音，那声在回答我之前问"县道在冬天是否有人维护？"时，清晰而自信的"是"。我想他是真心相信这条小路会有人来铲雪的，但我希望他有去核实过，因为这对我来说是个至关重要的问题。我现在有了一座新房子，把所有的钱都花在了上头，可是在下雪的冬天，任何有轮子的交通工具都进不来。到春天，我已经彻底明白，在鸟之云过冬是不可能了。而当我意识到10月到3月间我都将处于半无家可归的状态时，一切都不一样了。我后来甚至还发现，我仍然得给空房子供暖。

但日式浴缸已经就位，很干净，随时可以使用，旁边壁橱里的巨型热水器也启动了。那天晚上，我给浴缸加满了热水。这件事我已经期待了两年之久。泡个长长的澡滋味妙不可言。然而，一小时后，我发现图书室里水漫金山。水淌遍了文件柜和地板，并在墙皮上泡出了个巨大的鼓包。我歇斯底里地打电话把詹姆斯帮喊来。他们发现排水管被冻住了。幸好文件柜内部没怎么进水，四个人努力又拖又擦，清理了积水，没造成什么严重的损失。但杰拉尔德决定换一种排水系统。

1月最后一天，戴夫去做脚踝手术。术前准备时，他说自己肚子疼。这不是个小问题。肚子疼是阑尾炎引起的。医生切除了病变的器官，脚踝的融合手术被延后了，要先等他身体恢复健康。在这段时间里，我优秀的助手林赛·里基茨回得克萨斯探亲了，而我计划去圣达菲一周，看望吉利斯，也避避雪。

我临行前的那几天，风就像一架木匠的刨子，从屋侧和苍白的崖面上刮下一道道卷满雪花的空气，气流在高速湍动中缠在一处。雪越下越大，詹姆斯帮来不了房子这边，便在杰拉尔德的店里做门。天一放晴，他们就在雪地摩托的轰鸣声中飞奔而至。我从新墨西哥回来时，怀俄明的天气已经好了一些。暂时好了些。上百个小细节在持续收尾中。家庭室、入口和渔具室装上了铜质天花板，铜绿自带一些微妙的年代感，让那些闪亮的金属变得柔和起来。木板墙的颜色像大吉岭茶一样醇厚、温暖，用的是道格·里基茨的一种用醋和钢丝垫的上色法。风雪还在不断袭来，无休无止。

我们在等反渗透净水系统。出了点岔子，整套装备被运去了堪萨斯，并在那里被转给了另一家货运公司。那家公司遭人强行闯入，保安直到第二天才到场。"别给我们打电话，我们会打给你。"最后全套东西在3月初送到了，但这个时节并不是怀俄明的春天，而是下雪最多的月份。杰拉尔德反复从县道上的雪堆里砸出路来，保证大部分时间都能顺利进出。车滑进沟里每每让人想吐，卡车底盘也反复被冰雪刮擦，他却从中获得了冒险家的快乐。德里尔开着滑移装载机在小路上来来回回，鼓风机也一直超时工作。从一英里外便能看到一大团雪在灰色的空气中画出弧线。

此时的我已濒临破产，问他们：还要多久？ 还要花多少钱？杰拉尔德承诺很快就会给出一个数字和日期，然后继续埋头给家庭房装铜质天花板。我们当时并不知道的是，他把我们全家人的名字都刻在了面板上，在压根看不到的地方。一切都远超预算。

我理解完成工作的必要性，但夜间工作和缺乏隐私让我抓狂。一天晚上，我让水管工和电工离开，他们的鼻子都气歪了。工人们加班于我有益，而我非但没有感激，反而抱怨多多。在不间断的施工中试图写作，试图思考，甚至试图生活，都让我感到不可救药的烦躁。上帝啊，到底什么时候才能完工？ 如果我能在这边的工程结束前一直都待在老房子里，那该多好啊。这就是为什么屋主们往往要去海上长途旅行，直到彻底完工。

3月的一个周末，詹姆斯帮放假去骑雪地摩托。发生了点事故，林赛摔坏了手臂，骨折得有点严重，无法正常愈合。3月下旬，气候变化带来一些奇迹，铺往外界的路通了，吉姆·皮特里来了。我抱怨设备室的噪声很大，在楼下和楼上都能听到动静。零下牌冰箱很吵，塞拉太平洋公司的纱窗也不合适，电工说唯一的办法就是重做一套新的。那就这样吧，太可恶了。

我和詹姆斯帮谈了谈超支的问题，杰拉尔德认为差额应该由建筑师支付，因为这都是为了弥补设计中的问题，好让房子能够正常使用。也许所有建筑师设计的房子都是外观优先的。

弗兰克·劳埃德·赖特的某些房子不就屋顶漏水吗？和建筑师一样，供应商也有问题，他们发来了错误或是不合适的部件。我同时也认为，杰拉尔德跟建筑师合作不多，在他的认知里，一切问题都该在纸面设计中提前得到解决。于是，当问题真的出现时，詹姆斯帮找到了解决问题的方法，哈里对他们提出的修改意见却并非总持合作态度。当纸面上的计划跟真金实木的实际情况不一致时，双方站在了对立面。他们本可用一种更开放的态度听取对方的意见，但我又是最没有资格抱怨别人不够合作的人。杰拉尔德提过，他希望有一天能和哈里坐下来，就那些无法按图纸操作的施工程序做点解释。而哈利也有个小清单，上头是他认为杰拉尔德本就该知道的内容。

在今天，人们视奥古斯都时期的建筑师马库斯·维特鲁威·波利奥为建筑学之父，而不是那些在《居住》或《墙纸》杂志上对房屋问题发表见解的人。他在《建筑十书》中提出了三条基本戒律，内容非常明确，两千多年来也始终成立：建筑师设计的建筑必须在结构上完整，对功能性负责任，在此之上再带来美的愉悦。这些戒律可能也包括了对景观的强调，但正如我们今天所看到的，到了第三个千年的头几年，建造节能节水房屋的需求已压倒了一切。我们别无选择。建筑物必须在更严格的"绿色"界限内运行。

很多建筑师似乎也更关心自己作为艺术家表达自我或是思维实践的机会，而不是去迎合客户自己预设的需求。因此，这会导致一些自尊上的冲突，即使他们没有表达反感，这种情绪也危险地潜伏在表面之下。建筑师的思考方式与客户的期待是不同的。例如，加州建筑师团体莫尔菲斯的创始人之一汤姆·梅恩曾这么谈论过"真正的建筑"：

> 建筑行业是为客户服务的。要走出去，去发现客户今天的需求是什么——他们今天对什么感兴趣？真正的建筑是与此相对立的。在较长一段时间里，你的兴趣是更为私人化和个性化的，需要一种和领导力相似的独立性。议题由你来定。我对时尚无感，甚至对作品的外观也没有兴趣。我感兴趣的是，那些推你向前的最初的想法，以及在这个过程中的方法论。你必须去建造，以获得反馈。有些人会从视觉或外貌上的特色起步，然后努力去实现那些愿景。我的工作方式不是这样的。我的工作是以概念为基础，逐渐建立起一些东西。我不知道我的方向为何……往往到了很晚才着手去选材料。它与线条、方向和力量有关，却与外观并不相干。同客户打交道绝非易事，因为他们中大多数人对这种研究毫无兴趣。①

我注意到了他对"今天"的强调，这意味着客户是善变的生物，他们很可能明天就有了不同的兴趣。客户们，包括眼下这位，也并不总是知道他们从建筑中真正想要获得什么。我一直很确

---

① 菲利普·朱迪狄欧，《新形式：九十年代的建筑》（纽约：塔森出版社，2001年版），第28页。

定,不想在自己的写作区里装与视线齐平的窗户,这样就不会分心去观鸟或是看风景。我得到了一个那样的房间,现在却经常把工作搬到有大窗户的餐厅去,这样我能看到室外。要是能在工作区开一扇窗户就好了。还有,我一直喜欢天花板高的屋子,但这样的空间会有一种寒冷又荒僻的气氛。伯纳德·鲁道夫斯基在1964年出版的《没有建筑师的建筑》是我最喜欢的书之一,书里拍了一些世界上最有地方特色的住宅,包括埃及锡瓦一个旧坟场里被人类拿来住的噬齿类动物洞穴,空心猴面包树,阿普利亚的特鲁利圆顶石屋,普罗旺斯地区莱博的从岩石里凿出来的房子,还有安纳托利亚那些由火山岩层改造而来的住宅。这些建筑并非遵循当地偶发地貌之外的样式,似乎是灵光一现的产物,但根据我对美国印第安人窨屋的了解,许多类似的本土化住房,相对它们所处的地理位置而言,是高效且合理的。

有一个似乎会惹恼所有建筑师的基本事实,那就是建筑(除了游牧民族的帐篷以外)是固定不动的。许多前卫建筑用复杂的角度和推动感来体现动态,如扎哈·哈迪德的维特拉消防站所表现的一只冻住的飞鸟或"等距离爆炸投影",埃里克·欧文·莫斯暴力扭曲的"野马阁楼"式"盒子",又或者彼得·艾森曼未建成的莫比乌斯带双塔。那些为数不多的视觉冲击力惊人的建筑,与这个拥有计算机设计辅助和财富多到足以支持建筑实验的时代是相配的。虽然我觉得建筑创新非常有意思,但我没有钱来玩这个游戏。鸟之云的那块地有它独有的强大力量——主导着远近地区风貌的悬崖，悬崖脚下的北普拉特河和它的岛屿，以及最重要的元素，风。如果不是因为刮风，雪就不会成为一个无解的问题。

为了满足对房屋全年可住的需求，我选择了在这块地西南方低处入口附近建房。这个地点最为经济，还可以看到悬崖最壮观的一面。东南部分在林子里，更美丽也更隐蔽，但会让入口的道路长度再增加一英里，还需要在一条旧河道上架桥，因为这条河道到了春天会因为涨潮而无法通行。事后诸葛亮是很廉价的，但如果我早知道自己选的这块地有这些意料之外的和未曾明说的问题，我就不会买它了。

3月底，晴了一段时间之后，所有的路再一次被铺天盖地的大雪封得严严实实，此地冬季特有的缺点又被放大了。愚人节那天，设备室仍未完工，屋内的水泵发出大量噪声，从楼上的客房里听起来特别难受。杰拉尔德觉得是太阳能泵在制造噪声，但后来我们认为是各种泵、墙壁和混凝土板之间没装消音胶垫的缘故。哈里说（但他疏忽了，没有写进方案里，以为承包商肯定知道这个），把机房部分的混凝土板与主屋分开，能大大减少噪声，因为混凝土是良好的声音传播介质。可还是有一部分噪声怎么都去不掉。几年后，当哈里来到这所房子时，他说管道才是罪魁祸首，特别是地板上主泵的管道，把它们排空、切开，并插入短的橡胶阻隔件，噪声就会减少。他说，水管工和/或建筑商应该知道这一点，然后自然而然地就把它解决了。但这里是怀俄明，这些神秘知识还没能抵达山区。

窗户方面的工作直到2007年春天才结束,在此期间,由于大家先后就医,工程时断时续。这其中包括了林赛治手臂骨折、德里尔看脊椎、戴夫去见骨科医生、杰拉尔德找脊柱按摩师,还有我去看牙医。在河那一头和岛上,与闯入的牛群的战斗仍在继续。为了把牛赶出远处那片河岸,我们划船过河,飞身上岸,骂骂咧咧地跑步穿过棉白杨林。要是能有座横跨北普拉特河的桥就帮大忙了,我们在闲谈时聊到是否有可能买下下游美丽的老皮克桥。桥身目前仍在原地,虽然已有一座标准混凝土桥取代了它的角色。戴夫说,它已经挂牌出售一段时间了,也许现在还没卖出去。可以用一架巨型直升机把它吊起来,运到离鸟之云一英里处。然后我们发现这座桥并不对外出售,而是被登入了国家历史遗迹名录——这是件好事,因为它是19世纪铁桁架设计的典范,比任何东施效颦的混凝土桥都要漂亮。

不断有新的就医之旅,也不断有更多的牛要赶。我和詹姆斯帮商量了一下,想找位待业的牛仔来赶跑这些牲畜,但这只是我在白日做梦,不是个实际的解决方案。不幸的是,我们需要的是更多的围栏,尤其是在岛周围。虽然比起更多的围栏,我宁愿雇一个赶牛人,但围栏不需要放假,也从不迟到。生活在一个支持开放牧场的州真是可恶,牛群可以在它们想去的一切地方游荡。从领地时期开始,牧场主们一直主导着这个州的法律和事务。除非人们的观念产生重大转变,除非有更多的人不希望牛群践踏他们房屋周围的土地,否则"把牛群圈入围栏"是不会被写入怀俄明州法律的。这可能是本州对新移民反感的潜在原因，觉得他们蔑视开放牧场传统，不可理喻。不过好消息是，据隔壁 TA 牧场乐于助人的牛仔说，几天后牛群将前往埃尔克山的夏季牧场。

2007 年 4 月下旬，詹姆斯帮把建材从车库里清理出来，我第一次可以在车库里停车了。在为门、橱柜、踢脚板和饰面细节忙忙碌碌的间隙，杰拉尔德帮我把照片都挂上了墙，免得它们挡路。一个天气转暖的周末，朋友们来吃晚饭，我们烤了牛排。这便是落基山脉的春天了。

5 月，工作继续进行。有个奇怪的设计问题，是关于楼下地板上电源插座的安装。在客厅兼餐厅区，它们直接设在了人来人往的走廊上，总有人被绊到。这些插座毫无吸引力，也没什么用，因为插上任何东西都意味着要把电线拖来拖去，造成交通风险。打磨、上清漆、预处理、打底、填缝、挂东西、安装、修补、涂泥、修剪、钻孔、组装、封口——各项工作不断推进，我逃到了爱尔兰。

我回来的时候，巨型铲雪机已经打开了森特尼尔和萨拉托加路之间的梅迪辛博山口。詹姆斯帮为我建了一个菜园，园子的底层做了防鼹鼠处理，还配好了浇灌系统、表层土和一些腐烂的粪肥——它们来自山谷东侧退休的 L 医生家的粪堆。我很激动。在过去的十年里，由于森特尼尔房主协会的禁令，我始终没法拥有一个菜园。我在一个从事园艺的家庭长大，几乎一直都拥有一个自己的菜园。在西部，太多食杂店出售着不新鲜的农产品和食品集团的罐头，让我感到非常痛心。全食超市在柯林斯堡开分店的那天可真是一个好日子。尽管路途遥远，价格高昂，我还是每月去那里买一次东西。现在，我研究起了种子目录册，打算从茄子种到恐龙羽衣甘蓝——一种深色的味道发苦的意大利羽衣甘蓝。事实上，我迷上了一家意大利种子公司，买了太多包需要地中海气候的种子。我们要看看把它们放在一个富有挑战性的地方会发生什么——不过圣玛扎诺番茄必须进温室。第二年，我在这家公司的购物运就没么好了，有一包声称是白色小茄子的种子，最后却结出了哈密瓜。真该死！

5月的一天，我和詹姆斯帮，还有顺路到访的考古学家杜德利·加德纳一起，花了一下午的时间去走访"移民路口"——1849年的淘金客们和取道奥弗兰径的队伍都曾从那里渡过北普拉特河。一路上，我们穿过了安舒茨名下广袤的奥弗兰牧场，据说那是世界上最大的风力发电厂。怀俄明州的这片地区有许多属于企业高管和继承人的大牧场，这其中包括汽巴-嘉基、安舒茨、沃尔玛和金宝食品等多个家喻户晓的名字。中途，我们看到了成片的火焰草，这是怀俄明州的州花，大多数是深橘红色的，也有浅一点的红色或橙色，还有一些是黄色的。德里尔说，在他和几个兄弟的孩童时期，他们在这条路边还能看到坏了的马车和被丢掉的物品。事实上，这条路是奥弗兰径的一个重要路段。在1840年至1860年间，这个路口曾有一艘用绳子操作的渡船，能拖着车队过河。

在路口上方的悬崖上有一块小墓地，被栅栏围了起来，防着那些无处不在的破坏者。人性里总有一些东西在叫嚣着要摧毁"过去"，或是把它带回家。离小径几百码处是段陡峭狭窄的下坡路，像是从托尼·希勒曼①的故事里跑出来的东西。我们小心翼翼地下去，顺着崖下杂草丛生的小路走，然后沿着河岸返回。同行的考古学家杜德利仔细观察被河水侵蚀了土壤的河岸，发现一把漂亮的石刀。后来，在红色沙漠里，我们发现了一些石器，还有一个精致的用深红色石头制成的伊甸枪头。它很罕见，是这片大陆上最漂亮的史前石枪头。我自己找到了几块骨头化石。怀俄明大学没有古生物学者，所以我把它们带去了新墨西哥州自然历史博物馆；其中最大的一块是始新世哺乳动物的趾骨，但没有牙齿，无法鉴别具体是什么动物。

6月初的一个星期六，风莫名地平静，我们驱车前往鸟之云崖顶。那里蚊子很多。草原犬鼠直挺挺地坐着，一脚踏在地洞里，警惕地盯着我们。悬崖边和崖面斜坡上的垫状植物开出了成千上万朵小小的花，有白色的、蓝色的、黄色的，还有深粉色的。我特别喜欢野荞麦。到处都是四色的火焰花，黄花，黄色的景天，矿灯花和福禄花，白色的勿忘我和浓烈的蓝紫色鲁冰花。傍晚时分，在下山回屋的路上，我们经过了大角鸮最喜欢的枝头，它还在打盹，还没到起身给夜晚增添恐怖气氛的时候。

我们坐在河边打蚊子，它们无视我们的烟熏火烤，我们还为燕子们在河边走道上追逐昆虫的芭蕾欢呼。鸟群一哄而散，又聚在一起，扭成丝带状，翻折后侧滑开去，组成松散的圆圈，

---

① 托尼·希勒曼（Tony Hillerman，1925—2008），美国推理小说家，致力于创作美国原住民推理作品。——译者注

复又变成带翅膀的梭，急急地穿过蚊子随机纺出的经线。在夕阳的橙色余晖下，它们的数量越来越多，最后成千上万地滑过垂直于悬崖的峡谷和裂缝。

第二天，森特尼尔的"上坡"鲍勃来了，我们把他做的蓝知更鸟屋挂了起来。它们相当花哨，其中一个镶了只玻璃眼睛，让我想起19世纪的捕鲸船。这些船的甲板上有厚厚的玻璃棱镜（平面朝上），可以把光引入下面的船员宿舍。黄昏时分，我又一次登上了崖顶。天空布满了云朵，它们拖着一根根长长的尾巴，像钉耙齿似的。一只金雕从我眼前飞过，爪子里抓着一只无力的草原犬鼠。

林赛继续做她的图书编目和装架，但这两个系统并不完全匹配。在多年后的今天看来，我希望我们当时能换个编目方式。这个数据库用起来并不方便。分类模糊且有重叠，除非我记得作者的名字或是确切的书名，否则很难找到我想要的书。我经常不记得那些内容，而是想找一本我印象中书脊是淡蓝色且有裂纹的书，位置是在一卷猛禽相关的书旁边。我有一个不太现实的梦想，就是请一位图书管理员来重新给我的藏书编目，一位能够无视我在书籍分类方面错误想法的图书管理员。

夏天迅速升温，像往常一样，人们把冬天刺骨的暴风雪抛诸脑后。6月中旬，高涨的河水奔腾不息，我们和我的野生动物栖息地朋友罗恩·洛克伍德，还有正在进行雕类数量统计的鸟类学家安德烈亚·奥拉博纳一起漂流。罗恩卡车的U型接头在来的路上坏了，在我们寻觅大雕的时候，戴夫和德里尔修好了它。

热，热，很热，气温飙到了30多度，到河下游吃凉西瓜的日子到了。当夜幕降临，有大量热气在房子里久散不去。朝南的聚碳酸酯窗户会引入灼人的光线，而墙壁把热量存了下来。夜里始终凉不下来，直到哈里告诉我，每天晚上要打开楼下的北窗和楼上的南窗。一股美妙的冷空气从此开始在屋内流动。聚碳酸酯窗户还有一个烦人的特点：窗框在早上膨胀，到了夜里又收缩回去，会突然发出巨大的啪啪和咔嚓声，听起来像是有人要手持撬棍破门而入。哈里说，把窗框放松一些能解决问题，它们可能太紧了。于是杰拉尔德又爬了上去，把窗框的螺丝卸松了一点。剧烈的咔嚓声减轻了，成了轻柔的咳嗽声，但始终没有彻底消失。在又热又晒的日子里，聚碳酸酯框仍会发出轻微的移位声，仿佛在舒展它的筋骨。

钉墙板的工作日复一日地进行，射钉枪的"砰砰"声已经变得比风声更耳熟。杰拉尔德顶着酷暑继续工作，在国庆游行和烟花后的第四天，墙板完成了。是时候让填缝匠来填上木板之间的缝隙了。而林赛，在度过了痛苦的四个月之后，终于让她一直未愈的断臂做上了手术。

电工发现太阳能先生在设备室里有一些违规操作，并对其做了修正。杰拉尔德打电话给太阳能先生，他试图用一句话来应付，大意是：那又怎样，这是在怀俄明，不是吗？很多外地人认为，在一个以混乱出名的地方是做什么都行的。然而，这个法则只适用于跟牛有关的生意。怀俄明州的许多企业和商家对规则都是一丝不苟的。几周后，电工要求州检查员对太阳能系统和他的维修工作进行检查。全部过关。

填缝，填缝，填缝，持续地填，再填一些，接着填，从10点填到6点，在月光下填缝，填缝，订购更多的填缝材料，清洗填缝枪，填缝，填缝，填缝。神啊，继续填缝，无休无止地填下去。如果这些人厌倦了填缝，我极度希望他们能完工，尽管他们的工作并没有产生噪声。"鲇鱼"浇筑基板的光景已经恍如隔世。填缝仿佛是整个建房流程中最漫长乏味的部分，但在7月下旬，它真的完成了。差不多完成了。

杰拉尔德在屋子东檐下装了一根向外延伸的横杆，这是他的小花招之一。对猫头鹰来说，那会是个隐蔽的好位置。猫头鹰喜欢这栋房子，但它们拒绝了这根横杆，更青睐我卧室上方的屋脊。第二年，大角鸮房客消失了，一对仓鸮搬到了岛上，它们嘎嘎的叫声让夜晚变得狰狞起来。有个黄昏，我观察着住在这里的长耳大野兔大口吞吃苜蓿，注意到其中一只猫头鹰在屋前的"犀利"花园（之所以叫这个名字，是因为里面有十几株丝兰）周围的铁丝围栏最高的那根线上晃悠。随后，这只猫头鹰向兔子俯冲过去，扭身扑上，它的伴侣则从屋脊上的另一个方向飞过来。但那兔子耍了套扭结饼似的杂技动作，从两对利爪下逃出生天。"这比看上去要难呢。"我对飞走的猫头鹰说。兔子消失在暗处，第二天晚上，又回到了这一小片苜蓿地。又是寻常的一天工作。

在马拉松式的填缝后，终于轮到给入口安装生锈的金属墙板了。谷仓金属板堆在地上的时候看起来并不像梦想中的材料，但当它跟木墙板组合在一起，整齐地包住入口时，样子就再合适不过了。入口墙板安装成功，我们实在太开心了，又回到悬崖顶上。考古线索显示，很久以前，可能曾有头野牛在这里纵身跃下。

詹姆斯帮的进度势不可当。房子已基本完工，但外围的"院子"却还几乎跟采石场一模一样。起风的时候，会迎着窗户的方向扬起细小的灰尘，如果风刮得厉害的话，房子会被小碎石子拍得吱嘎乱响。室外没有一处能让人舒舒服服地坐下，于是我们计划在房子北面用剩下的木板搭一个台子，还畅想了一番背阴处的凉爽和夜晚的宁静。德里尔曾和我讨论，要不要把采石场区域变成一个景观花园。考虑到那块地的碱性砾质土壤，种苜蓿似乎是一个好主意，它可以改善土壤碱度，使其更加肥沃。德里尔认为，秋天的时候可以先在房子周围种黑麦草，来年春天再种苜蓿。这个主意似乎相当合理。我们猜不出自己将造出个什么样的怪物来，因为苜蓿的长势开始失控，在狂风中像野火一样蔓开，得每周去割。这是一项艰巨的工作，所有树周围的铁丝围栏都得挪开。此外，苜蓿还引来了一群鹿，德里尔种的高价灌木也被它们啃了。

台子的组装进度很快，第二天收工的时候，詹姆斯帮已经把木板打磨好，等着用醋和钢丝垫上色。之后我们就可以坐在室外喝一杯了。

8月下旬，楼梯扶手安装完毕。楼梯的材质和二楼的地板一样，都是美丽的做旧长叶松木，用漂亮的铜扣钉固定。在这座房子的一切迷人之处中，有一处只有站在楼梯顶部才能看到。在正门的上方，高处有个带角度的壁龛，那是一个线条、材料和角度的交汇点。起皱的生锈金属板在打磨后闪烁着柔和的光泽，俏皮地斜逸而出。在它身后的另一个角度有道蓝色的聚碳酸酯窗，向远处逐渐缩小，让我想到郁特里罗画笔下的街道。在幽暗的壁龛后面，悬挂着艺术家杰夫·菲尔兹做的一个无头身，那是个真人大小的女性形体，身着另一个世纪的飘逸服饰。我拥有这件作品好几年了，但直到把它安置在鸟之云，我才注意到它散发着微弱的蓝色虹光，与聚碳酸酯窗户相呼应——视觉效果好得简直像是为这个空间量身打造的。这一小块区域，靠着它有趣的条块和光带，丰富多样的材质和那种和谐的怪异感，给下楼的过程带来了一些小小的愉悦。

8月，我的钓鱼老友汤姆前来拜访。我们登上了肯纳迪峰的峰顶，汤姆发现那里手机信号不错。我们还去了詹姆斯帮在巴特尔山口的小屋原址。几年前，在纽芬兰，汤姆用从岸边快塌了的老渔屋里拖出来的旧木板为我做了一张桌子。它是我为数不多的从纽芬兰的房子里抢救出来的东西之一，已经在仓库里等了两年。现在，汤姆把桌腿安了回去，这块老云杉板经过时间、盐分和海水的打磨，开始了新生活。它将被放在室外，用于分拣考古和地质探索的收获。在桌子重获新生的同一天，我们在这块地的东边发现了牛群，它们是蹚着河过来的。我们把牛赶回水里，而还在想念着纽芬兰的我，内心向往的是拍打着海岸的、咸咸的海浪。（事实上，在纽芬兰，牛会在海里游泳，就在那个被废弃而朽坏的福琼镇所在的岛附近。)这一周在与汤姆、詹姆斯帮和来自森特尼尔的朋友 B 先生的欢乐晚餐中结束。我取出多年前一个朋友给我的玻璃酒囊，用 B 先生的红酒满上。这相当有意思，酒囊在桌上传来传去，每个人都参与了 —— 甚至杰拉尔德都无法抗拒这场角逐，放弃了晚上喝山露汽水的习惯 —— 他最后穿着弄脏的衬衫回家了。

8月底，詹姆斯帮去了科罗拉多州萨沃奇岭的安特罗山，这是他们一年一度的地质考察和度假之旅，多年来一直如此。在他们口中，这趟旅程要沿着一条像发夹那么窄的险路登山，转不开身，时有险峻的下坡，还有落雪、泥巴、冰冻和电闪雷鸣。那里只在夏季开放几个星期，然后这条危险的小径就会被风雪封上。

近一年来，我每个星期都要拖好几回那片难看又巨大的地板。我们频繁给修地板先生打电话，问他什么时候可以给地板上固化剂。"还没到时候！没到时候！"他反复说。尽管我们告诉他，洗拖把的水里已经没有染料析出了，而且地板一直都暗淡无光，满是灰尘。这真的很难看，毁了这所房子。我开始想，我们可能不得不把一切都重来一遍，挪开全部五十六个书柜，它们每个都有几百磅重，在这斑斑驳驳、灰头土脸的烂摊子上放些什么 —— 放什么呢？我开始考虑地砖。

9月，詹姆斯帮的母亲珀尔去世。不知他们是怎么做到的，在盖房子和其他的工作间隙，他们一直照顾着她，为她做饭，现在她走了。葬礼座无虚席，小小的悼念页上没有写踏入夕阳之类的常见诗句，而是介绍了珀尔著名的炸鸡秘方。

虽然房子完工了，但我要用作温室的球形顶装置，还一片片地躺在一块大防水布下。詹姆斯帮之前把它拆散了，从森特尼尔搬了过来。现在，把它们重新装回去就得再费一番脑子。就种菜而言，怀俄明州是块艰难之地，夏季的冰雹、霜冻和狂风让种药草、胡萝卜和甜菜之外的任何东西都成了愚蠢的梦想。但对我来说，园艺是生活重要的一部分。我选择了一种叫"种植球顶"的温室作为解决方案，那是科罗拉多州帕戈萨斯普林斯的两个苏格兰人乌德加和普加·帕森斯的作品。这项发明受巴克米斯特·富勒启发，是专门为落基山地区的园艺活动设计的一种低成本球形顶装置。它是我拥有过的最棒的东西之一。十四年来，我一直在这些出色的装置里种西红柿、生菜、黄瓜、茄子和其他柔弱的作物。在森特尼尔，当地盛行的西风会反复扭坏自调节的通风开关，我们换过好几个。但在鸟之云，这个装置被放在了一个更隐蔽的环境里，没有开关方面的问题。通常到7月中旬，西红柿就熟了。在露天的园子里，如果想在9月前收获哪怕是微微泛粉的西红柿，都要跟季节赛跑。我对球形顶的唯一不满是，当初应该再买大一号的。

在储物方面我们还有点问题，因此在10月，趁天气尚好，詹姆斯帮给一间新棚子浇了地基，用来存放园艺工具、车胎、独木舟、皮划艇、盆栽、野营装备、工具、铁丝网和其他上百件既不适合车库也不适合渔具室的物品。棚子很快就建好了，杰拉尔德为它做了隔热处理，以防我想把它改成客房。我不会的！

通向房子的车道跟县里的小路用了同样糟糕的路基材料，是一种没有用黏土黏合的细石和沙子混合物。它永远不会凝固，于是会逐渐被车胎压向路的两边。这种材料比新英格兰的土路差劲多了，后者的原料因为含黏土，能被压得光滑又硬实。但我们别无选择，把它用在了从县道拐向房子的半英里小路上，希望能改善小路原有的碱性泥土和鹅卵石材质。第二年，我们运来大量碎石，一番精心铺放后，路面坚实了些。

我们租了部地板清洁机，在灰多得要命的红色地板上试了试。杰拉尔德轻描淡写地说了句"效果也没多好"，就出发去猎麋鹿了。下雪了，雪融化后，德里尔在东边凑了几亩地出来。那里的旱雀麦一度疯长，直到来自恩坎普门特的除草专家布罗姆利先生今年早些时候过来打了点药。我们希望恢复这块区域的原生草种。在一位鱼类与野生动物管理局顾问的建议下，德里尔播下了内陆盐草的种子。我们盼着来年春天雨水能多一些。秋天戛然而止，寒冷的大雪天开始了，天气已是满满的冬季气息。我们在沃尔夫酒店跟林赛·里基茨吃了最后一顿大餐，为她去丹佛开启新的事业送行。戴夫和德里尔去了佛罗里达。而我则出发前往圣达菲。

在圣达菲的那个冬天，我为鸟之云的丑地板找到了解决方案。我习惯早上在镇上走走，有一次，我经过了一个专门生产地砖的石场。它已经打烊了，我一周后又在营业时间去了一次。那里有许多颜色丰富的地砖，看得我眼花缭乱。后来，我看到几块巨大的瓦砖（24英寸见方），颜色极似大西洋深处的海水，那种流动的蓝绿色。我立刻觉得它们会适合鸟之云，能让可怕的地板变得好看些。它们还可以盖住多余的地板插座。打电话咨询了詹姆斯帮几次后——这可行吗？能不能在不搬走书的前提下挪动整个书柜？地板面积是多少？——我下了订单。事实上，在杰拉尔德的要求下，考虑到货损风险，我还多订了一些。瓷砖只能从巴西运过来，所以我得等上好几个月。

那个夏天，沉沉的板条箱运到了，被我们团团围住。杰拉尔德撬开了第一个箱子的盖子。当他拿出第一组地砖的那一瞬间，大家都慌了。它们很粗糙，并不是成品。我订的是拉丝砖，既没有完全磨平，也不粗糙，而是光滑中带着一种有趣的纹理。它很微妙，肉眼可见，摸上去却毫无感觉。我回到屋里，很肯定是整批货都送错了。恐怖的地板传说又开启了新的一章。但德里尔进来告诉我，只有头两块砖是粗糙的，其他都处理得很光滑。它们非常美。沉浸在狂喜中的我们一通忙乱，随机铺了几块砖，看看跟墙壁、金属踢脚线、厨房和入口是否合衬。它们在每一处都看起来很棒。终于成功了。

我不得不去一趟德国。在我不在的时候，詹姆斯帮和地砖工人完成了大量的工作，包括挪动所有家具和整个儿书柜，封填多余的地板插座，测量、切割和铺设地砖。地面很接近我梦想中的样子，干净、光滑、优雅、颜色迷人。我发誓以后住的地方都要铺上地砖。书柜也完美归位了。他们是怎么做到在两周内完成这一切的？我将永远都不得而知。

第八章

鸟之云的曲折过往

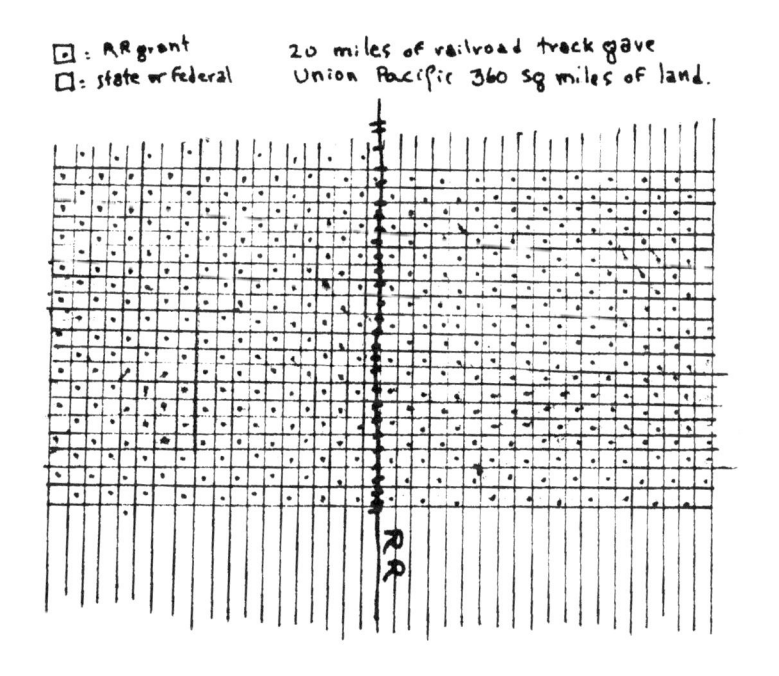

美国政府时不时地便会挫伤人民的信任。最赤裸裸的例子之一,就是19世纪的时候,他们以爱国主义和"开放国家"的名义,把大片公有土地转给少数铁路大亨。在这些活力满满的企业家之

中,有一部分人的梦想是建一条洲际铁路,服务远东市场。

这群掠夺者中最贪婪的群体之一,是来自英格兰和苏格兰的地主们。他们游历甚广、老于世故,对生财之道嗅觉敏锐。北美洲是个宝藏——木材、矿产、皮草、牧场、大型动物狩猎——他们对此一清二楚。尽管美国已经独立,不列颠群岛的上层阶级在情感上仍觉得自己还拥有这些资源的开发权。今天,我们通常会把矛头指向当时最无耻的矿业和铁路大亨,但在社会达尔文主义和帝国主义盛行之下,精英阶层公认有权攫走一切国有自然资源最精华的部分。通常,那些得偿所愿的人还会收获崇拜和艳羡。

在美国,想要积累财富和权力的强烈渴望被大众化了;富人、贵族、有身份的人、贫穷的移民男孩、幻灭的新英格兰商人、一无所有的农民和失业的年轻人都深信自己有权利得到美国彩虹尽头的那罐金子。在那段时期,不下数十本畅销书描绘了赤手空拳的农场穷小子依靠努力工作、聪明的点子、对机会的捕捉以及(有金发碧眼的女儿的)有钱人解囊相助的善意变得富有。"勤劳"这一美德常常被用来粉饰那些与更天真的群体做下的咄咄逼人又不择手段的交易。

强有力的企业家精神在加拿大和美国西部地区熊熊燃烧。时至今日,怀俄明仍是一枚饱含自然资源的多汁果实,企业和商业利益集团都自认为有资格把它吃干抹净。21区——也就是鸟之云——的历史触碰到了光谱的两端。当怀俄明州还是领地时,与现在的鸟之云相邻的是桑德克里克土地和养牛公司牧场,它的所有者是一位什么都不缺的苏格兰贵族。在此之前，21区属于来自佛蒙特州的爱尔兰三兄弟，是他们买下的一块租地的一部分。这兄弟三人从一穷二白到有钱有势，仿佛霍雷肖·阿尔杰小说情节的现实版本。

从19世纪30年代开始，洲际铁路一直是个绕不开的话题。亚伯拉罕·林肯将讨论付诸行动，向企业提供补贴和大片土地。联合太平洋铁路和中央太平洋铁路公司身着绒面呢套装的骗子们中，为首的是托马斯·杜兰特、杰·库克、格伦维尔·道奇、奥利弗·艾姆斯、科里斯·亨廷顿以及他们的亲戚、朋友和政治人脉，还有一卡车有犯罪倾向的国会议员在背后煽风点火。股票操纵、贿赂、"创新式"记账、无数政府贷款和补贴，以及最重要的，大面积的土地赠予，这些让少数人大发横财。

1862年，联合太平洋铁路公司获得了一条超过1000英里长、穿过公有土地的路权。与此同时，他们还得到了承诺铺设的铁轨两侧各10英里宽土地的一半。铁路公司可以对这大片大片的草原、森林和山脉为所欲为。这条铁路从奥马哈铺到了犹他州的普罗蒙特利，在那里与亨廷顿中央太平洋公司的铁轨会合。大多数铁路公司都得到过这种私下勾兑的好买卖。对联合太平洋铁路来说，每铺1英里的轨道就能拿到10平方英里的可售土地。这片土地被划分为一块块一英里见方（面积640英亩）的区域。政府保留对偶数编号区域的所有权，铁路公司得到了奇数区。于是，声名狼藉的棋盘式产权排布诞生了，它至今仍在破坏着西部地区的版图。联合太平洋铁路穿过怀俄明的中心地带，将庞大的北美野牛群一分为二。买下铁路地块的牧场主实质上拥有了位于铁道之间或与之相邻的公共或国有土地。买家往往会用栅栏把公共土地围起来。这种违法行为至今仍时有发生。猎人和徒步旅行者、摄影师、观鸟人和历史学家在试图进入公共土地时，可能会发现道路被非法的大门、铁丝网和禁止进入的标志封闭。各州政府和联邦政府对进出公共土地这件事似乎都无能为力。

在1862年的赠地行动中，政府保留了铁路地块的采矿权。两年后，政府把赠地范围扩大到了铁路两侧各20英里，还将矿权双手奉上，这对在怀俄明腹地发现了丰富煤矿的联合太平洋铁路公司来说可是桩好消息。铁路公司运来了煤矿工人，围绕着矿坑，卡本、汉纳、苏必利尔和罗克斯普林斯等怀俄明诸县也陆续成型。政府保留的一些地块被分给了各州和领地，用于资助州立大学。

当时，人们认为这里的土地价值不高。怀俄明风干物燥，当地的印第安人也充满敌意，因此没有多少买家。由于铁路公司致力于从交易中榨干一切潜在的利益，他们将赠地用于抵押贷款。在今天，有好几十种旧的赠地债券受到收藏家们的重金追逐。

19世纪60年代，鸟之云——也就是第21区——是属于联合太平洋铁路公司的一个奇数地块。直到1908年，铁路公司仍拥有它的产权。但在1909年，它与第3、9、11、15和23区一起以11000美元出头的价格被出售了。买家是来自佛蒙特州的农场穷小子托马斯·A.科斯格里夫，他通过自身努力，成了科斯格里夫羊业公司这样的大公司的总裁。

科斯格里夫兄弟

瓜分怀俄明的投机企业家中有很多是兄弟。科斯格里夫兄弟的父亲是爱尔兰移民约翰·科斯格里夫，住在佛蒙特州的科尔切斯特（今天是伯灵顿郊区的一部分）。他们的母亲是玛丽·巴里，佛州本地人。托马斯·A和约翰·B.科斯格里夫是家里的两个哥哥，在伯灵顿高中就读。男孩们都有强烈的野心，那种他们那个时代特有的进取精神。沃尔特·惠特曼的诗歌对这种掠夺和获胜的冲动有过极为精妙的记录。最基本的表现则见于一些拓荒者身上的劣行，这在他们的日记和信件中都有详细描述。有报道称，在西行的路上，有人在不得不放弃自己的马车时，会把马车竖切成两半，这样别人就没法用它了。一些人"狗占马槽"，燃起篝火烧掉他们打算丢弃的货物，防止别人把它们据为己有。

托马斯·A.科斯格里夫生于1854年，在伯灵顿的一家商业机构工作。他攒了一点钱，二十三岁时去了丹佛，在梅氏百货和纺织品店找到了工作。梅氏的创办人是大卫·梅，他在莱德维尔和丹佛两地都开了店。这家百货店后来改名丹尼尔和费舍尔，并在之后的那个世纪里控股了包括罗德和泰勒百货、马歇尔·菲尔德公司和法林百货在内的多家全国性百货商场。2005

年，这些店都被美国联合百货公司吞并，成为全国连锁的梅西百货。

托马斯·科斯格里夫意识到自己有机会在尚未开发的怀俄明干一票大的，于是在1882年北上来到夏延。在夏延，他开了家杂货店，生意非常好。靠着杂货店的利润，他和他的兄弟约翰·B（也就是科斯格里夫兄弟公司）把店开到了怀俄明近五十个镇上。他们的竞争对手是J.W.胡古斯。内战期间，胡古斯放弃了在内布拉斯加州卡尼堡做管家这一收入颇丰的工作，成了怀俄明州斯蒂尔堡的一名军中小贩。在那里，他开了自己的第一家纺织品店，之后又把连锁店开到了怀俄明州其他地区以及周边诸州。

精明的托马斯·科斯格里夫意识到了银行的必要性，开始着手将其纳入自己的商业体系。兄弟俩联手买下了罗林斯第一国民银行，创办了萨拉托加州立银行，还在盐湖城成立了从事食杂批发的科斯格里夫－恩赖特公司。19世纪80年代，他们成立了科斯格里夫羊业公司，在怀俄明买下大片土地，尤其是与开阔的红色沙漠相邻的那块地。以当时的眼光看来，那里是上好的牧羊地。托马斯·科斯格里夫跻身怀俄明州首批白手起家的百万富翁，科罗拉多、犹他、爱达荷和怀俄明都有他的银行。在自己定居的城市夏延，他建了一家酒店和一条铁路。他直到五十九岁才结婚，时机并不好，因为在三年后的1916年，第二个孩子小托马斯·A出生前，他就去世了。

他的弟弟约翰·B.科斯格里夫显然是和托马斯一起来到西

部的。在丹佛梅氏百货公司的雇员生涯中，托马斯具体做了些什么我们不得而知，但有一份报告称，约翰·B（大概是和托马斯一起）经营着一条往返于丹佛和莱德维尔两店之间的货运线。另一个消息源称，约翰·B签下了一份建筑合约，为丹佛著名的塔伯歌剧院和联合车站开挖工地。他跟托马斯·A合伙做了好多生意——纺织品店、食杂店，以及两人都最喜欢的银行生意。约翰·B一生中做过十多家银行的主管。他跟自己的兄弟分别合作过木材生意，还拥有一家花卉用品商店。他甚至还掌管了一小段铁路。但真正让人们记住科斯格里夫家族的名字的，却是他们的牧羊业。

根据那个时代的报道，这对兄弟寡言、节俭，热爱存钱。随着生意日益兴隆，他们把大部分利润用于扩充羊群数量。羊群在怀俄明的红色沙漠放养，一位叫阿迪亚诺·阿帕达卡的领队负责照顾它们。他来自（新？）墨西哥，为人可靠。

他们的弟弟詹姆斯·E在1890年前后加入了两位兄长，但很快又搬去了犹他。约翰·B买下了盐湖城的商业国民银行，并将其更名为大陆国民银行。詹姆斯·E成为这家银行的行长，直到他1938年去世前都在这个位置上。约翰·B或许是个灰衣主教式的幕后操纵角色，在当时担任了副总裁和董事。

在科斯格里夫的家乡佛蒙特州，羊一直是很重要的存在。1811年，时任美国驻里斯本领事的是威廉·贾维斯。他是波士顿人，在佛蒙特州韦瑟斯菲尔德的康涅狄格河畔拥有一座农场。拿破仑打败西班牙后，西班牙皇家美利奴羊开始对公众销售——政权更迭之前，这一品种的垄断地位一直被小心翼翼地维护着，不对外国买家出售。新政权上台后，两百只美利奴公羊和几百只其他品种的羊来到了贾维斯的韦瑟斯菲尔德庄园。由于新英格兰的冬天格外寒冷，它们长出的羊毛多得惊人。贾维斯以合理的价格把纯种美利奴羊卖给邻居，很快佛蒙特州成了优质羊毛的代名词。当科斯格里夫家的男孩们长大成人时，在佛蒙特州养羊的成本已经变高，有被奶牛养殖取而代之的趋势。而在开放的西部地区，养羊则要便宜得多。

来怀俄明后的头几年，兄弟俩一直对羊毛的利润念念不忘。他们成立了羊业公司，把这个地区数千英亩空置、开阔的牧场充分利用起来。怀俄明州羊业协会的一份资料显示，在产业扩张的巅峰时期，科斯格里夫兄弟名下有十二万五千只羊。

和铁路及矿业大鳄们一样，这对保守又有远见的兄弟也是机会主义者，但他们有自己的方式。尤其是托马斯·科斯格里夫，他对商业经营和变着花样赚钱有着超强的直觉。两兄弟花低价买下了联合太平洋铁路公司奇数段的地块。这片土地十分干旱，长满了蒿类，在移民那里行情不佳，于是铁路公司低价抛售了它们。

由于总是在生意上胜人一等，科斯格里夫兄弟逐渐远近闻名。他们用栅栏圈住自家地块隔壁的政府土地，在国有森林的地界大肆放牧，并选择有前途的年轻人做商业伙伴。1895年，他们运走了史上已知最大的一批怀俄明羊毛。上个世纪初，怀俄明州的牧羊人和科罗拉多州的牧牛人之间曾有过一番争斗。

靠着精明能干的科斯格里夫兄弟提供的经济支持，牧羊人占了上风。

进入新世纪的头一个十年，年迈的科斯格里夫兄弟将他们的羊业帝国做了分割。科斯格里夫羊业公司的资产被一分为二，奶牛溪部分归詹姆斯·E.科斯格里夫所有，萨拉托加以西的部分则卖给了他们一位年轻的合伙人约翰·哈特。财产分配完毕后，还剩约20000英亩的地。L.E.维维恩买下了其中的一半，位置在罗林斯的东部和南部。另外的一半被一家石油公司——生产商与炼油商公司——买了下来。这家公司在罗林斯以东几英里处建起了奇怪的帕尔科小镇（现在已经改名叫辛克莱），把辛克莱炼油厂设在了那里。鸟之云在维维恩买下的那部分土地里。20世纪90年代，维维恩的后人把第21区卖给了大自然保护协会。

L.E.维维恩在19世纪80年代来到怀俄明，他的雇主是1864年从丹麦移民来此的伊萨克·卡森·米勒。1870年，米勒在怀俄明勘探金矿，然后在罗林斯开了家酒馆。在这里定居后，他开始放牧牛羊。到了维维恩为他工作的时候，米勒已涉足政坛。1880年，米勒当选为卡本县警长，并被任命为一个大型陪审团的主席，督办对臭名昭著的强盗杀人犯乔治·帕罗特，也就是大鼻子乔治的审判。大鼻子被判处在1881年4月执行绞刑，但在3月底，当米勒因公务离开罗林斯时，这名死囚试图逃跑。他没有成功。几个小时后，一群民间执法者把大鼻子从监狱里强行带走，然后挑了根趁手的电线杆，把他吊死在了那上头（对早期移民而言，在这个没有树的国家，电线杆有多种用途）。尸体落在了心情不佳的约翰·奥斯本，这位来自罗林斯的医生手上。奥斯本割掉头颅顶部，把尸体的皮肤大片剥下，请人将人皮鞣制后做成了一双鞋。十一年后，奥斯本医生，一位身在坚定的保守共和党州的民主党人，不知何故当选了州长。他穿着那双恐怖的死囚皮鞋参加了就职典礼。

在积累了足够的知识后，维维恩养了一群奶牛，过上了艰苦的牧场生活。在那个很难获得新鲜蔬菜的时期，他在牧场里建了个菜园。园子没有围栏，在1892年的产羔季节，萨拉托加山谷的老先驱乔治·费里斯家的母羊闯进了菜地。维维恩大怒，花了很大的力气去赶它们，但这场驱赶活动也激起了他的好奇心。他问费里斯，养羊是否能挣钱。费里斯说确实能，语气十分肯定，于是维维恩卖掉了自己的牛，从他那里买了一群羊。另一位当地人乔治·西利也从费里斯那里买了一群羊，自然而然地，维维恩和西利走到了一起。尽管在1893年遇上了经济萧条，他们还是赚到了钱。当他们六年后分道扬镳时，每人都拥有四群羊，产权分割十分明确。通常来说，一千只羊被计为"一群"。

1894年，维维恩陪同来自兰开夏的屠夫罗伯特·杰克逊，前往鹤嘴锄牧场。屠夫打算买一些公牛，维维恩为他提供一些建议。他们遇到了一群母羊，它们属于弗兰克·欧内斯特的兄弟拿破仑·"波尼"·欧内斯特。作为对维维恩帮忙买牛的报酬，杰克逊借了一笔足以买下这些羊的钱给他。

亨利·塞顿－卡尔

在19世纪，鸟之云周边的大部分地产属于亨利·塞顿－卡尔。他在怀俄明找到了世界顶级的狩猎活动，以及一个可疑的商业机会。虽然用今天的价值观来评价他是不公平的——历史学家把这种行为称为"现在主义"——但1904年《我的狩猎假日》中所呈现的他似乎正是地主阶层的一个滑稽缩影。塞顿－卡尔是苏格兰人，不列颠群岛富有的地主精英阶层中享有特权的一员。他的书是为"我的盎格鲁－撒克逊猎手兄弟"而写的。正如我们所有人一样，他是自己所处那个时代的产物。1853年，塞顿－卡尔出生在印度，他的父亲任职于殖民地公职机构，代表着英国统治下的印度。他笃信爱国的、受过教育的英国白人生来就有权统治他们眼中的那些次等地区。他认为他的阶级，那些大英帝国的代理人，拥有与生俱来的自由，全世界都可以任他们支配，以换取金钱和快乐。

他是一名猎手，在1870年到"一战"期间，只有最富有且最狂热的上层社会枪手才能成为猎手。他遵守猎手守则，为英国猎手"杀死猎物的欲望"辩护。他百分之百确信，"对于这种欲望，没有哪个种族的人比不列颠群岛的盎格鲁－撒克逊人更强烈……这是一个阳刚且强势的种族代代相传的本能——文明教化无法将它扼杀"。照片显示，他在二三十岁时身量苗条，衣冠楚楚，留着浓黑的短髭，面容英俊又紧绷。随着岁月流逝，他花在议会里的时间超过了森林和田野,体重也增加了。在他戏剧性的死亡来临时,他的体形已经相当可观了。

他总是想猎到最大最美的动物。在射杀马鹿、赤鹿或是大角羊时,他往往瞄准的是拥有优质头颅的猎物。而在头颅的所有部位中,他最看重的是角,对角的价值有一套复杂的衡量标准。按照今天的标准,塞顿-卡尔是一个贪得无厌的猎手:他曾轻描淡写地提到,他和他的随从有一回"轻松猎满了八百对松鸡和黑琴鸡的上限","跟踪了十天后,杀死了十八头雄鹿",运气好的时候,早上抓到了"一条十二磅重的鲑鱼",午餐后又"干掉了三头上好的雄鹿"。他似乎没有意识到,这种重视猎物体量的狩猎活动将体形最大的动物们清除出了物种基因库,这等同于某种有利于小角和小体形动物的二级基因工程。

1869年,怀俄明首家本地立法机构碰头开会,通过了一项没有什么效力的法律,试图限制对大型动物的捕猎。但由于没有执行,该法律仅仅是一纸空文,被各方嗤之以鼻——"也许是史上通过的同类法律中最明显无效的一部"[1]。每个人——军人、移民、拓荒者、火车旅客、外国猎手——都在西部地区射杀了数量惊人的动物。塞顿-卡尔只是这波为所欲为的渔猎大潮中的一分子。

早期来怀俄明定居的人中,许多都曾在1868年修建联合太

---

[1] 道格拉斯·克罗,《第一个世纪:怀俄明野生动物保护百年史》(夏延:怀俄明鱼类与野生动物管理部,1990年版),第12页。

平洋铁路这一路段时为铁路公司工作过，或是在印第安人战争期间在怀俄明各个要塞服役的军人①。这番艰苦经历带来的好处之一，是他们拥有一定捕鱼和打猎的自由。外国猎手大多数是不列颠群岛和欧洲大陆有钱有势的人物，他们带着镀金的野牛枪、后膛枪和珀迪②猎枪，还有大队随从随行。他们雇了当地向导，买下几十辆马车，强行征用食物和饮料，随即开始长达一个月的狩猎——因为猎物分布不均，找起来很费劲。这其中就有乔治·戈尔，他的家族在爱尔兰的土地为他提供了大笔收入。在前往怀俄明的途中，戈尔在内布拉斯加的卡尼堡猎了一回野牛。尤金·韦尔在回忆录《1864年的印第安人战争》中写道："乔治·戈尔大人带着四十匹马、四十个仆人、四十条枪、四十条狗和其他物事各四十样，在卡尼堡停下打了场猎。"③在怀俄明，戈尔于1854年抵达拉勒米堡。除了仆从还是那么多之外，其他阵仗没有那么大了，车、马、牛和狗的数量都略减了些。他打了将近一年的猎。邓雷文伯爵、奥索·肖、莫尔顿·弗雷温和其他追逐大型猎物的有钱猎手都加入了他，还有些人留在养牛场取乐。他们中的大多

---

① 指卡尼堡、拉勒米堡、哈勒克堡、弗雷德·斯蒂尔堡、布里奇堡和其他几个营地。这些人里有不少是爱尔兰人，还有一些是"镀锌的北方佬"，即改变立场改投北军的南方战俘。

② 英国著名枪支制造商，皇家御用制枪品牌。——译者注

③ 尤金·韦尔，《1864年的印第安人战争》（托皮卡，堪萨斯：克雷恩公司，1911年版；纽约：圣马丁出版社，1900年版），第4章。韦尔是戈尔此行的受益者，因为后来戈尔的猎犬在卡尼堡产了一窝狗，他得到了其中一只灵缇犬。

数人，包括塞顿－卡尔在内，都被当地人狠狠宰过一番。不知道这些靠富人猎手发家致富的怀俄明穷牧场主中，有没有出身于当年那些没有土地的爱尔兰农民阶层的。在19世纪40年代的那场大饥荒期间，他们饱受异地的英国地主无情压迫，受了很多苦。

19世纪80年代还有一位值得一提的英国猎手兼牧场主，他就是莫尔顿·弗雷温，温斯顿·丘吉尔的一位叔叔。尽管他的想法时而天才，时而滑稽，但显然为人极为浑蛋。他在怀俄明招摇过市，还在卡斯珀北边造了一座木头城堡，用来招待有钱有势的外国友人。他的朋友里有把一头奶牛当成瘦瘦的野牛射杀了的莫里斯·德·本森爵士；还有议员吉尔伯特·利阁下，他独自外出打猎，不知怎么回事，骑马从悬崖上一跃而下死了。当地人都很讨厌弗雷温，在1886到1887年的那个凶险之冬后，他也成了破产的牧场主之一。

在大规模的猎杀之下，猎物数量开始减少。部分物种的濒临灭绝是一个丑陋的故事，它已深深嵌入了我们的历史。眼下，人类活动对野生动物数量的影响是一个热门的科研话题。猛犸象（和其他巨型动物）是在人类登上北美大陆的那段时间灭绝的，关于其背后的原因，一直存在争议。简单来讲（此处略过复杂的证据细节和对立观点），一些人认为，是气候变化——一段天气变暖的时期——把生态系统变得不适于猛犸象和马赖以为生的植被生长。对这些巨型动物粪便的调查显示，从距今10800年前开始，荚孢腔菌孢子的比例急剧下降，这表明气候产生变化后，这种生物进入漫长的衰退期，最终走向了灭绝[1]。还有人认为，不断来自西边的人类捕食者，也就是那些利用了动物们无邪纯真的狩猎专家，是猛犸象种群注定衰竭的命运背后的主因。虽然气候变得更干旱可能也起到了一定的作用，但人类猎手大幅削减动物数量的速度委实让人难以忽略。以怀俄明为例：在19世纪60年代，当白人带着他们技术先进的大规模杀伤性武器涌入时，这里还是一个种类极其丰富的狩猎场，拥有十万多头叉角羚。而到了1910年，据新成立的鱼类与野生动物管理部统计，全州叉角羚数量仅余七千[2]。

自1823年人类发明捕兽夹之后，到了19世纪40年代，海狸基本陷入了生存困境。尽管更早的历史学说认为海狸贸易的没落与男帽流行款式的变化有关——新时兴的风格不再需要柔软的海狸绒毛来制成带光泽的毡帽。事实上，因为海狸数量急剧减少，已经没有大量底绒供应了——这是老捕手们发现的一个不争的现象，尽管他们还对那段海狸多到一个人挥挥棍子就能打死一大堆的光辉岁月念念不忘。同一时期，原先规模巨大的野牛群体也开始缩水。尽管兽皮猎人对它们展开了大规模屠杀，但数量锐减的主要原因是传染病，它随着牛群一路跋涉，从得克萨斯一直被带到了蒙大拿和萨斯喀

---

[1] 摘要，《古地理学，古气候学和古生态学》第273卷第1期（2006年7月21日刊）；《菌类》第3卷第1期（2010年冬季刊）；第5页。

[2] http://ahc.uwyo.edu/onlinecollections/exhibits/pronghorn/part4.htm.

彻温。①

渐渐地，人们越来越反感于外国"猎手"大肆猎取兽角和兽首的猖獗行为。1875年，也许是怕快要没有猎物供他们自己射杀了，怀俄明的立法机构通过了一部野生动物法，规定每年的8月15日至1月15日为大型动物狩猎季。投票前，州长约翰·塞耶语带谴责地读了一份报告："那年，单单一队人就在塞米诺地区以东的山里杀掉了一百多头麋鹿"，只取走了"鹿牙和鹿皮，留下肉任其腐烂"②。这部法律还禁止浪费——但效力仅仅停留在了纸面上。猎手们依然为所欲为。

塞顿-卡尔带着他的枪往返于不列颠群岛和北美之间，每次乘坐的都是当时大型蒸汽船的头等舱；他还是19世纪版富豪周游世界俱乐部的白金卡会员。从某种意义上来说，比起从政和尽责管理家族产业来，追逐大型猎物更像是他毕生的事业。

在牛津大学读本科的时候，他在挪威度过了几个月的假期，其间一直在打猎。到希特伦岛③的第一天，他"惊动了一只离他不到40码的金雕，当时它刚在一只羊的尸身上用完午餐，正站起身来。一发6号子弹打到了它的羽毛，它受伤倒地，我们用

---

① 丹·弗洛雷斯，《野牛生态学和野牛外交：1800到1850年间的南部平原》，《美国历史期刊》第7期（1991年）：第465—485页。

② 克罗，《第一个世纪》，第15页。不幸的是，他们在疏忽之下，没有写入任何执法条款，使得这部法律和1869年的保护行动一样成为笑柄。这并非塞顿-卡尔那队，因为他在1877年才初到怀俄明，同年8月第一次猎了麋鹿。亨利·塞顿-卡尔，《我的狩猎假日》（伦敦：爱德华·阿诺德出版社，1904年版），第155页。

③ 现为挪威希特拉岛。——译者注

石头砸死了它"①。在那段快乐的日子里,他如是写道:"有一回,我仅用一支亨利高速猎枪连放三枪,便射倒了一只公雷鸟、一头雄鹿和一只白尾雕,整套动作没有超过十分钟。"②要不是在无意中瞥见一副巨大的鹿角,他可能已对余生在挪威和苏格兰猎杀马鹿感到心满意足。

1876年,刚从牛津大学毕业的塞顿-卡尔走在伦敦的河岸大街上,在一家枪支制造商的橱窗里看到了一副雄伟的麋鹿(马鹿)角。他好奇心大盛,进店询问,得知这头动物是"奥索·肖先生射杀的,他最近刚从怀俄明的狩猎之旅归来,带回了一些上好的马鹿头。他向我介绍了那位西部牧场主,他名叫弗兰克·欧内斯特,曾作为猎手和向导与他相伴"③。奥索·肖上尉与塞顿-卡尔同龄,阶级出身相仿,在那一年刚刚得到了阿岁欧庄园。那是一座伊丽莎白风格的大宅,附带450英亩树林和田产。在罗兰·沃德的《大型猎物记录》中,肖和亨利·塞顿-卡尔二人的名字曾多次一起出现。④

几个月后,23岁的塞顿-卡尔与他的朋友托马斯·贝特抵达了怀俄明的罗林斯,两人一起来到弗兰克·欧内斯特"位于北

---

① 亨利·塞顿-卡尔,《我的狩猎假日》,第3页。
② 同上,第10页。
③ 同上,第145页。
④ 罗兰·沃德,《大型猎物记录:它们的分布、特征、大小和重量,以及角、牙和皮的测量》,第三版(伦敦:罗兰·沃德有限公司,1899年版)。《大型动物记录》有过多次再版和加印。看看这本书中所列的那批最大的"正宗马鹿"脑袋里有多少是在怀俄明被猎杀的,相当发人深省。在19世纪的最后二十五年,这个州一定到处都是英国猎手。

163

普拉特河谷,斯蒂尔堡以南约20英里"的牧场。在之后的四个月里,几十头梅迪辛博山和马德雷山、响尾蛇山和贝茨洞的麋鹿、灰熊、野牛、羚羊、长耳鹿和大角羊倒在了塞顿-卡尔的猎枪下。对怀俄明的灰熊,他很少直接冒险,而是设下陷阱再射杀它们。有张照片展示了他在梅迪辛博射杀的一头麋鹿,鹿角长达58英寸,有十二个分叉。虽然当时还很年轻,他也明白自己身处一个野生动物资源极其丰富的所在。三十多年后,当猎物被射杀殆尽,麋鹿和大角羊被家养的绵羊和肉牛赶跑时,他怀念地写道:

> 眼下(1904年),这个国家是座巨型牧场。河流,草场和溪流大部分都被铁丝网围了起来。牧人带着他们的牛羊和拖车往返于夏季和冬季牧场,七十年代的野生绿色牧场已成过去,成千上万的家养绵羊啃秃、踏平了它们,致使它们间歇性荒芜。羊群在很大程度上让怀俄明变得更富有,但另一方面,它们也毁掉了这个州大部分地区……作为动物保护区和狩猎场的功能。……但在我写下这篇文章的时候,怀俄明州仍是猎手的天堂。①

他一次又一次地回到卡本县和北普拉特。一开始是为了打猎和捕鱼,后来,野牛都被猎完了,它们之中最大的头颅已纷

---

① 亨利·塞顿-卡尔,《我的狩猎假日》,第151页。

纷挂上不列颠群岛众多庄园的墙，他便过来草草视察一番那个在1883年归到自己名下的牧场。

弗兰克和波拿巴·"波尼"·欧内斯特两兄弟来自加拿大，从多伦多来到怀俄明领地。他们在印第安人战争中布过陷阱，给人做过向导，也参加了战斗，最后从事了养牛业。塞顿－卡尔喜欢弗兰克·欧内斯特，也很信任他，但显然对波尼的正直持怀疑态度。一起打了七年的猎之后，塞顿－卡尔买下了欧内斯特家的牧场，将其更名为桑德克里克土地和养牛公司，并聘弗兰克为经理。他们一起买了两千头犹他奶牛，让它们在开旷的牧场上撒欢。牧场的草原从北普拉特河起向北延伸70英里，是怀俄明这一带最大的。牧场的标记是个鹤嘴锄的形状，没有人喊它"桑德克里克牧场"——相比之下，"鹤嘴锄牧场"更为众人所知。时至今日，它的旧牧场木屋仍在原地，我们的邻居肯·奥尔森一家在那里生活多年，后来在2006年把它卖给了当时鸟之云西北边的邻居TA牧场。塞顿－卡尔的房子和牧场大部分的地目前都是TA牧场的一部分，产权归属于金宝食品和它的子公司佩斯辣酱公司。现在，鸟之云的两侧都与TA牧场接壤。

亨利·塞顿－卡尔还投资了XIT，那是得克萨斯州潘汉德尔地区的一座巨型牧场，曾被称为"议会大厦牧场"。当时，芝加哥的商人与得克萨斯州议会达成协议，在旧议会大厦烧毁后，商人们为新的议会大厦提供资金，以换取潘汉德地区300万英亩无人定居的土地。伦敦议会大厦永久产权土地和投资公司吸引了诸多富有的投资者，塞顿－卡尔和亚伯丁伯爵也在其列。双方都觉得这桩交易相当称心如意。议会大厦牧场之所以被称为"XIT"，是因为阿布·布洛克尔①将第一批的几千头牛赶到这里时，他用靴子后跟在沙上画下了这个据说再也无法更改的标记。XIT是全世界最大的养牛场，对巨物爱好者塞顿－卡尔来说，它的规模也许正是其吸引力所在。后来，他与得克萨斯潘汉德尔地区另一家很大的"斗牛士"牧场也产生了一些关系。

像其他怀俄明州的大牧场一样，鹤嘴锄的业主人在外地，牧场常常遭受损失和破坏。塞顿－卡尔曾这么写道："家养牛买来的时候，账本上记得明明白白。几年后，它们就大批大批地消失在了蒙大拿、怀俄明和科罗拉多没有围栏的大草原和山丘间，这真是不可思议。"②

"记账"是19世纪最后二十五年里养牛业最愚蠢的操作之一。主人会对牛群中奶牛的数量做个估算——通常只是乱猜一通，然后把数字记在一个本子里。之后，当他卖掉一群牛时，本子上君子协定式的数字就被视为现实。欺诈，谎言，瞎编的养牛人出售并不存在的纸上奶牛……这样的故事比比皆是。最终，骗局纷纷露出马脚，买主和银行家们意识到，如实统计是很有必要的。塞顿－卡尔承认，恶劣的冬天和记账制度是"好好的英国货币无影无踪的部分原因。它们跳进了西部人的口袋，几乎没有产生任何回报"③。此外还有一个收入不足的原因，那就

---

① 当时一位有名的赶牛人。——译者注
② 亨利·塞顿－卡尔，《我的狩猎假日》，第284页。
③ 同上。

是偷牛。

这位苏格兰贵族试图对一些令人不快的事实轻描淡写——鹤嘴锄牧场的奶牛数量似乎在减少而不是增加。他用一种逗趣的语气写道:"许多西部牧场主养着……差劲的得克萨斯老牛,它们的繁殖能力非凡,即使 近的大牧场刚刚度过了一个非常惨淡的繁殖季。桑德克里克 有两头著名的奶牛,主人是我认识的一对本地老牧场主夫 据说它们两年内产下了至少五十二头小牛。"而典型的怀俄明 部正义的做法是,"在一个晴朗的早晨……人们发现老牧场主 的妻子被就近吊死在了一棵棉白杨树上"。塞顿-卡尔一本正 宣称凶手身份不明,但他又狡猾地补充道,那些传言中的加害 中一位是州议会的候选人。① 在之后的一章里,塞顿-卡尔又 波尼·欧内斯特当时正在竞选议会的职位。

这个故事听起来有点像1889年小农户吉姆· 尔和邻居艾拉·沃森被私刑绞死的事,据说沃森一直通过 从牛仔们手里换取小牛(她被一位芝加哥的记者称为"牛凯 有历史学家将这二人所受的私刑视作约翰逊县战争的前章 大牧场主和小农户之间的"战争"为无数西部电影的剧情提 基本素材。据历史学家T.A.拉森所言,沃森小姐是"怀俄明史以来,无论通过合法还是非法渠道,唯一一位被绞死的女性",那么,塞顿-卡尔不严谨的叙述很可能只是把一些道听途说的

---

① 亨利·塞顿-卡尔,《我的狩猎假日》,第284—285页,第322页。

167

内容和他自己的想象拼凑了一番；很显然，他常年靠着这些东西来混些声名。拉森称，凶犯是"A.J. 博斯韦尔、汤姆·孙、约翰·德宾、R.M. 加尔布雷思、鲍勃·康纳、E. 麦克莱恩和一个不知道姓名的人"①。塞顿－卡尔对约翰逊县战争的描述也不甚可靠，因为他搞混了布法罗镇和卡斯珀，而且，跟多数历史学家所述不同的是，他说得克萨斯的雇佣枪手是得州骑警。也许他通过自己在潘汉德尔 XIT 牧场的人脉了解到了一些我们不知道的事，但历史文献从未表明得州骑警就是那些神秘的雇佣枪手。

鹤嘴锄牧场还出过一个内贼。查理·史密斯是牧场上的牛仔之一，是"一位强大的长腿骑手，牛仔中的理想型"。牧场的领队叫奇科，擅长套索。有一天，奇科问弗兰克·欧内斯特和塞顿－卡尔，他是否能解雇任何一个他想解雇的人。二人有些不解，但表示可以。奇科解释说，他认为查理·史密斯对套索太过于得心应手了。当地传闻，史密斯跟罗林斯的一个叫阿尔·赫特的屠夫有所勾结。赫特新设计的"熨斗"标记似乎是专门针对"鹤嘴锄"量身定做的，只需稍加改动，"鹤嘴锄"就成了"熨斗"。

那是个9月，秋季围牧近在眼前。当奇科和养牛工赶拢那些三四岁大、"注定要为住在5000英里外老家的股东们带来分红"的牛时，塞顿－卡尔计划和一群朋友在梅迪辛博山打上一个月

---

① T.A. 拉森，《怀俄明史》，第二版（林肯市：内布拉斯加大学出版社，1965年及1978年版），第269页。

的猎。根据安排，牛仔和猎手们将在"山的那一头"碰面。然而事情的走向并非如此。

在狩猎营地的第二个晚上，鹤嘴锄队员杰克·萨维奇仓皇赶来，说查理·史密斯在被奇科解雇后杀了对方。奇科在史密斯反击时向他开了枪。史密斯卷得厚厚的颈巾救了自己一命。奇科没有那么幸运，当晚就死了。塞顿-卡尔说，他留下了悲伤的遗言："孩子们，我是为鹤嘴锄而死的。"据称他被葬在了罗林斯的一块墓地里。塞顿-卡尔十分恼怒，因为他和他的伙伴们不得不放弃狩猎活动，在接下来的三个星期里奋力把牛赶到一处；远在苏格兰和英格兰的股东们还在等着分红。几年后，查理·史密斯也遭遇不测，有个牧场主发现他一直在偷自家的牲口，出手杀了他。①

1914年5月下旬，一生频繁冒险的塞顿-卡尔六十一岁了。身体仍然健朗的他在不列颠哥伦比亚省结束了一趟完美的登山休假之旅，踏上了去往伦敦的归途。在魁北克市，他登上加拿大太平洋铁路公司的豪华远洋客轮S.S.爱尔兰皇后号，照例住进了头等舱。两年前泰坦尼克号的悲剧发生后，这艘载有一千五百名乘客的大船配备了足够的救生艇。客轮从傍晚开始沿着圣劳伦斯海道向东行进。凌晨1点半，领航员在里穆斯基下船，皇后号驶向开阔的大西洋水面。领航员走后不久，第一次驾驶皇后号的亨利·乔治·肯德尔船长发现一艘运煤船正从

---

① 亨利·塞顿-卡尔，《我的狩猎假日》，第287—294页。

低处沿河而上。这艘 S.S. 斯托斯塔德号来自新斯科舍省悉尼市，船上载满了煤。我们至今都不清楚在那之后究竟发生了什么，春天的浓雾遮住了一切，而在事后的调查中，众人的描述也不尽相同。斯托斯塔德号以某种方式撞上了皇后号的船腹。十四分钟后，这艘美丽的客轮沉没了。沉船的速度过快，以至于时间只够放下屈指可数的几艘救生艇。亨利·塞顿-卡尔是船上一千零一十二名遇难者之一，但在《纽约时报》对这场悲剧的报道中，他被描绘成一个英雄。《纽约时报》称他把救生衣让给了另一位没有救生衣的乘客，满怀信心地说自己能再弄到一件。然而他并没能弄到。

在接下来的一个世纪里，鸟之云成了牛、羊、马和鹿的牧场。几十年的畜牧滋扰下，本地原生的灌木和草类都消失殆尽。在2003年我们买下这块地时，大部分原生草种都已绝迹，仅余一些四翅滨藜。随之而来的是旱雀麦、乳浆大戟、加拿大田蓟和银胶菊这些有毒的杂草。棉白杨没有幼苗，只有老一些的树，大多数都状况不佳，被暴风雪和牛群的蹭挠折磨得够呛。

我们启动了一项修复计划，试图消灭除旱雀麦，再在空出来的地上种内陆盐草。围栏一旦完成，那些强盗般的牛就被拦在了鸟之云之外。畜牧方面的压力一举减轻后，数千棉白杨幼苗破土而出。我们种了树，种的是柳树，以刺激突然开始冒头的盐草继续生长。詹姆斯帮种了些从爱达荷州运来的扭叶松，但我们发现这些松树在豪猪眼中就像糖果一样诱人。它们会在冬夜里出现，把松树啃成骷髅。一切外来植物都会立刻成为鹿群和豪猪的攻击对象。我们应该只种些像杜松和雪松这样的本地树木。

野生动物开始小心翼翼地踏足这片土地。眼下，几头麋鹿正在杰克溪附近过冬。猫头鹰喜欢东边的灌木林。臭鼬四处晃荡，吃点儿昆虫，谁都不打扰。与怀俄明鱼类与野生动物管理部合作的艾草榛鸡生态修复项目进入了讨论阶段；它将为这些禽鸟提供水和树荫。对于哪怕是最些微的关怀，这片土地都给予了慷慨的回应。希望我能用一生来看着它恢复生机。

第九章

"……所有挂着珠子的，所有戴耳环的，翼羽饰在侧边弓弦的……"①

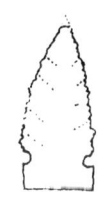

罗伯特·路易斯·史蒂文森曾在1879年穿过北美大陆。在这段旅途中，他写下了一个关于纽约的精彩句子。"古老、红色的曼哈顿位于纽约下方，宛如蒸汽工厂之下的印第安箭头。"② 同样地，古老的红色怀俄明也位于这片被束缚的土地下方。据

---

① 唐纳德·M.巴尔，《薄皮革演说》，见于《皮马人和帕帕戈人的典礼演说：三种文本研究》（旧金山：印第安人历史出版社，1975年版），第45页。
② 罗伯特·路易斯·史蒂文森，《穿越平原》（伦敦：查托与温德斯出版社，1892年），第12页。

估算，人类已经在这里生活了一万多年。

鸟之云完工之后，随着我在这栋房子里安顿下来，我发现欧美人把时间分为五天工作日和两天周末的做法在我这里崩塌了。我开始更强烈地意识到季节变迁、动物活动和植物习性，也能够借助思考去想象印第安人的世界中时间的不同形态。例如，那些富有诗意的帕帕戈人和皮马人典礼演说译文，可以帮我理解他们的"日历"。人类学家露丝·M.昂德希尔和唐纳德·M.巴尔在《雨屋和海洋》中解释说，重要的时间点并不是那些随意定下的"一年之初"，而是至日，即一年中最长的一天（6月21日）和最短的一天（12月21日）。他们的一年大约分成了三个季节，每季四个月。这并不是一份简单的月份表，有若干个月格外重要，会有一些相应的典礼。冬至日是"支柱之月"，日夜等长的时节最宜讲述一些创世的传说。第二个重要的时间点是"夏日美酒盛宴"，在它之前是"巨人柱仙人掌成熟之月"，会安排重要的仙人掌果实采摘活动。之后是属于夏季云彩和雨水的"雨之月"，再之后是"干草之月"。果实发酵、饮酒、设宴和传统的演说都会按照这个月历推进，然后进入"幸存之月"，致敬那些没有在初霜时节倒下的植物。他们一年里的最后一个月是"黑籽之月"，在那之后，巨人柱仙人掌的果实就成熟了。我很好奇生活在鸟之云一带的古人是否也受类似的日历指导。这就不得而知了。一切都只能依靠想象。

过去几十年来，学术研究大大改变了我们对白人入侵前北美西部的印第安世界及其居民的观念。与我孩童时期了解到的相反，当时并不只有寥寥几个部落流浪在未开发的广阔荒野上，而是有着许许多多的部落，他们具备先进的农业水平，谨慎地掌控着野生动物，通过引火和灌溉改变景观，建造各式各样的房屋和居所，在西南地区建起了巨大的建筑群，还拥有复杂的信仰和神话体系。

在谈及印第安人是否做到了与大自然纯粹地和谐相处，完全没有改变和伤害这片土地时，生态历史学家詹姆斯·C.马林写道："我们对自然必须放弃老一套的传统观念——也就是那种神话式的理想化状态——在这种状态下，自然力量在生态和物理上都要保持一种不被人类干扰的虚拟平衡。原住民在生态系统中的角色必须得到认可，那是一个重要的生态事实。"① 简而言之，自然界中没有持续不变的"平衡"，变化始终存在，并会在日积月累后产生质变。在这一过程中，人类承担着核心角色。

在试图了解怀俄明地貌的过程中，我查看了印第安人小径的遗址，他们制造工具时使用的石片，制成的工具本身，以及在岩壁、石堆和火坑等处暗色沙漠岩漆上的刻图，不得不承认：人类存在的地方就有生态变化。在西南部，我们震惊于查科、谢伊峡谷、梅萨维德、梳子岭和莫戈隆边缘的巨型废弃建筑。任何游客都会立即就产生好奇：这里发生过什么？是谁造出了这

---

① J.C.马林，《从历史角度再探草原土壤、动物和植物关系》，《科学月报》第75期（1953年版），第207—220页，被戈登·G.惠特尼在《从海岸荒野到果实累累的平原：1500年后温带北美洲环境变迁史》（剑桥：剑桥大学出版社，1994年版）第98页引用。

些奇妙的建筑？在怀俄明州和犹他州，不为人知的弗里蒙特人所作的那些非凡的岩画也引发了同样的提问。

有这么一种常规的说法：当欧洲人抵达美洲大陆时，北美的印第安人数量尚未超出自然资源所能承载的程度。但是，人口过剩再加上12到13世纪肆虐西南部的大旱，也许在很大程度上掏空了查科这座位于新墨西哥州中北部的大型文化中心。干旱也可能迫使弗里蒙特人离开了犹他和怀俄明。对过去两千年的气候研究表明，大约每五个世纪，西南地区就会遭遇长达五十年的极端干旱，而二十年左右的干旱大约每二百七十五年发生一次。[1] 我们逐渐开始了解气候变化对物种的影响，这其中也包括我们自己。

建造了梅萨维德和查科的地下礼堂，以及那些有数百个房间的大房子的先辈很可能并非像那些不良"科学"电视节目里所说的那样，消失于一些超自然的神秘事件。今天的我们想知道他们是如何离开这些宏伟建筑的。但是，没有水的话，哪怕精美至极的宫殿也会一文不值。当他们的世界开始干涸，他们显然打斗、厮杀了一番，即使只是为了争夺一些小小的渗水点。而正如他们的后代所了解到的，这些不同的人最终成了今天的霍皮人和普韦布洛地区居民，戏谑着自己祖先神秘消失的传说。

美国印第安人发明了二十多种房子——棚屋、尖顶帐篷、灌木小屋、木板屋、普韦布洛式民居、草屋和窨屋。平原和山区

---

[1] R. 格温·维维安和布鲁斯·希尔珀特，《查科手册》（盐湖城：犹他大学出版社，2002年），第95页。

的部落没有建造像西南地区的大石头屋或是崖屋那样的永久性建筑。在古代，用上被动式太阳能的窨屋比地面上的建筑更为冬暖夏凉。它们大多是在地里挖出长方形或圆形的洞，里头再挖下更深的火坑，用柳树和灌木的主干枝条搭成屋顶，再以兽皮覆之，也可能多加盖一些土。它们无法移动，因此居住者可能相对固定。后来，随着马匹的出现，可移动的尖顶帐篷成为了他们更合适的选择，众部落如冬雪消融成水，在自然中快速流动。

史前时代的印第安人（以及所有以狩猎和采集为生的人类）对自身所处的随季节变换的巨大栖息地了解得十分透彻。当地的动物和人类彼此相识。那是一种熟悉感——它们对对方的身体语言和行为都相当了解。如果要用一个词描述白人到来之前的西部印第安人，那便是"灵活"。人类最重要的特质是适应能力，即改变并利用困境的能力。在过往的薄纱遮盖下的某处，这种特质帮助人类开发了聪慧的大脑，也成就了这一物种与众不同之处。

印第安世界被分成了多个不同的层次。天空、星星和身处其间的鸟类是最高的那层。地平线之上，视野中不断出现的山脉是平原部落为制作雪橇和修建小屋伐木的地方，也是他们为弓箭寻找上好木材的所在。鸟之云南部地平线上的马德雷山脉（尤特人口中的"闪亮山"）在平原部落中享有神秘且对外来者凶险的声名。只有尤特人自己才知道那些通往他们大本营的山口和小径。西南部岩石迷宫般的峡谷、峭壁和台地地处偏远，几乎无法进入,为动荡下受困的部落提供了庇护之所。①

河两岸的棉白杨是植被中最高的一层,周围的草原上长着齐肩高的鼠尾草和黑肉叶刺茎藜,靠近地面则有丛生禾草点缀其间。地面以下,是獾、草原犬鼠、黑足鼬、老鼠、狐狸、臭鼬、土拨鼠、有十三股条纹的花栗鼠和地松鼠刨挖出来的隧道。这些动物的地下工作帮助土壤保持了松动和通气,这样降雨和融雪能够补满地下水位。人类和动物都挖掘且食用大量的植物块茎和根茎。人类和动物都以对方的猎物为食。人类追逐着有迁徙习性的动物,通晓植物的各个生长阶段。他们来到鸟之云崖下的湿地,也许是为了收集香蒲的嫩芽和之后金色的花粉。他们还在崖顶的斜坡上挖掘和收集美莲草根、狭缝芹和丝兰根,在鸟之云北侧收集野生谷物——在那里,印度落芒草仍在风沙中生长。茵草用来盖茅屋顶,香草和鼠尾草在典礼上被焚烧。豪猪草(针草)的尖梢可以捆在一起,烧去芒刺后制成小小的硬毛刷子。② 我们知道,哪怕是在有马匹之前,贸易活动——燧石、黑曜石、种子、植物、制弓箭的特殊木材、食物、贝壳、毛

---

① 我们对数千年来这些已隐没的人类活动知之甚少。克雷格·蔡尔兹在他的《雨之屋:穿越美西南追踪消失的文明》(纽约:利特尔和布朗出版公司,2007年)中讲述了自己是如何花了大半生的时间东奔西走,通过废墟、陶器碎片、水源和文物,以及与考古学家和历史学家交谈,去破译古代普韦布洛人的踪迹的。他去实地了解过他们住所——部分偏远且高得吓人,在我们之中,这些地方极少有人能亲眼一睹。

② 梅尔文·R.吉尔摩,《密苏里河地区印第安人的植物应用》(林肯市:内布拉斯加大学出版社,1977年版和2004年版),第14—16页;《南达科他和北部大平原草原植物》,《南达科他农业实验站简报》第B566期(布鲁金斯,南达科他,1999年版)。

皮和兽皮，还有来自遥远的高草草原、用于制作药斗①的红黏土石"烟斗泥"——已经相当活跃和广泛。

那个世界不仅被设置成了多个层次，每一层都拥有自己的含义和用途，它们还会在开阔的地区内外流动。与白人通过英亩、地块和乡镇等单位来划分小空间地籍相比，这是一种截然不同的秩序。世界是曲面而不是直线的，溪流、特定的栖息地、小径和地球物理学地标勾勒出了它的轮廓。贯穿人们的思维和认知的，是一股股心灵丝线。它们就像草地延伸到地下深处的巨大根系，如数十亿个蛛网般错综复杂，指导着人们的行为，也滋养了丰富的神话体系。他们对自然的观察，以及他们的思想与生活，这三者之间的相互联系，是今天的我们几乎无法理解的。

卡斯特的克劳族侦察员科里是油草之战的幸存者。1907年，他在条约会议上发言。当时他的族人们正承受着压力，要出售一部分克劳族保留地给外人。他说："你们看到的土壤不是普通的土壤。它是我们祖先血肉之躯的碎末。为了不让它落入其他印第安人之手，我们浴血战斗，付出生命，白人却从中获利。你必须先挖开土面才能看到土壤，因为最上面那层是克劳人。这片土地是我的血，是我的尸体；它是神圣的，我不会放弃它的一分一毫。"②白人理解不了这点。他们以为花了钱，土地就

---

① 一种在典礼上用的烟斗。——译者注
② 弗朗西斯·卡林顿，《我的军旅生涯和菲尔·卡尼堡大屠杀》（丹佛：普鲁特出版社，1990年版），第314页，被约翰·D. 麦克德莫特在《西部印第安人战争指南》（林肯市：内布拉斯加出版社，1998年版）第2页中引用。

属于他们了。对印第安人来说，出售土地是个无法实现的怪想法——单一的个体怎么可能售卖属于所有人的东西，家族和部落祖先的库藏，以及生命之源？今时今日，当商业公司肆无忌惮地掌控活水，还试图商品化这一在人类和动物历史上始终像阳光和空气一样免费的物品，科里又会怎么想？

19世纪40和50年代，移民径直拥入了印第安人的主猎场，让他们又惊又怒。白人的入侵吓跑了猎物，部落的生存因此受到威胁。在与美国政府无休无止的谈判中，印第安人反复提到了这一点。他们签订的条约内容有重大缺陷，仅仅是把印第安人的土地转手给美国的工具。但由于双方的文化观念大相径庭，条约不可能也并没有发挥它的作用。

印第安人是演说大师。他们能在会议上口若悬河，对所反对的事项充分表达自己的意见。讨论往往要持续数小时乃至数日，直到无人反对，共识达成。在与白人的条约会议上，印第安人就对方的建议提出了反对意见，通常还会用上从自然界获取的丰富比喻。白人通过翻译听取了他们的意见，但往往并不会做出口头回应。这种沉默被印第安人理解为对他们反对意见的认可和默许。然而，到了签署条约的时候，印第安人们的反对意见并没有被纳入文本中。更糟糕的是，由于美国参议院拥有事后修改条款的权力，条约的签署本身就毫无意义。白人不理解印第安人在共识上的理念，坚持要跟部落首领或是"酋长"打交道。这对印第安人来说又是一个陌生的概念，他们变得极不信任那些满口谎言、狡猾奸诈，条约也毫无价值的白人。另一方面，大多数白人认为印第安人的演说是蓄意阻挠议事的"劫持战术"，毫无意义的高谈阔论。不过，也有些人很欣赏这些演说，认为它们与古罗马的演说相类似。①

在18和19世纪的美国，随着部落被打败、迁走、屠杀并收容，人们普遍认为，他们注定是要灭绝的。这种想法部分来自印第安人的演说。在演说中，印第安人会用诗歌般悲痛的语言叙述白人对他们的恶行和不公，描绘出压迫和屠杀的画面。报纸误读了这些演讲内容，把印第安人写成是诗意、悲痛地屈服于自己消亡的宿命。②

布朗大学约翰·卡特·布朗图书馆馆员劳伦斯·康塞尔曼·罗思（1884—1970）认为，19世纪"美国文学独立的支持者……可以……主张，印第安人的演讲为美国独有的义学遗产奠定了一些基础"③。印第安人的演说是这个国家最早的本土文学——这一观点并没有获得很多人的支持，但这是一项值得尊重的观察。

---

① "劫持战术"（filibuster）这个绝妙好词源于荷兰语中的海盗（vrijbuiter），一群追逐战利品的劫掠者。其他语言借用了这个词，西班牙人把它改成了"filibustero"。19世纪，随着冒险家们试图在拉美建立自己的独立王国，这个词从西班牙语传入美国英语。美国参议院对这种无赖做法有过详细讨论，也做了一些比较（罗马元老院议员小加图曾用过这种技巧）。无法控制的演说者开始被描述为"劫持战术"。渐渐地，这个词有了这样的含义：参议员利用自身权利，不受限制地就任何问题无休无止地发言，从而拖延进程。
② 威廉·M.克莱门茨对印第安人的演说做过一项宝贵研究，内中有许多例子，详见《美国本土演说》（图森．亚利桑那大学出版社，2002年版）。
③ 克莱门茨在《演说》中引用了罗思的文章，刊于亚伯拉罕·查普曼编写的《美国印第安人文献：观点和解读》（纽约．新美国图书馆出版社，1975年版）。

内战之后，所谓的印第安利益圈出现了，它是美国历史上最朽烂最腐败的贪污和渔利体系之一，对印第安人的处境毫无益处。这个权力集团成员上至政府高官和政客，下至军中小贩、商人和印第安事务代理人，他们贪婪又唯利是图的掠夺恶行一言难尽。偷窃的黑手还伸向了铁路、富国银行货运班轮、公民私人业务和移民相关的行业。这些罪行为怀俄明这块领地的历史蒙上了污点。①

印第安人的人口流动并不是随机的，尽管他们漫无目的游荡的画面至今仍深植于白人观念。进入新的疆域或是领土，气候变化，还有族群的迁徙和解体，都影响了宗族和部落的盛衰兴亡。描述这些过程的语言和神话太过复杂，人们几乎无法把部落与明确的区域相关联。语言和词语的匹配能提供一些线索，这也是我们研究的方法。例如，一群印第安人离开了北方的肖肖尼族，前往西南方。在那里，他们变成了科曼奇族。在这场分离中，产生过什么样的讨论、争论或感受，我们无从得知。

我们主要依靠19世纪的资料来获得部落具体位置的线索。阿尔伯特·加拉廷在1836年所绘的《北美洲印第安部落分布图》显示，在萨拉托加谷以北的一大部分区域里，居住着黑脚人、克劳人、夏延人、苏族人和肖肖尼人。② 比利时"黑袍"神父皮

---

① 见麦克德莫特《指南》。
② 《北美洲印第安部落分布图》，1836年由阿尔伯特·加拉廷绘制，藏于纽约公共图书馆，保罗·科恩重制，见《测绘西部：美国1524年到1890年间的西进运动》（纽约：里佐利出版社，2002年版），第114—115页。

埃尔-让·德·斯梅特在大平原和落基山脉的印第安族群间生活了很多年，他为1851年的《拉勒米堡条约》绘制了一张重要的地图。①鸟之云地区的部落中，他命名了克劳人、尤特印第安人、阿拉帕霍人和夏延人，还有在今天的内布拉斯加州东部的苏族人。肖肖尼族在更远的西北边。根据本地人士和旅行者提供的信息，好几个部落把萨拉托加谷——鸟之云在它的北端——作为主猎场，并使用今天属于萨拉托加镇的疗养温泉。当地资料显示，夏延人、阿拉帕霍人、苏族人、蛇族人（肖肖尼人）和克劳人等都在这一地区活动。②这座山谷是对平原和山地部落都有用的中间地带。山地部落——也就是尤特人——来这里打猎，也许还会把这里作为战场。几千年来，鸟之云东北面海拔11156英尺的埃尔克山一直是该地区的重要地标，一些资料指出，这座山的周遭地区是每年战火燃起时的兵家必争之地。

然而，这些冲突是否的确如历史故事里所说的那样，是"生死较量"呢？老移民们曾描述过当地的几场战斗。第一场所谓的战斗指的是查尔斯·弗里蒙特在1843到1844年间第二次穿越落基山的探险活动。8月初，在与"一支由苏族和夏延族印

---

① 卡尔·惠特，《泛密西西比西部测绘（1540—1861）》第3卷《从墨西哥战争到边境测绘（1846—1854）》（旧金山：历史地图绘制研究所，1959年版），第129页之后。"……一张真正伟大的地图，由德·斯梅特神父于1851年为印第安事务局绘制。它巨大且详尽，标注了从密苏里河到蛇河同哥伦比亚河的交汇处，以及从美加边境到新墨西哥州南部边境线的所有印第安部落。"

② 盖·戴·奥尔康，《坚韧之国：萨拉托加和恩坎普门特谷史（1825—1895）》（怀俄明州萨拉托加．遗业出版社，1984年版），第14、28、29—38、49和62页。

第安人组成的三十人左右的战斗小队"交锋后，探险队来到拉勒米平原，向梅迪辛博山进发。①8月2日，他们在埃尔克山附近的梅迪辛博河畔扎营，离鸟之云约30英里。队伍穿过南边的山口，在萨拉托加谷杀死了一头野牛。在他们晒野牛肉干的时候，"营地突然发生骚动，有大约七十名骑着马的印第安人冲了进来……这是一支由阿拉帕霍人和夏延人组成的战斗队伍……（他们）告诉我们，他们以为我们是敌对的印第安人，所以前来进攻营地，直到攻进来的那一刻，才发现自己搞错了"②。这是一场非暴力的偶遇，而不是战斗，老移民们的故事也是把一些早年事件七拼八凑，有夸张之嫌。

萨拉托加历史学家盖·戴·奥尔康称，萨拉托加谷是"一片宝贵的猎场"。在老秃子山顶上，有哨岗观察整座山谷。他们发出信息，为猎人指引兽群的方向。③温泉周边一带是中立区，但"温泉四面全是激烈的战场，苏族人、夏延人、蛇族人、克劳人、阿拉帕霍人和尤特人曾在这里决一死战"。到了19世纪50年代和60年代，"尤特人似乎成了部落之首"④。奥尔康描述了"19世纪60年代末……最后的大规模印第安人战役之一"，当时，五百名苏族人和一千五百名尤特人在鸟之云和今天的萨拉托加以东开战。"帕斯溪流域的苏族人被尤特人消灭得一干二净。据

---

① 《约翰·查尔斯·弗里蒙特的探险之旅》，唐纳德·杰克逊和玛丽·李·斯彭斯编辑（乌尔班纳：伊利诺伊大学出版社，1970年），第1章第457页。

② 同上，第1章第462页。

③ 奥尔康，《坚韧之国》，第62页。

④ 同上。

拓荒者前辈们回忆，那一带到处都是一车车的尸骨。"

泰勒·彭诺克是被上文引用的拓荒者前辈中的一位。他在1862年参军，加入了伊利诺伊州志愿骑兵队第16团，战后在内布拉斯加科尔尼堡附近跟波尼人做生意。他觉得平民生活太乏味，便来到西部的怀俄明，跟政府签下了一万根电线杆的供货合同。彭诺克在那里晃荡了几年后回到伊利诺伊，由于也不太喜欢那里，又重返怀俄明。他为伐枕木的工人营地猎过鹿，捕过海狸，挖过金矿，开过酒吧，建了一家最后被付之一炬的旅店，给狩猎旅行做过向导，还帮枕木工人营地运过物资。距鸟之云西北直线30公里的斯蒂尔堡和新的萨拉托加定居点是他活动的中心。彭诺克从一位威尔考克斯先生——也许是为大牧场L7工作过的那位叫威尔考克斯的牛仔——那里听说了尤特人大战苏族人的故事。威尔考克斯则是从汤姆·孙那里听说的，那是当地的一位硬汉牧场主，从佛蒙特州来到此地，中途还去过魁北克，当时他的名字叫作汤姆·索莱伊。①

这些关于浴血奋战和数百具尸体的口述已被写入当地的传说故事和历史书里，但还是不可尽信。根据那个时代的数百个消息来源来看，激战到底、把敌人赶尽杀绝、大规模屠杀和车载斗量的尸体并非印第安人的战斗风格。尽管战争对印第安男性

---

① 《泰勒·彭诺克向 I.R. 康尼斯口述回忆实录，萨拉托加，怀俄明，1927年4月》，《怀俄明编年史第六卷》，第一至二部分（1929年7月到10月）：第199—212页。不是所有的老移民都能像彭诺克那样对过去做出可靠的陈述。詹姆斯·M. 谢罗德对他自己生活的陈述便引起了其他老一辈人的质疑。谢罗德的故事见《怀俄明编年史第四卷》，第三部分（1927年1月）：第325页之后。

格外重要，但他们的目标是个人的战功和勇魄，而非杀戮。军事历史学家约翰·D.麦克德莫特如是写道："对男性而言，战争绝对是必需品。如果一个男人的能力没有在战争中得到认可，就没有希望获得威望和配偶。历史学家通常将印第安人参战的原因归为四类：获得马匹、保护自己和自己的领土不受侵犯、实施报复和赢得尊重。"① 在苏族人中，雕羽代表一个人杀过的敌人。比杀人更能证明勇气的是"计数打击"——触碰敌人的身体，或是剥掉敌人的头皮，击打死去的敌人，又或是单枪匹马闯入敌营，用自己的武器去触碰一间小屋。红云② 声称自己做出过八十次这样的打击。

杰克溪从马德雷山脉蜿蜒而下，在鸟之云汇入北普拉特河。站在桥上，仰望远方山间的雪原，想到那便是溪流的起点，是一种奇特的乐趣。这条溪流是以尤特族战士杰克酋长（又名尤特人杰克）命名的。他的印第安名字是尼卡阿加特（根据不同的资料来源，这个名字的意思是"绿叶"或"戴耳环的人"）。泰勒·彭诺克说，他在19世纪70年代来到萨拉托加谷时，那里还没有牧场。"尤特人每年春秋两季都会到山谷里来打猎获取肉类，但并没有骚扰我们。他们有两个营地，其中一个在杰克溪，由杰克酋长领导，杰克溪就是用他的名字命名的。"③

---

① 麦克德莫特，《指南》。
② 一位印第安酋长，印第安人战争重要人物。——译者注
③ 《怀俄明编年史第六卷》，第一至二部分（1929年7月到10月）：第199页之后。这可能指的是鸟之云以西一英里的地区，那里仍有几十个清晰可见的扎帐篷的石圈，其中有一个明显比其他的都要小。

在孩童时期，尤特人杰克被奴隶贩子卖给了盐湖城的一个摩门教徒家庭，他在那里学习了英语，最后逃了出来。[1] 他为美国军队做过翻译，去过华盛顿，还有一枚总统勋章。在所谓的米克尔大屠杀中，他扮演了一个重要角色。傅里叶主义者内森·米克尔曾为霍勒斯·格里利的《纽约先驱论坛报》撰稿，道貌岸然的他深度参与了科罗拉多格里利的殖民工作，决心把那里变成一个乌托邦式的殖民地。米克尔向霍勒斯·格里利借钱，在这片未来的伊甸园买下了尽可能多的土地。不幸的是，项目刚开始不久，格里利便去世了，他的继承人终止了借款。米克尔被迫以几乎白送的价格卖出他刚刚入手的土地，仅仅留给自己一笔可观的债务。为此，他不得不找一份工作。1878年，他弄到了白河印第安人事务机构的主管职位。机构在一座寒冷又偏远的山谷里，一个白人矿工会感兴趣的地区。三组尤特人被分配给了这个机构。当时，政府的目标是把所有的印第安人转化成农民。连后来领导了新成立的民族学局的约翰·韦斯利·鲍威尔也认为，猎人是可以被改造成农民的。他曾写道："白人越早进入这个国家，猎物越早被赶尽杀绝，对印第安人来说就越好，因为这样他们就不得不通过狩猎以外的方式维持生计。"[2]

当时仍满怀傅里叶主义理想的米克尔接下了把爱马的尤特人转化为快乐农民的挑战。米克尔相信，如果他能处理掉他们

---

[1] 彼得·R.德克尔，《尤特人非走不可：美国的扩张和人口清除》(科罗拉多州戈尔登：法尔克罗姆出版社，2004年版)，第101页。

[2] 德克尔，《尤特人非走不可》，第99页。

的马匹，尤特人就会更服管。他热情地下令，把他们最好的马场和赛马道犁开，然后种上玉米。事情并非一帆风顺。尤特人杰克是这些群体的作战首领，追随者众多——尽管在白人眼里，另外两个印第安人才是主要的首领。随着问题升级，米克尔开始给他的上司写内容不实的信，声称印第安人袭击了他，还在森林里放火。最终，怀俄明弗雷德·斯蒂尔堡的指挥官，经验不足的托马斯·索恩伯格少校接到指令，带着他的手下前往那里。通过与米克尔之间的信息往来，各方同意索恩伯格在罗林斯马车行主人查尔斯·兰金的引导下，带着不超过五个人在牛奶溪与米克尔会面，但不得越过它——牛奶溪是印第安保留地的边界。此前从未与美国人交过手的尤特人威胁说，如果军队越过界溪，他们就开战。

索恩伯格和他的部下一路前进，杰克和印第安人则候在一个有利位置上，看少校是否遵守了规则。部队违反协议，越过了牛奶溪。不知是谁打响了第一枪，战斗开始了。索恩伯格少校是第一批死者之一。当杰克看到索恩伯格倒下时，他已经预见到了尤特人注定的未来；于是他离开了战场。一位信使死了；米克尔回到代理点后也被杀害。士兵和印第安人纷纷从马鞍上摔落。兰金冒险骑马求助，最终救援赶到，索恩伯格的部队逃过了被全数歼灭的命运。尤特人被赶到西边的犹他州，矿工和殖民者大肆拥入了他们的白河保留地。

尤特人杰克的结局十分惨烈。当时报纸上有一篇报道，大概是这么开头的："这在怀俄明历史上是独一无二的：一个印第安人成了大炮唯一的攻击目标,并因此获得尊重。"那个目标正是杰克,他当时在瓦沙基堡肖肖尼族保留地的一个帐篷里避难,一个军队间谍出卖了他。《拉勒米哨兵报》在一篇伪讣告中把这一暴行写成了个大笑话。文章庆祝他的脑浆"喷洒在了4英亩三齿蒿地里",还补充道:"他的尸体将庄严地躺在一个雪茄盒里,届时⋯⋯他会⋯⋯与一台玉米播种机一块儿下葬。"①

输入性疾病肆虐致使南北美洲繁盛丰富的文明和文化土崩瓦解,原住民们却没有对这些疾病建立起免疫力。直到20世纪60年代,白人历史学家似乎还没有意识到,大量印第安人死于各种疾病。19世纪后期,美国西部的白人旅行者是这样描绘印第安人的:肮脏、原始、双眼无神、萎靡不振。他们看到(但并没有理解)的,是那个曾经健康、聪慧、充满活力的民族现如今委顿、颓丧、漂泊无根的残部。他们的语言和文化已被天花和其他欧洲疾病的野火付之一炬。印第安人大批死亡的时候,许多早期怀俄明移民还颇为高兴。在1910年7月版的《远足》杂志中,C.E.凡·洛恩撰写了《世界上最伟大的捕鳟鱼镇》一文,对萨拉托加北普拉特河的良好捕鱼环境做出了一番狂热赞颂,但文中有一段话,风格截然不同,令人尤为反感(同一篇文章描绘了渔夫是如何潜入鸟之云最深的水潭之中的)。作者转述了一段发生在一位来访的渔夫和两位当地人之间的对话,其中一位是温泉的所有者。

---

① 德克尔,《尤特人非走不可》,第192页。

1849年的淘金者们经过国家的这一区域，带来了一点天花。对印第安人来说，这是个新玩意。他们首先知道自己有不少好医院，但他们并不知道真正的问题在哪儿。

　　巫医们出发了，按照指示徒步前往梅迪辛博山和疗养温泉。他们带着成百上千的病人来到这里，在温泉上搭起帐篷，把生病的年轻人赶进去，烫上个两三天。后来，一个科曼奇族的巫医从大神灵那里得到了一个新讯息。旧的疗法对生病的年轻人效果并不太好，这位巫医便想了个伟大的主意，把病人们带出帐篷，扔进河里，看看冷水是不是能起到点不一样的作用。你要知道，春天这周围除了流动的冰水以外，什么都没有。

　　那年春天，这一带优秀的印第安人空前绝后地多。死亡？我说，他们那是十个一组并排冲向了伟大的来世！他们先是要杀了那些巫医，但后来他们之中有一个人从大神灵那里又收到了无线信号，还签发了一份声明，说温泉被诅咒了。这就像是宣布手术和治疗非常成功，但病人却去世了一样。在那之后，印第安人再也没有靠近过这里方圆40英里的范围。①

　　在鸟之云，与印第安人有关的那段过去存在感相当强烈。

---

① C.E. 凡·洛恩，《世界上最伟大的捕鳟鱼镇》，《远足》第56辑第4期（1910年7月），第336—337页。

因为这里有古老的营地、箭镞、石刀、上磨石、磨刀石，还有一些其他的工具，其中有许多物品的材料来自这块地上的四个燧石采石场。处处都有证据显示，早在白人探险家、军队、拓荒者和牧场主到来之前，这个地区就已经有人类活动了，特别是沿河一带。在过去的四十年间，我以前的邻居肯·奥尔森在鸟之云和邻接的地块上发现过一个野牛头骨、一些矛刃和箭镞，还有更多别的东西。我也能在这块土地上看到印第安人的痕迹，他们的存在久久不散，从未远离。

我们一开始就意识到这里在考古方面有一些潜力。在给房屋地面找平时，詹姆斯帮在未来的餐厅区域下方发现了一个满是木炭的深火坑。返给我们的报告显示，碳14分析得出它们的年代是距今两千七百一十年前后四十年，即阿基亚克晚期。

我们在房子周围又刮又挖，火坑随之从硬实的阜地下现身。一起出现的有燧石片，偶尔还有石锤或刮刀，以及一个还不到针头大的绿色玻璃珠。它已经融化了。玻璃珠下层木炭的年代大概在距今两千四百一十年前后，比所有通过贸易来到北美的珠子都要早上好几千年，比肌肉发达的古普韦布洛人（又称阿纳萨齐人）离开他们的崖间居所也早了一千多年。考古学家杜德利·加德纳说，这颗小小的珠子可能是被昆虫或啮齿动物带到了地下，也可能是后人在使用旧篝火圈时掉下的。火圈的区域比地面只低了不到一英寸。因此我再次确定，盖房子的这片区域在过去两千多年以来没有遭遇过大洪水。

我们在鸟之云发现的大多数遗址都是阿基亚克晚期的，也就是距今四千六百年至两千年的时候,而我们发现的石磨工具,以及侧面和角上有缺口的石质枪头,都带着这个时期的特征。当时人类的常见食物是大大小小的动物,有就地杀掉的,也有捡来的;还有他们收集到的植物,水果、浆果和拣过的种子。古人还建起半地下的窨屋,屋内有深深的储物坑、炉石和反射石。在这个时期,气候逐渐变得干燥,适合仙人掌和灌木生长。

鸟之云和它的周边地带对古代的印第安人颇有吸引力,因为这里朝南的位置避开了永不停歇的风,有河和溪流,确保能有猎物,还有大量营养丰富的野生植物;视野也很不错,悬崖能够提供防御,还有可以制造工具的燧石矿脉。

在这片半干旱的土地上,水是巨大的财富——现在和过去都是如此。北普拉特河和杰克溪不仅是印第安人获取猎物的途径,也是喝水、做饭、洗澡和饮马的水源(在18世纪这个地区的部落拥有马匹之后)。野牛、鹿、麋鹿和叉角羚在周边的原野上吃草。大角羊挨着悬崖边界生活。这里还有很多长耳大野兔和草原犬鼠。雕和隼在峭壁的缝隙中筑巢,它们象征着力量,也是典礼用羽毛的来源。河里则住着水禽、河狸、麝鼠和水貂。也可能有鱼——不过照塞顿-卡尔的说法,在19世纪末怀俄明州引进虹鳟鱼之前,只有亚口鱼。[①] 时至今日,这里只余下了鱼、猛禽、鹿、麋鹿和叉角羚。可食用的藜草、印度落芒草、美莲草根、丝兰、狭缝芹、血根草,还有许多其他富有营养和药用价值

---

① 亨利·塞顿-卡尔,《我的狩猎假日》,第268页。

的植物仍在勃勃生长。①这里的土壤虽然跟短草草原的土壤一样呈碱性，但几个世纪以来，河流和小溪带来的淤泥沉积已使它变得肥沃。溪水和河流的两岸生长着柳树和芦苇，也许能用来编织篮子和垫子，尽管我们并没有发现相关证据。悬崖的崖壁沿着山脊向后的整整半英里，还有东边的一座小山丘，都是古代的燧石采石场，薄薄的石片随处可见，证明它们曾被大规模使用过。河里无数圆形的石头是做锤子的好材料，我们偶尔会发现这类工具，它们的握柄圆润光滑，用于敲击的那端则多有磨损。几英里外的温泉能够疗病止痛。从悬崖顶上看去，每个方向都视野开阔，远处一览无余。

悬崖不仅是个极佳的瞭望点，还可能曾被猎人用作野牛或大角羊的跳台。他们在那里布置了传动线，然后把动物挨个逼落崖边坠死。詹姆斯帮的地质学家和技术员戴夫·奎特用上了谷歌地球的成像技术，看看从高处是不是能看到些什么。卫星视图显示，可能确实有过这么一条传动线。那是一组间距很大的石头，靠近崖边的那侧是个典型的钩子形状。几个世纪以来，石阵被那么多泥土覆盖，那么多獾、土拨鼠、狐狸、丛林狼和草原犬鼠在它们周围筑巢挖坑，不通过卫星照片的话，已经压根看不到它们的踪迹了。

杜德利·加德纳来协助我们探索崖底和崖面。在我们的推

---

① 藜草是藜属植物的一种。胡安索草（huantzole）是一种像菠菜的藜属植物，目前在墨西哥和我家的菜园里都有种植。某一个5月，我们惊讶地发现鸟之云最高处有一大片地长满了美莲草，它的块茎含淀粉，在印第安人眼中十分珍贵。

测中，那里可能是赶牛的终点。我们曾在那里见过一个浅浅的洞穴，但被若干石头堵上了，手法看起来很细致。我们四处搜寻，并没有在下方的崩积层里找到任何野牛遗骸，而浅洞前看似精心摆放的石块，也只是从崖顶上自然坠落的。不过，德里尔一周前在浅洞左手边的高处发现了一个暗色的圆斑。我们用这趟带来的一架旧梯子爬上去看了看是什么。我想大家都以为它会是印第安人历史上的什么东西，结果却是一枚1917年的便士。有人在岩石上挖了个一便士大小的圈，强行把硬币塞了进去。硬币已严重腐蚀，但在这个位置一直待了九十年。

在更高处，我们辨认出刻在松软的岩石上的大写字母——约翰逊（JOHNSON）。可能不是印第安人。我曾见过一张摄于19世纪80年代的照片，拍的是亨利·塞顿-卡尔牧场的工人。[1]其中有一个坐在地上的十几岁男孩就叫约翰逊。我揣测他可能直到1917年还在这一带工作，那时他已年逾四十，高大、强壮又轻盈，在崖壁上攀爬得游刃有余，还在那里刻下了自己的名字。在比这更高的地方还刻了些什么，但用的是一种不认识的语言，看不太清。我想过那是不是芬兰语，因为在东北方向30英里左右的采矿小镇卡本和汉纳都有芬兰移民，而杜德利觉得它也许与摩门教有关。在我们到不了的高处，我们还能看到另一个颇大的洞，有个东西从里头伸出来，看起来像根大骨头。杰拉尔德答应说他会用绳子从崖顶爬下去，把骨头取出来。也

---

[1] 详见第8章中关于塞顿-卡尔的内容。

许那是一具人骨,有印第安人葬在那里,但要等以后再探。

几周后,杜德利回来了,杰拉尔德宣布是时候把神秘的骨头从高处的洞里弄出来了。我们一齐来到河对面的悬崖边,杜德利和我爬到崖底,詹姆斯帮则靠绳索和系带吊在上方。杰拉尔德越过崖边,一点点向下挪到洞口的位置。我大张着嘴站在下面,期望他看到的是人类的骸骨。杰拉尔德抓到了骨头,拽了一把。骨头被胶在了一个满是陈年碎屑和排泄物的林鼠粪堆里。他尽量屏住呼吸,不去吸入那些臭气,最后猛地一拉,把骨头扯了出来。那是一块短短的骨头,看起来像牛的腿骨。除了林鼠的私人物品外,便没有其他东西了。

鸟之云的低处和山顶都有火坑零星分布。我们还意外发现过燧石矿脉。当时,我注意到悬崖西端的垫状植物区附近有燧石块和燧石片,于是和詹姆斯帮着手考察西边的岩屑坡。那里有一条几不可见的小路,顺着满是碎石的陡坡向下延伸。悬崖的这一头由一组岩架构成,陡峭的崩积岩沉积层把它们从中分开。沿着岩架可以步行,我们对着地面散落的几千片燧石惊呼了大概一小时,然后发现了一条黑燧石矿脉,它与肩同高,熠熠生辉。我们又沿着矿脉走了四分之一英里,直到脚下的岩架缩拢消失。落脚之处举目望去是数以千计的石片、大一些的碎石块、废弃的切割小工具,还有石锤。[1]杜德利说这里是一个"石料采购场"。

---

[1] 燧石片是指从燧石块上剥落的细小薄片,会被人试着制成枪头。这一技艺并未失传。时至今日,许多打火石匠都还能制出漂亮的枪头和其他工具。

我们追寻着这条矿脉的踪迹。悬崖朝东北拐了个弯，在它的顶部，矿脉再次现身，斜穿过白垩质的双轨小路，复又消失在莎草和三齿蒿中。半英里外的山脊上，它又一次出现在了靠近北边地界的一个坡上。那条矿脉并不显眼，矿道也不明显，还被一条巨大的响尾蛇据为巢穴。这让杜德利这个不得志的爬虫学家很是高兴。后来，大蛇在一座被磨蚀的小丘一侧又露了一面。杜德利之后在一份报告中说，这些燧石材料"体现了整个石器剥除从核心、初级、二级、三级到微型薄片的顺序"[①]。在我们多次步行探访后，他注意到除了采石场之外，还有五类场所。它们分别与开放的营地、散落的石器、岩画、历史遗址和单独出现的文物有关。

我和詹姆斯帮都对这片土地上印第安人留下的时代痕迹产生了浓厚的兴趣。杜德利慷慨地答应，如果他在附近且有几个小时或几天的空闲时间，就偶尔过来做点发掘工作。他告诉我们要怎么去找，还有要找什么。我们开始留意地面上的火裂岩、箭头和有使用痕迹的石块。

杜德利说我们可以在鸟之云东边的一片沙地上做挖掘练习，找块有火裂岩的地方——那里已经被一只獾搞得一团糟。我们费了好大的劲，量了地，用木桩和绳子把它分成几个方块，然后动手又刮又挖。我们把泥装进桶里，然后倒在一个网眼分拣筛上，筛出来好多好多燧石片。尽管杰拉尔德用胶合板搭了个

[①] 杜德利·加德纳，《三号报告》（2009年12月30日），第2页。

简易防风墙，但起风后还是刮来不少泥沙。在燧石片之外，我们还发现了二十多块火裂岩，一件双面石（刀），一块受过热的化石质燧石块。杜德利说它被一头牛踩过。

在我买下鸟之云之后的几年里，杜德利把值得探索的区域缩小到三个位置："硬币之下"、"落牛"和高原顶端后方的几座沙丘。我们用铲子试了试，在沙丘没发现什么，而硬币之下是一堆火裂岩和木炭，检测出年龄在距今一千零三十年左右，还有藜草和大角羊骸骨存在的迹象。

最终，杜德利检视了"落牛"那块位置，为它画了地图。他认为那里值得一番挖掘。这地方是一个比较缓的山脊，南面靠河，跟北面相隔几百英尺。在一片火裂岩之上，我们看到一个粉红色的石英箭头和一把刮刀。碎石片主要是鲜纹玛瑙、一种奶油色的燧石和来自这里四个采石场的根汁汽水色燧石。周边几英亩地里能看到更多的火坑，还有一条深沟一直通到河里。

杜德利并不常来，挖掘工作也是零零星星地推进，但在2009年，他同从历史学家转行考古学家的马丁·拉默斯带着几个学生一起来到这里。他们动手发掘山脊南侧的三个火坑，那里的土壤是风积土或粗糙岩石碎屑，薄薄地覆在风化层上，植被则是三齿蒿、莎草和一些其他的草。马丁说，莎草的黑色根系十分结实，很难切断。很显然，崖顶上那500多亩莎草无惧飓风的撕扯，牢牢固住了土壤。这些草根数量巨大，紧紧缠绕在一起，像线一样细，又像钢铁一样坚实，在土壤表面之下织出一张几乎牢不可破的垫子。

最早发掘的南侧坑洞里挖出了一些木炭、碎石和若干薄片、碎屑，看来古时候曾有猎人在那里制作或是重新加工他的石器。对木炭的放射性碳测试结果显示，这些火坑的年代大约在距今一千五百八十年前后四十年。德里尔注意到，离河边几百英尺的北坡上也有两个火坑区。这里的土壤更深，还有一些年代久远的沙丘。杜德利开始发掘其中之一。

2009年9月，杜德利一直在这片地方忙活。在一个傍晚，我和詹姆斯帮去见了他。西沉的太阳投下丰富的光影，我们看到了那些在强光下隐形的物件。在一片鼠尾草丛背面，我发现了一把玛瑙（或是燧石）小刀。它只有我大拇指甲盖那么点，锯齿形的边缘仍锋利非常。杰拉尔德也发现了一把。之后又来了一把。玛瑙感觉凉凉的，几乎有点滑不唧溜，手感很好。很快我们就得到了一打小刀，全是白玛瑙的。看来我们也许碰巧发现了一个剥皮党营地或是工具工场，因为有些小刀的刀刃是钝的，有些则很锋利，刃上还有斜斜的磨痕。我们是不是还会找到骨头或制作工具的薄片？

这些玛瑙又是从哪里来的？杜德利认为它可能来自附近山丘的采石场，于是我们爬上小山，去找找看有没有对得上的石料。那里的燧石基本上都是根汁汽水色的，显然不是我们手头小刀的材料来源。玛瑙也可能是从悬崖那里或是响尾蛇采石场运过来的。细致的观察比对和地球化学分析也许能找到跟这些工具对应的采石场石料，这项工作我们计划日后再做。

从小丘回发掘点的路上，我发现了一大块玻璃般的漂亮黑曜石，是做枪头的好材料，在鸟之云和任何周边区域都没见过。杜德利说这块石头最有可能来自黄石国家公园的那座史前器物之源——著名的黑曜石崖。加拿大、华盛顿、爱达荷、怀俄明、蒙大拿、密歇根、俄亥俄、伊利诺伊、艾奥瓦、堪萨斯、南达科他和北达科他都出现过来自黄石的黑曜石。曾有人长途跋涉300英里，把这块黑曜石从黄石运到了鸟之云。

杜德利手头的火坑目前看起来不太一样。除了常见的熏黑了的石块之外，他找到了一组扁平的岩石，很可能是导热板。他因此觉得自己正在发掘的可能是座窨屋。我们开始思考，这整个区域可能是个窨屋群，人们时不时会来待一阵。杜德利后来写道：

> 现下关于像落牛这样的潜在结构体的结论，是不要把它们当作窨屋，而是沙地中废弃了的结构体，通过建筑手法做出了盆的形状。为便于讨论，我们假设这个结构体是个圆顶的兽皮建筑。圆顶的框架可能用的是鼠尾草、柳条或松枝，甚至是草编的。建造者挖出沙子，匀整地面，然后在平整的沙地上搭起架子。然后他们把兽皮安（到架子）上，往边角砌上更多的沙子以防风。它的所有者们在这个小小的圆顶建筑里……坐着或是躺着。正常使用的情况下，沙子会被拨出去……如果在里面放一台中央壁炉的话，建筑中心的位置就得根据需要加高或是压低——但这样的话这里就会有明显的火裂岩痕迹——因为它们会被当作沸

石，或是用于其他的加热用途。随着时间推移，会有非常明显的特征出现，但由于这些结构体通常只用于短期居住，它们并没有分出明确的内部结构（如储物坑等）。①

杜德利的发掘并没有找到窨屋典型的凹面。他至多只能说，他觉得有人"在沙地里挖了个浅坑，并在小浅坑之上搭了个上层结构。我们需要更多数据来支持这个假设，但我们确实感觉已经掌握了一些沙丘中有人类居住过的证据"②。

这地方似乎很可能是个短期避难所。在山脊南侧的几英亩地里，有迹象表明存在过六到八个篝火。我们在这片三齿蒿地来回走了很多趟，紧紧盯着地面，寻找人类居住的更多痕迹。在一个有裂缝的岩圈附近，我发现了一块上磨石，一种单面被磨得丝般光滑的河石。有了上磨石，再加上一块扁平或中空的石头，人们就能把野生谷物和种子磨成有营养的面粉。但我没找到可能做过磨刀石的扁石头。等明年……

无论是在大地上行走，还是挖开细软土壤的过程中，我都强烈感受到了时间微妙的颤动。变化的发生是如此之细微，几乎难以察觉；它们日积月累，沉默得仿佛并不存在。然而万事万物的微小改变——自我复制的细胞，阵阵洒落的微尘，变长的头发，被风推动的岩石——始终不断向前，势不可当。

---

① 同第196页注①。要指出的是，跟西南地区那种带有储物坑、通风孔和隔断的又大又深的窨屋（比如梅萨维德那种）相比，怀俄明地区的窨屋年代更早，式样也大不相同。

② 给安妮·普鲁的信，未出版。

第十章

鸟之年

prairie Falcon
high-speed Flier
- the terror of the cliff-

Pelecanus erythrorhynchos
fabulous flier, arrived at
Bird Cloud April 14, 2010 - earlier than usual

    2003年7月，在看到鸟之云的第一天，我就被这片河流生境鸟类的数量和种类震撼了。河边的树上坐着一只白头雕。鹈鹕顺流而下。我看到燕子、隼和蓝知更鸟。北普拉特河上突然出现一群群鸭了，从我头上呼啸而过。渡鸦在悬崖上叽叽呱呱。我想，我余生最大的爱好将会是观察这些鸟儿，了解鸟类之道。我决定把它们的行为和日常活动都记在一个本子里，还计划等财力允许的时候在楼上添置一台望远镜，用来观察河里和悬崖上的动静。哈里·蒂格在图书室里开了一扇窄窄的高窗，窗框外是雕最爱的栖息地——一棵枯了的老杨树。但詹姆斯帮完工的时候，这棵树被一场暴风雨刮倒了，雕都搬到了另一棵树上。那并不是个很好的选择，也对不上这扇特别的窗户了。

这两年，我一边建房，一边试图分辨这个地区鸟类的习性，逐渐能够认出不同季节到访的鸟类居民。观察大量鸟类需要投入精力和时间，并不是什么随随便便的事。白头雕是这里的永久居民。一部分鹰留了下来，有些则去了南方。大角鸮留下了。渡鸦每年都会建立一个家庭，等幼鸟会飞了，它们便去别的地方捕猎。到了秋天，它们回来收拾鸟巢，四处闲逛，在冬季暴风雪来临之前再次离开。不过整个冬天我一直能看到渡鸦，它们大多数时候在海拔更高的地区，或是在路边对着车祸留下的尸体大快朵颐，所以也许公路惨案对肉食的鸟类来说倒是好事一桩。食尸的渡鸦有极好的时机意识，当车辆接近时，它们会一直停在尸体上，最后一刻再腾空而起。只有在极少数情况下，被轧扁了的兔子尸体附近会出现一片黑色的羽毛，这表明有一只渡鸦在懦夫博弈中失败了，自己也成了食物。初春时节，草地鹨会来啄食屋子南边的某一种杂草的种子，几周后它们就走了。

对于一部分鸟类而言，也许对一切鸟类都可以这么说，迁徙似乎并不是一段向着唯一目的地孤注一掷地前进的旅程，而是一组相对悠闲的短途飞行，遇到有美食的熟悉地点便稍作停留。德里尔和戴夫在草地鹨一度中意的杂草地上建了一座（人类眼中的）美丽花园。我无措地发现，在那之后，草地鹨就去了别的地方。但是，被我们用针茅取而代之的是哪些杂草呢？针茅在风中弯折，草茎像玻璃一样闪闪发光，像钢笔笔触一样纤细。没人能记得那些杂草。早春的时候，岛上数百只红翅黑鹂落在柳树泛着铜色的枝条上，悬崖间回荡着它们的吟唱："今日！今日！"看到房子拔地而起，一只北扑翅䴕非常愤怒，它用力拍打房子，警告詹姆斯帮，这是它的栖息地，它的领地，把这该死的房子拆了然后滚！一位摄影师朋友马蒂·斯图皮奇从飞机上拍下了悬崖的照片，然后把它放大到五英尺，好让我在上面标出那些住在悬崖上的鸟儿的巢穴。由于从飞机的那个高度拍下的崖面与我站在地面上看到的角度并不相同，许多受鸟类青睐的缝隙和岩架都没有很好地得到呈现。 位画家朋友根据照片和从地面上看到的景象，绘制了一幅详细的图，使我在某种程度上获得了一张最佳的鸟巢和斜坡地图。我在外头放了喂食器，想引来小鸟，但几天、几周乃至几个月过去了，没有任何鸟类来访。这些野生鸟类太单纯了，甚至不知道喂食器也是食物的一种来源。

2006年12月30日，经历了三年的焦虑、付账、施工，以及在梅迪辛博山间来回穿梭之后，我突然第一次独自一人身在鸟之云。在过去两年的施工期间，白头雕一直在周围徘徊，这一点令我印象深刻。斯托克斯手册中相关的部分指出："一旦一对（白头雕）在某个区域站稳脚跟，它们就不愿意再搬去其他地方繁衍。"① 这是符合实际情况的。斯托克斯还警告读者，在"产卵到早期筑巢"期间，至少要跟鸟巢保持四分之一英里的距离，因为警觉的父母可能会直接抛下它们的鸟巢或是幼鸟。但这些白头雕并没有读过斯托克斯的书，对我们所有人都很包容。我的房子本身离雕巢就有大约四分之一英里，只有当我们站在雕巢正对面的河岸上，或是去河对岸，走到它们的树附近时，它们才会发出警告，让我们离开。后来，在2008年，它们在河的正上方建了一座新巢，离我们的房子更近。在那之后，白头雕每年都会养育两只雏鸟，仅有一年例外，那年只活了一只下来。书上说，只有一只雏鸟存活才是常态，但这些雕一直淡定又悠闲——真是一对高养成率的优秀父母。每当有陌生人来我家时，白头雕就会轮流飞过去，细细审视。任何新物件——草坪椅、花园水管、灌木——都能勾起它们的好奇心。它们会飞过来，在低空慢速盘旋着检查一番。说实话，它们很爱管闲事。这很公平。我用双筒望远镜观察它们，它们也如此回敬我。

在那个值得纪念的日子，也就是我第一次独自在家的那天，其中一只雕停在河对面它最喜欢的树上。在前一天，两只雕并排在那儿坐了好几个小时，凝视着下方。它们的视线穿过潺潺滑过石块的苍白河水，等待着大大咧咧的鱼儿游过。这便是雕捕鱼的方式。有时它们则会站在浅滩上，漂亮的裹腿被寒冷的河水浸湿。白头雕技艺高超，我们曾见过它们把鱼

---

① 《斯托克斯鸟类野外指南：西部地区第三册》(纽约：利特尔和布朗出版社,1996年版)，第83—84页。

从冰冷的水中拽上冰面，或是突然猛冲下来，把爪子扎入一条大鳟鱼后飞走，沉重的鱼身在爪下徒劳地扭动着。詹姆斯帮曾有幸见到它们其中一只俯冲到一条大鱼身上，收紧利爪，再奋力负重飞回空中。它骑着鱼，像乘着冲浪板一样顺着奔腾的河水而下。

散步会让人陷入恍惚，在那个状态下，大脑轻松自由，会想要探索一些奇怪的可能性和不可思议的联系。我每天都会散步，为了心灵，也为了身体。在鸟之云独处的第一天，我向东走到杰克溪桥，抬头望向河对岸悬崖上一个巨大的空巢。这显然是一座雕巢。在搬到西边半英里外的棉白杨林之前，白头雕是否用过它？它曾属于另一对白头雕吗？这座巨大的设施堆满了雪。不知何故，它看起来有点凶，黑乎乎的，枝条怒气冲冲地支棱着。4点30分，悬崖上仍镀着金色的落日余晖。十分钟后，它已经褪成了纸板般的灰色。我又看了看远处的鸟巢，注意到在鸟巢下面那堆崩积层碎片上，以及鸟巢西边一点的位置，有两只麋鹿。它们很可能是几周前穿过这片土地的鹿群留下的难民。有二三十只鹅向河的上游飞去，它们飞得很高，在猎枪的射程之外。黄昏渐浓，然后，我在暮色中看到一只大鸟飞进了麋鹿头顶的岩缝中。是归巢的时候了，但它究竟是谁呢？

第二天——也是这悲惨之年的最后一天——太阳在7点45分照亮了梅迪辛博山。那是一个美丽又晴朗的冬日早晨，太阳在雪地上熠熠生辉，没有风，零下两度，正在落下的月亮几

205

乎是满月。正如17世纪的"大游学"①向导理查德·拉赛尔斯评价萤火虫时所说："在我看来，这真是极美。"②到了中午，两只白头雕都立在河上的树上，它们观察着下方的鱼，相距约500英尺。半小时后，它们又飞到上游，去另一片水域碰碰运气。

上午的时候，我眼角余光瞄到一只大鸟在向河的上游飞去，它振翅的节奏稳定而轻快，让我想起前一天晚上看到的那只住在空鸟巢附近岩缝里的大鸟。那是同一只鸟吗？是什么鸟呢？这么大的体形不可能是鹰。它也不是白头雕；白头雕有醒目的白色头尾，不会被认错。我向鸟之云东端滑去，希望还能再看一眼这只大鸟。那里是一片棉白杨林，每年春天河水上涨时，都有成千上万棵柳树抽出新芽。滑雪体验不佳，因为大量白靴兔把柳树啃成突起的树桩，还把雪踩成了结块的地板。好一座兔子大食堂。一只毛茸茸的啄木鸟啄着那棵长得像大卫·纳什雕塑的枯萎老杨树。

白天太短了，来不及享受完整的幸福时光。4点42分，残留的阳光从悬崖上滴落。片刻之后，我错过了那只神秘的大鸟。它飞入昨天那条岩缝时，我的视线只捕捉到了一小片身影。

元旦那天温暖又晴朗，气温到了0度，一些傻乎乎的草叶受到鼓励，从雪中冒出头来。一群鹊鸭潜入水下觅食，它们霸占了河上一整个冬天都不会封冻的那部分。我想这个河段里可能

---

① 英国贵族前往欧洲大陆地区的修学旅行活动，兴盛于17至19世纪。——译者注
② 杰弗里·特里斯，《大游学：旅行黄金时代的历史》（纽约：霍尔特、莱因哈特和温斯顿出版社，1967年版），第2页。

有一个温泉，因此冻不起来。这些耐寒的鸭子冬季就在这里活动，繁衍和避暑的话则去加拿大。

夜幕降临，白头雕停在两棵相距300码的树上，与暮色融为一体，但它们仍紧紧盯着河水。它们的夜视能力一定很好。4点40分，十几只加拿大雁朝上游飞去。西面的地平线上卧着一条橙色的缎带。我手握双筒望远镜等待着。两分钟后，最后的阳光掠过悬崖顶部，消失了。天空变成紫色，一轮圆月高高挂起。我没见到那只神秘的大鸟。它也许是只猫头鹰，天黑后也可以飞行。但我不太确定。我强烈怀疑它是一只雕，是那座邪恶的大鸟巢的主人。

第二天我一直忙于给书拆包，没有时间观鸟。詹姆斯帮来了，给厨房装花岗岩台面的人也来了。大概过了一天后，温度计读数上升到了4度，但一阵无礼的微风吸走了所有转瞬即逝的暖意。白头雕在河上各就其位，等待着大意的鱼儿出现。我去镇上办点事，傍晚在回来的路上看到一只大蓝鹭朝河那边飞去。现在是一年里最冷的日子，它在怀俄明做什么？在大门口，我惊讶地见到一个拿着相机的女人。她介绍自己叫玛丽·玛格达莱纳，是个艺术家，打算之后把她拍摄的日落照片创作成画。我的母亲也曾是画家，但她一直拒绝对着照片作画，觉得这多少有点不光彩。

这样暖和的一天很快仅余回忆。气温又回到了0度。河水挤进冰面，冰面的中间露出了黑色的河水。我没再看到鹊鸭，它们可能已经转移到更温暖的河段去了。我在鸟之云西边的一角滑雪，没注意到边界树上有只白头雕。见我滑得太近，它便飞走了。我只好满腹懊恼地向东滑去。我的一只手套上有个洞，于是那侧的手特别冷。天空是细腻的粉彩色，远处的落雪中，梅迪辛博山雾蒙蒙的。

对我来说，保留一份见过的鸟类清单没什么价值，也对此提不起兴趣。我不是那一路观鸟人。尽管我观察它们的时候确实很高兴，也试图识别这些对我来说是新鲜的物种。但让我更感兴趣的是一些特定地方的鸟类，它们在一段较长时间内的行止，以及它们如何利用自己所选的栖息地——这会是一个比列一张"我见过的鸟"的单子更全面的视角。在鸟之云，有一部分鸟是长期住客，大多数则在夏季到访。大雕、白尾鹞、鹊鸭和啄木鸟坚持在这里过冬，而草原隼和游隼、燕子、蓝知更鸟和其他一百多种鸟带来了季节变迁。鸟儿们的日常活动、吃喝和繁衍都吸引着我。我想我可以说是被它们的故事所吸引。然而第二天早上，在我思考着这一切的时候，我又一次错过了那只神秘的大鸟。在它出现的那转瞬即逝的几秒钟里，我看到它从头到尾都是黑色的，振翅的节奏与雕相似。它会是去年刚出壳的小白头雕吗？或者是一只金雕？都有可能。起风了，刺骨的飞雪伴着寒意袭来。

后来呼呼地刮了好几天西风，强到足以把它的鼻子拱进野兔或我留下过脚印的冻雪之下，强到能把大松饼似的雪壳掀起来，推着它一直向东翻滚，直到在阵阵雪花中碎开。雕们喜欢狂风，它们绝不会错过展示飞翔能力的乐趣。强劲的阵风引得白头雕夫妇出来玩耍。它们越飞越高，直到变成小黑点，然后它俩分开了，分头向河上游和下游飞去。天空空白了几分钟后，那只不知名的大黑鸟拍打着翅膀短暂地进入了我的视线，随即消失在一场雪雹中。在这个季节，它当然不可能是只红头美洲鹫！对吧？一些明显的东西被我疏忽了。

下午晚些时候，当黄昏爬上世界的东沿，一只白头雕出现了。白头雕的爪子里满满抓着树枝，在它们筑巢的树上消失了踪影。它们是要在一个寒冷多风的冬日里重新装修自己的巢吗？风咆哮不止，愈刮愈猛。一只孤独的鸭子出现了，它被风刮得满地乱跑。鸭子的身上是白色，头和翅膀是黑色的，脸上那是个圆形的白点吗？——这可能是只鹊鸭，但有那么一瞬间，它像只被大炮射出来的企鹅。半小时后，又出现了两只向东飞的鸭子，以80英里的时速顺风而行。第二只白头雕也出现在了视线中，它与逆风搏斗，但仅能停在半空中，徒劳地拍打着双翅。最后，它转过身去，几秒钟后就到了几英里外。巢里的那只雕立起身来，随它而去。

第二天早上，风速降到每小时30英里，阵风时速50英里。这是一个寒冷而晴朗的日子，白头雕小队8点便出巢四处飞行。在煮咖啡的时候，我看到那只神秘大鸟振翅飞出我的视线，朝TA牧场而去。为什么它的踪影如此难以捕捉？我很想仔细端详一番，但它似乎只有在我回头的时候才会飞过。两只离群的麋鹿站在悬崖西端的坡上——没长角，深褐色脖子，黄尾巴，身体是红褐色的。乍一看，我会以为它们是印第安时代那些曾经生活在悬崖上的大角羊。它们的脸看起来挺圆，像绵羊的脸。喜鹊在河对岸忙碌着，有只渡鸦停在它们悬崖上的窝西边的一棵树上。这只渡鸦会不会像白头雕一样，在一年中这么早的时候就产生了修补自家鸟窝的兴趣？

到了下午，风又大了，高空中有三个形状像雕的小点盘旋不止。那是三只雕在风中嬉戏。三只？它们其中是有打算在这里筑巢的小雕，还是那只神秘的大鸟？究竟有多少只雕把这个悬崖当成了自己的家？

那天晚上狂风大作，伴随着可怕的尖啸和拍击声。早上风势不减，我能看到家里的大窗子在微微前后晃动。这是迄今为止最糟糕的一场风。我出门去车道那里看看雪积成什么样了。雪堆巨大无比，无法通过。我差点被风吹翻在地。一只小鸟飞快地掠过厨房窗口，而在河的那头，两只白头雕已经在巢穴附近的树上静静就位。它们是怎么忍受这风的？

在那些疾风之夜，我紧张地躺在黑暗中，听着它咆哮着试图把房子吹翻在地。白天工作和给书拆包的时候比较容易忽略风声。电视机罢工了，因为风吹歪了卫星天线。无休止地怒吼了四五天后，风陷入短暂的昏迷，把万物移交给一个温暖、晴朗又平静的日子。气温升到零上好几度，但天气预告警告说又有一场风暴将至。詹姆斯帮从县道上的雪堆里砸出一条窄路，车道也清出来了。我终于从雪中脱困。电力公司成功赶到，重新调好了卫星天线。

日照时间在以每天几分钟的速度变长。趁天气稳定，我步行去了鸟之云的东边。我朝悬崖上望去，看到不止一只，而是两只大黑鸟。它俩在空中嬉戏着，显然，这无风的天气、彼此和日常生活，都让它们感到快活。然后，两只鸟双双跳进了空巢西边的岩缝里，那里是它们栖息的天然凹陷。它们在空中的时候，我听不到它们的声音，因为有一大群鸭子，一百多只吧，叽叽喳喳地飞了过来。这两只大黑鸟看着像雕，飞行姿势也像雕，但它们全身都是黑的，并没有鸟类书籍中所描绘的那种金色后颈。我告诉自己，从现在起得认真观察了。金雕翱翔升空时翅膀呈轻微的二面角；而白头雕的翅膀则几乎是平的。但我现在几乎可以确定，一对金雕占据了这座大巢，并且正准备启用它。

第二天一早，天气温暖平和，阳光灿烂，但又一场长达三天的暴风雪即将来临。到了上午晚些时候，不友好的低云层从各个方向笼罩住山脉。气象专家说，天会变得非常冷。趁着风暴前的宁静，我带上望远镜去了户外。一只渡鸦在崖壁上闲逛，试了好几个凹处。然后，那对大黑鸟上下翻飞着出现在了悬崖上方。透过双筒望远镜望去，它们的脖子和头部颜色确实浅一些。我现在确信无疑了。它们是一对正在求偶期的金雕，计划修复这座大空巢，在这个离白头雕只有半英里的地方建立家庭。能从餐厅窗口同时看到一座白头雕巢和一座金雕巢，让我感到自己非常富有。我本想花一整天时间去观察它们，但暴风雪将在夜间来临，所以趁路还能开，我去买了些食杂和物资。

1月逐渐过去。白头雕起得很早，它们利用上午的时间捕鱼，

211

一动不动地并排坐在河边的枯树上。天很冷，日复一日地下着雪，就像康拉德·艾肯的小说《无声的雪，神秘的雪》。我在八岁时读到它，以为这是个关于一场大雪的故事。后来，当我了解到它其实是在拐弯抹角地研究愈演愈烈的青少年精神失常时，还颇为失望。冰冻的河面上，四只郊狼在北岸的边缘打探着。在河的上游，鹊鸭的地盘仍未封冻，但面积日渐缩小。

在一个平静的周日早晨，气温零下21度。空气僵冷。冰冻的河雾笼罩着每一棵树和灌木。目光所及之处，一只鸟都没有。太阳挣扎着升起，还未冻结的蜿蜒水面上，蒸腾出巨大的驼峰般的雾气。棉白杨树的顶端像结了冰的花束一样闪闪发光，树干包裹在薄雾中。春天似乎还很远，但白头雕夫妇并排坐在一起，攫取了第一缕阳光。它们经常这么坐着，像是一头长着两个脑袋的雕形巨兽。是为了取暖吗？还是为了延续它们之间的羁绊？这样的关系是否像一对老夫老妻，已经成了彼此的伙伴？还是仅仅出于荷尔蒙的驱动？无论如何，这都是一桩美事。随着太阳逐渐升高，两只雕抖开羽毛，开始整理自己。一只喜鹊孤独地穿过薄雾。下午，我滑着雪到东边杨树林的一个角落，我曾认为这里是个搭帐篷的好地方。一只金雕和四只喜鹊在啄食一只白靴兔的残骸。在我出现后，金雕逃走了，喜鹊也不情不愿地离开，它们坚信我是冲着它们的大餐来的。不难看出之前发生了什么。野兔的足迹在灌木丛中蜿蜒，但在尸体以东12英寸的位置，我看到了攻击它的大雕在雪地里留下的翅膀印痕。

在我跟詹姆斯帮发现悬崖西边燧石矿脉的那个夏日，我们遇到了一个奇怪的难题。有个带遮挡的岩架，上头散落着数百根干树枝和更多交叠在一起的树枝，看起来像是个巨型鸟巢的底座。我们认为这是座被什么东西毁掉了的旧雕巢。环顾四周，我们发现一条生锈的粗金属丝，约10英尺长，它的一端牢牢地缠绕在一块20磅重的岩石上。我们忍不住去想，这根金属丝空着的那端也许曾连着某类陷阱，因为有人想要活捉一只雕。不难想象，为了重获自由，大雕残忍地撕碎了自己的鸟巢。至于究竟发生了什么，我们无从得知。

怀俄明曾是屠雕者的天堂。在上个世纪60和70年代，那些已经过去的糟糕日子里，这座山谷里曾有很多牧羊人——他们现在已经是牧场主了，坚信白头雕和金雕叼走了他们的羊羔。如果你养羊，你就会去杀雕——杀白头雕或金雕，尤其是金雕，尽管这两种鸟都是受法律保护的。他们倾向于下毒（最受欢迎的是硫酸铊），或是从租来的直升机和小型飞机上开枪，又或是雇神枪手从皮卡打开的车窗里射杀。雕的数量日益减少。杰拉尔德还记得萨拉托加附近有个屠雕手，到处吹嘘自己的屠戮事迹。其他州也杀雕，西部诸州尤甚。但对美国鱼类及野生动物管理局、奥杜邦协会[①]和全国的报刊读者而言，怀俄明是最无知、最明目张胆又最歹毒的屠雕牧场主的主场，格外臭名昭著。在这群人里，为首的便是赫曼·维尔纳，他是个有钱有势的牧羊场主，怀俄明畜牧协会前会长，"怀俄明直升机恶魔"之一——杰

---

① 美国的一个鸟类保护协会。——译者注

出的环境记者迈克尔·弗洛姆如此形容这群人。从卡斯珀到布法罗地区，他们开着一台从布法罗雇来的直升机，一路"清洗"大雕。①维尔纳在卡斯珀和萨拉托加附近都有牧场。当时，理查德·尼克松手下的内政部助理部长纳撒尼尔·里德把阻止这些杀戮行为列为了首要任务。

1971年，联邦调查局设了个局。一名在西部长大的特工冒充牧场工人，在维尔纳的牧场找了份工作。在牧场宿舍里，他听说死了几十只雕。因为这仅仅是传闻，联邦法官签不出搜查令。然而，巴特·雷亚，一位一直在监控屠雕活动的奥杜邦成员，还有他的朋友（另一位奥杜邦成员），有一天去了机场。两人碰巧都注意到，有人在附近的直升机上做些什么。他们看到直升机里有把猎枪，还有一些空弹壳。这位朋友身上带着相机，便用上了。直升机上正忙着的人意识到自己被拍到了。几周后，这位惶惶不安的直升机飞行员出现在了位于华盛顿的内政部。他说如果自己能获得豁免的话，他就会交代杀雕的事。如愿以偿后，他向参议院的一个小组委员会做证，称自己曾载着猎雕的枪手们飞上怀俄明的天空，而维尔纳是这项服务的最大客户。这些枪手射杀了五百多只白头雕和金雕。据《时代》杂志报道，在怀俄明州雕的死亡总数是七百七十只。②尽管这件事引起了"举国愤怒"，内政部仍然拿不到对维尔纳土地的搜查令。不过，

---

① 迈克尔·弗洛姆，引自丹尼斯·德拉贝尔，《不公平的游戏》，《奥杜邦》杂志，2008年1—2月刊，第5页；《环境:雕类大清洗》，《时代》杂志,1971年8月16日。

② 同上。

美国空军在测试新的侦察机时飞过牧场上空,有台红外线摄像机照到了一堆腐肉。搜查令终于获批,雕的尸体数量也得以确认。

  这里还有个小插曲。怀俄明州的检察官不愿意起诉这位牧场主,因为他相信赫曼·维尔纳决不会被怀俄明州的陪审团定罪。维尔纳他……突然造访了(纳撒尼尔·)里德的办公室。"他就那么直接冲上门来,"里德回忆说,"一个瘦瘦的男人,戴着斯泰森毡帽。他说他要搞掉我。我平静地说:'在此之前,请告诉我你是谁。'他说:'我是赫曼·维尔纳,靠杀雕来保护自己羊群的那个人。你对雕一无所知。'"①

《高地新闻》是一家强硬的非主流报纸,他们接手了这桩事件,怀俄明州舆论震动,并开始有所转变。美国司法部长出面施压,要求起诉。但维尔纳没来受审。在案件开庭前几个月,他车祸身亡了。在怀俄明,随着羊毛市场衰落,牧羊人开始转去养牛,与此同时,屠雕的罚金大大增加,牧场主们发现内政部手段了得,而白头雕只对腐肉和鱼感兴趣,并不喜欢羊,屠雕活动基本告终。

  整个事件中有两个非常具有怀俄明特色的细节,那就是康

---

① 德拉贝尔,《不公平的游戏》。

弗斯县有一座赫曼·维尔纳一号纪念水库，还有一家维尔纳野生动物博物馆位于卡斯珀学院。这座博物馆拥有"大量鸟类藏品"。真是怀俄明式的讽刺。

直升机射雕事件获得了全国性媒体的报道，但电击大雕的故事仅仅停留在了生态和野生动物杂志上。2009年，遍布西部的魔鬼公司太平洋电力，由于在怀俄明用电击杀了大雕和其他鸟类，被罚款1050万美元。在2007年1月到2009年7月间，太平洋电力用自己的旧输电设备在怀俄明电死了二百三十二只雕。公司目前在观察期，并被勒令改造设备。改变并不会来得那么快。

2007年1月的每一个早晨，屋子周围都有十几只长耳大野兔和棉尾兔在雪地上挖冻草。当我们开上入口处的路时，总有两三只在卡车前闪展腾挪。最终，在风中摇摆了几周后，喂鸟器吸引到了一群顾客——大约五十只灰冠朱雀。岛上的一棵树上有只喜鹊很好奇这里怎么这么闹腾。对朱雀来说，鸟群就是一切。那是一个由许多小组组成的团体，在它们飞行和进食时，由某种群体意识维系在一起。待在鸟群中的话，接触到捕食者的机会较低——这就是"自私牧群"效应吗？斯托克斯说，鸟儿在秋季和冬季倾向于扎堆，且鸟群内部存在着等级制度。到目前为止，我还没有发现个中端倪。

科罗拉多州遭遇了五周内第五场大暴雪。在鸟之云，降雪和降温轮流出现，河边的柳树和其他树上都覆上了厚厚的冰霜。雀群的规模越来越大，很显然朱雀正在从各地赶来。克里斯·费舍尔在《落基山脉的鸟》中说得好："在冬季，灰冠朱雀纷纷拥出落基山脉的阁楼，前往低海拔地区聚集。"[①] 所以它们很可能是从马德雷山和梅迪辛博山来到这个山谷的。喂食器周围聚拢了八九十只雀鸟。它们无缘无故地飞到空中，又转身回到喂食器旁。目之所及，没有猛禽，没有人类，没有狗、牛或陷阱，平静无风，天气晴朗。它们飞上去是为了去高处监测这片土地上远处的威胁吗？还是为了重新确立（我看不出来的）等级制度？有时候，它们会飞到河边的树上待几分钟，然后再飞回喂食器这里。我每天都要给这玩意续好几次粮。

几天后，那只喜鹊在对朱雀团伙观望了一个星期后，壮着胆子接近这座食堂。它在地上发现了几粒种子。我很好奇，还要多久，他或她才会把朋友和亲戚们带过来？喜鹊的注意力主要集中在喂食器下边的大石头上，因为我经常会在周围再大范围地撒一把种子，所以石头缝隙里可能卡着美味的种子。雀儿们则继续在喂食器前吃自助。喜鹊盯着它们。它跳到装着喂食器的树周围的铁丝围栏顶端，凝视着喂食器。突然之间，雀儿们集体飞了起来，喜鹊也跃入空中。等它们飞了一圈回来，喜鹊却不见了。是时候再去饲料店买些种子了。

美妙的白昼越来越长。早上，我看到白头雕中的一只朝岛外一片无冰的水面俯冲下去。我抄起望远镜狂奔上楼，正好看到它把一条鱼抛上冰面。白头雕吃了一部分鱼，然后往雕巢飞

[①] 克里斯·C. 费舍尔，《落基山脉的鸟类》（加拿大阿尔伯塔省埃德蒙德和美国华盛顿州伦顿：孤松出版社，1997年版），第298页。

去。下午5点10分，悬崖最顶端的50英尺仍镀着一层金色的日光。一只白头雕立在筑着雕巢的树上，另一只向河的下游飞去。悬崖转成了苹果般的赤褐色，暗色的云朵像脏袜子一样，深橙色的夕阳在它的边缘之下闷烧。我欣赏着这难得的景观。

2007年2月初，高速公路奇迹般畅通干燥，我去圣达菲待了一个星期，让詹姆斯帮给房子的一些工作收尾。在我回家之前，全球变暖抢先来到了鸟之云。几个月来我们第一次看到了地面。进门的路和我家的车道满是泥泞。县里头一回，也是唯一一回，把扫雪机开到了我家门口。5点半的时候，悬崖上尚有一些日照，那两只麋鹿仍在崖上徘徊。我刚给喂食器续满新鲜食物，朱雀立刻便把它围得水泄不通。几只喜鹊从岛上观望着。在我回来的第一个早晨，只有一只雕停在捕鱼的树上。另一只在雕巢里，我猜它在孵蛋。春天真的到了。我跟金雕的巢保持了很远的距离，因为它们胆小害羞，我不希望它们放弃这里。我想，跟金雕相比，白头雕的生产和孵化期应该更早。我知道我应该去查一查这个问题，但没有动手。

为了不打扰金雕夫妇，我不再去鸟之云东边滑雪，改去马德雷山的小径。有天早上，我在恩坎普门特交易站停车加油，一辆林务局的卡车也为类似目的停了下来。司机说他刚刚修整完滑雪径（我住在森特尼尔的时候，从未听说东边的山坡有过这类事）。雪径很美，滑雪也很棒，虽然雪下得很大——但这一点我也很中意。在回家的路上，我看到有只金雕在享用路边的一具鹿尸。这是鸟之云那对金雕中的一只吗？

从圣达菲回来的路上，我买了一台望远镜。我把它装在卧室里，那里视野开阔，能看到悬崖与河。大雕没露面，但其中一只麋鹿出现了。奇怪的是，它看起来像是穿了件帆布外套，躯干跟脖子和腰部的颜色都不同，更浅些。这是光影的把戏吗？它的中段看起来像块大卵石。一小时后，这只麋鹿站起身来，露出了身后紧紧挨着它躺着的第二只麋鹿。在望远镜下，细节一一展现。第一只麋鹿叼起它背上的几撮毛，又去小口啃了啃鼠尾草或是兔灌木。第二只鹿又看不见了。喂食器那里看起来得有一百多只朱雀。可是那些每年在河对岸的悬崖高处呼朋引伴的可爱渡鸦，它们又在哪里呢？

　　2007年2月上旬过后，出现了一些天气反常的日子，暖和，多云。滴滴答答的雨声吵醒了我。天气预报说下午就会转为下雪。不知道渡鸦怎么样了。它们至少在把树枝往巢沿上运了吧？据埃尔利希、多布金和怀伊说，雄鸟在雌鸟的帮助下筑巢；雌鸟会下四到六个蛋；雄鸟和雌鸟都会孵蛋；孵化期是十八到二十一天，三十八到四十四天后，幼鸟离巢飞走。[1] 因此，如果幼鸟们跟之前两年一样，在阵亡将士纪念日前后飞走，那么它们得在4月20到25日左右破壳，而蛋就必须在4月的第一个星期产下。渡鸦是一夫一妻制的鸟类。下午晚些时候，渡鸦仿佛读懂了我的想法，其中一只出现了。它绕着悬崖飞行，双腿垂下，像是在准备降落，往旧巢西边的岩缝深处飞进去好几回。如果渡鸦

---

[1] 保罗·R.埃尔利希、大卫·S.多布金和达瑞尔·怀伊，《观鸟人手册：北美洲鸟类自然史野外指南》(纽约：西蒙与舒斯特出版社，1988年版)，第420页。

想要更多的隐私空间，同时避开西南风的话，那是个更好的筑巢地。但对我来说，视线就有点受影响了。麋鹿仍在附近。

埃尔利希等人还写道，朱雀会在高山苔原和海上岛屿的悬崖和石缝中筑巢。它们也是一夫一妻制。喂食器周围的那些雀鸟只是冬季的访客，它们的繁衍地可能在梅迪辛博山或是马德雷山。两只金雕整个下午都在绕着自己的大巢飞。其中一只在崖顶突起的岩石上稍事休息。通过望远镜，我能清楚地看到它金色的冠羽。鸦巢附近，一只草原隼突然出现在我的眼前。我记得去年夏天的时候也在那一带见过一只。我不知道这种鸟会给当地居民带来什么麻烦。白头雕夫妇正沿着河往家里飞。金雕似乎追着它们飞了好几百码，然后转身回到自己的大巢附近，其中一只又飞回了突起的岩石上。它们降落时，翅膀看上去极为宽大，弯成了巨大的环。那对白头雕在高空中翱翔，也许是在觅食。多么精彩的表演，而且从我家餐厅窗口就能够一览无余。

随着甲虫和蠕虫开始搅动土壤，鸟类的生活也逐渐恢复节奏。第二天清晨，电线杆上停着一只白尾鹞，不过幸运的是，它没有触发杀伤性后果。我把这一天都花在了把书上架和写作上。日落时分，我不假思索地去河边走走，但金雕夫妇焦虑了起来，我只好往回走。其中一只金雕愤怒地伴着我一路回到屋里。我曾考虑过邀请一些观鸟人来鸟之云，但那一刻我明白这是不可能的了。金雕夫妇必须拥有隐私。

几天后的傍晚，我去旧界址路上散步，跟金雕保持着四分之一英里的距离。它们飞了出来，但没有叫，只是沿着悬崖飞，看着我。在鸟之云的尽头，又一对金雕出现了，它们沉默着，飞得很低，好像也在打量我。突然，筑了巢的金雕咆哮着沿悬崖朝东而来，赶跑了陌生的那对。我看到它们在东边的一棵树上安顿了下来。也许它们正在那里筑巢。一英里之内，共存着三对、六只雕。

第二天，一只白头雕和草原隼爆发了一场争执。两只鸟漫天乱飞，草原隼横冲直撞，白头雕盘旋了一番后俯冲而下。突然之间，草原隼消失了。中午时分，风势见长，一小时后便刮到了棉白杨林。一只白头雕坐在河面上的树杈上，守着鱼群。树杈大幅度地来回摆动。每晃一次，白头雕都像啄木鸟一样，把尾巴支在树杈上。出于某种说不清的原因，我觉得这样很可爱。有时候，这些鸟在我眼里就像埃文·康奈尔笔下的布里吉夫妇。草原隼在悬崖上金雕的地盘附近盘旋。那些大鸟不见踪迹。草原隼这多事的一天让我有些困扰。它是在物色筑巢地点吗？它们往年曾在悬崖最东边筑巢，在另一对草原隼附近。任何被草原隼接近的鸟儿都会有些焦躁。

巨大的蓝黑色云朵从西边席卷而来。就在黄昏时分，我看到一只渡鸦溜进了岩缝的下层。我确定它放弃了之前岩架上的巢址。

天气晴朗温暖，有一点风，是春天的气息。一只白头雕下河抓了些小东西。金雕在它们高高的海岬上。其中一只单脚向下跳了8到10英尺，像是在洗泥浴。然后它突然快速朝鸟巢移动过去，在上头坐了几分钟。我注意到巢里伸出了几根新的树枝。又过了几分钟，她（我猜是雌鸟）又回到了海岬之上。在白天的尾声，杨树饱胀的芽似乎喷涂了一层青铜。一只白头雕来到金雕的巢附近，因擅自闯入被赶回了家。一对加拿大雁朝上游飞去，它们是今年的第一批。5点33分，阳光离开了悬崖，在最后一缕光中，我看到了西边麋鹿的轮廓。天空渐渐变暗，黄色碎石垒成的巨岩留住了最后的光线。这一幕已经重复了多少个千年？金雕飞完最后一圈，草原隼突然冒了出来，气势汹汹地飞向其中一只金雕，之后离开了我的视线。金雕朝它们岩缝里的居所飞去。晚安。

第二天清晨，太阳刚刚升起，这只大胆的小隼又开始骚扰岩缝里的金雕之一。金雕飞走了，几分钟后又带着它的伴侣回来。像之前那样，草原隼已经离开了。整个白天都有许多鹅吵吵闹闹地成群出现。几个晴天之后，一只金雕为大巢取了些树枝来。喜鹊沿着河上的浮冰边缘行走，拾捡着什么。我上了趟岛，去看看它们在吃什么，但只看到一窝刚刚孵出来的小黑蠓。那些高大魁梧的喜鹊会为这种微不足道的猎物大费周章吗？为什么不呢？如果8月的蛾子也能喂肥灰熊的话。两只山雀加入了啄木鸟的野餐，但没有引起任何注意。啄木鸟喜欢屋子侧面或是树干。大雁和速度比较快的鸭子也陆续到来了。这是一个很适合飞行的日子，两只白头雕、两只金雕和三只渡鸦都在悬崖上盘旋。那群灰冠朱雀照例狼吞虎咽地吃着种子。

山雀在鸟之云是很罕见的。在森特尼尔，每天都有几十只山雀来到房子背风面的喂食器处，但在鸟之云我几乎从未见过它们。当然，森特尼尔离森林更近，而鸟之云则被开阔的牧原环抱。鸟之云天气的主流，也就是它的基本构成要素，是来自西北方的"长鬃呼啸"之风。在冬天，它筑起硬实的雪堆，在夏天，它使植物脱水，带来飞沙走石，十分钟内就把衣服吹干。雕、隼和鹈鹕都喜欢有风的日子，它们把自己抛向天空，乘着上升的气流去往令人眩晕的高度。

　　为什么鸟之云如此之多风？海拔是一个重要的因素，所以在海拔7000多英尺的悬崖顶上，风几乎从未停歇，大部分时间，气流都像滑坡的山体一般崩塌而下。我们能感受到地球自转的科里奥利效应。悬崖本身将风引向形似飞机头的崖顶部分，河上顺流而下的船夫们对此再了解不过了。我想知道这是否就是伯努利定律：当空气被挤压在悬崖和对流层顶之间，即在对流层和距离头顶5到10英里的平流层之间的大气边界层，风速就会增加。附近马德雷山和梅迪辛博山产生了大幅的重力波、风切变和湍流。而由于西边大片的土地是大量放牧的奶牛牧场，没有树木或灌木的阻断，风可以不受阻碍地一路往东疾冲。我在重读奥尔多·利奥波德的《沙乡年鉴》时发现，这对山雀来说是致命的。"我知道好几处有风的林地，整个冬天都不见山雀，但在其他季节，它们都被随意占用了。这些林地之所以多风，是因为奶牛啃光了林下的植物。用暖气取暖的银行家向某个需要更多奶牛的农民提供了抵押贷款，而奶牛又需要更大的牧场。对银行家而言，风只是一个小小的烦恼……对山雀来说，冬天的风是宜居世界的边境。"他一针见血地补充道,"关于自然的书籍很少提到风;它们都是在炉子后面写就的。"①

风在县道上产生的积雪是我冬天住在鸟之云的障碍。不过,我也能懂得猛禽疯了似的斜飞上高空时的兴奋。风是健康和生命的给予者,它清除大气中腐臭的污染,还将无数种子运往新的地方。二十亿年前,蓝藻类和细菌向大气注入足够的氧气,形成了早期的臭氧层,保护生命体免受紫外线的野蛮照射。在古奥陶纪,风把第一批陆生植物的孢子带到荒芜空旷之处,植物自此开启了神奇的多样发展。大约一亿四千万年前,第一批开花植物诞生了,时至今日,已经产生了四十多万个物种。

夜里又下了一场雪。朱雀从山雀那里学到了点东西。现在它们都去抢啄木鸟的野餐,因为种子被丰富的油脂固定在了一处。我想知道崖顶西边是不是有什么死了。金雕在那儿飞起又落下,白头雕夫妇也在那里。我记得几年前在森特尼尔,有只鹿钻进了我们小小的草药园,被什么东西吓坏了,试图从栅栏条间的6英寸间隙中钻出去。因为胸部太宽,它被卡住了,没能逃脱。吓到了鹿的那个生物掏走了它的心脏,鹿的尸身却仍卡在栅栏间。我们把鹿的残骸拖到了柳树丛中。几小时后,一对金雕发现了它,并花三天吃掉了整头鹿。现在我希望吸引了那些雕的不是麋鹿中的一只。我已经大约有一周没见过它们其中任何一只了。又过了一会儿,一只白头雕回到了它捕鱼的树上。

---

① 奥尔多·利奥波德,《沙乡年鉴》(纽约:牛津大学出版社,1949年),第91页。

五六只树鸭飞过屋子，它们的上头便是一只金雕，也许是想中个带毛的头彩。

3月到了，河水渐深渐宽。那潺潺的流水声从屋里便能听到。一只颜色淡、翅膀宽的鹰——符合雏鹰的外表描述，在岛最东头的树上最靠东北的枝头停了一小时。它的头颈是深红褐色的，下半身颜色浅淡。在山雀、灰冠朱雀、渡鸦、白头雕、鹊鸭、几只红翅黑鹂、一对蓝翅鸭和一只独居的毛腿鵟的点缀下，风也变得生机勃勃起来。几天后，鸭子和大雁已随处可见。而且，正如我所预料的那样，喂食器被红翅黑鹂占领了。它们主要的聚会地点是小岛最西边的柳树丛，几百只挤在一处唱个不停，亮出它们的肩饰。然后它们一齐飞走，复飞回来，接着唱歌、亮肩饰。草原隼在悬崖前来回游弋，它的颜色与浅色的岩石如此相似，几乎要隐身其中。一只土拨鼠从剩下的那堆木材中的某处出现，在喂鸟器下方占了一个位置，它对红翅黑鹂落下的种子很是满意。在细雨中，我步行到鸟之云最东，看见一只大得不同寻常的土拨鼠站在崖顶，目视下方。再往东几百码，我瞥见一只魁梧的丛林狼，正在往我的视线之外逃窜。它俩都体形超大。事后想来，那只"土拨鼠"应该是一只美洲狮幼崽，而那只大"丛林狼"可能是它的母亲，因为我后来在春天的时候又近距离见到了这两只大猫。

一个可爱又温暖的下午，金雕夫妇在它们鸟巢上方的崖顶晒太阳。它们飞出去，盘旋了一阵，又回到它们中意的一块岩石凸起上。它们飞行时，影子也在沿着悬崖翱翔，要分辨是影子还是鸟并非易事。大一点的那只金雕坐在岩石上，而较小的、颜色也略深的那只做了些花哨的翅膀动作，然后朝它的爱人滑翔而去。它送了对方一个小小的东西，随即骑到了对方身上。我此前从未见过雕交配。

这个地方每天都有惊人的变化。到处都是黯淡的泥。岛的尽头，一些浅绿色的灯芯草冒出头来。河面越涨越宽，水流越来越快。在消失了两周后，一只麋鹿再次露面。它，或者说它们，可能去后面的山坡上觅食了，我从屋里看不到。月中，经过一小段暖和的日子，河上的冰冻已大部分融化。鹰隼、鸭子、鹅和大雕来来回回漫天疾飞。我数了数，有20只山蓝鸲，心知这里要"房荒"了。然而，在草原隼的无情骚扰下，渡鸦放弃了它们的旧巢，只给我留下了前一年的回忆——一个傍晚，四只年轻的渡鸦摇摇晃晃地拍打着翅膀，最终飞离自己的窝去小试羽翼。

那是一个阵亡将士纪念日周末，我与朋友和家人在一起，这个季节的第一场雷雨正在逼近。年轻的渡鸦拍打着翅膀，蹦跶着，爪子握紧又松开。它们短短地飞了几程，始终紧紧贴着裂缝无数的崖面。我们愉快地观察着它们，但它们的蹦跳和不熟练的飞行也吸引了这一带所有其他鸟类的注意。白头雕、红尾鹰和隼在空中盘旋，或是选择了适合俯冲攻击的高处驻足。大角鸮在岛上叫嚣着。暴风雨无情袭来，先是落下几滴飞溅的水珠，然后是成片的冷雨，浇熄了我们的篝火。我很确定这群年轻的渡鸦要完蛋了。它们似乎已无法回到巢里，只能蜷在狭窄的岩架或是裸露突出的岩石上。我们怀着悲伤回屋，为明天早上会看到的景象担心。它们中有任何一只能在捕食者守备着的爪下逃生吗？暴风雨会不会折磨它们？

拂晓已至，那是个怀俄明罕见的芬芳、优美的日子，平静无风，纤尘不染。我们带上望远镜奔去悬崖那里，想知道是否有幸存的幼鸦。"我看到了一只！"有人喊了一声，然后第二只也从藏身的洞穴中来到了阳光之下，满身泥水，又脏又湿。最后两只从某个石头缝里出来，加入了它们。四只都到齐了，在阳光下梳理自己的羽毛，光鲜、自信，活力非常。它们花了一天时间练习躲避式飞行，我不再为它们担心。而现在，这只能是一段回忆了。2007年，由于草原隼的到来，此地不再有幼鸦。

清晨在岛上散步时，我跟两英尺外的柳树丛中的一只大角鸮打了个照面。这太奇怪了。它的左眼呈亮黄色，右眼锈棕，很可能是受过伤。大角鸮逃到一棵棉白杨上，在那儿待了一整天。到了这个时节，不时有迁徙的鸟儿顺着河流的方向飞过。有天下午，六只要去其他地方的金雕路过这里，忍不住在悬崖上方的气流中玩耍了起来。野鸭、秋沙鸭跟河乌都来了，紧随其后的是黑海番鸭、一对北扑翅䴕、一只白尾鹞和一只落单的西草地鹨。我发现分辨不同品种的鸭子很难，因为它们在不同时期的颜色是不同的，移动速度又快。它们还非常胆小，飞得也很高。由于积雪快速融化，河水持续上涨，3月19日，水位已经高到足以将"上坡"鲍勃的桥推到岸上，岛与陆地的连接断开了。温暖的日子还在持续，这使人担忧，因为一切干燥得像闹旱灾。天气预报说会降雨，却没有下文。当雨终于落下，道路又因此变成了冰冷、湿滑的泥浆。

有一只加拿大雁，它无疑觉得自己很聪明，在悬崖的东端高处筑了窝，离游隼的巢不远。我在想，它是否就是前一年在金雕巢和草原隼之间的大树顶上筑了个巢，窝口还朝天的那只蠢鸟。猛禽夺走了它和它配偶所有的雏鸟，于是不得不再重来一次。这回，它们在树下的地面上筑巢，雄鸟负责站岗。

3月下旬，一场冬季暴风雪下了一天一夜。尽管风雪交加，一群角百灵还扎在三齿蒿和金花矮灌木丛里捡种子。突然，草原隼咆哮着从天而降，角百灵一哄而散，像火箭般四处逃窜。其他食肉鸟，特别是蓝知更鸟，垂头丧气地坐在围栏上等待着春天的到来。暴风雪驶离后，留下了一英尺厚的新鲜积雪。寒冷的日出时分，浓雾笼罩着河面，膨胀的雾气遮住了太阳。积雪之下的地面，是湿润、半冻住的泥土。为了找个地方散步，我开着卡车在车道上来来回回，试图把雪压实。我觉得房子那片区域像一个砾石坑、泥流、雪洼和风洞的综合体。

雪后，门柱上的黑色金属渡鸦变成了喜鹊。大概五十只角百灵蜷缩在稀疏的三齿蒿间，或是成群结队地蹲在车道上。查尔斯·H.特罗斯特曾在西布利的《行为指南》中写过，角百灵需要开阔的空地。它们喜欢过度放牧的牧场，怀俄明无疑在它们眼中很有吸引力。① 它们的后爪很长。跟其他百灵鸟一样，它们

---

① 查尔斯·H.特罗斯特，收录于大卫·艾伦·西布利的《西布利鸟类生活及行为指南》(纽约：克诺夫出版社，2001年)，第418页。

会进行精彩的空中表演，既展示性吸引力，也是宣示领土主权。然而，暴风雪后是不会有任何空中表演的。来了几只红背的暗眼灯草鹀，它们的羽毛极为蓬松，可抵御寒冷。几只紫朱雀和山雀加入了它们。红翅黑鹂分头行动，雄鸟在喂食器那里吃种子，雌鸟则去啄木鸟的野餐席上啄食油脂和种子——也许是在为下蛋积蓄能量？我判断不出来金雕是否在自己的巢里。巢沿都是白色的雪。

风和日丽的4月来了。在散步去鸟之云东边的路上，我发现地上有只死去的鹗，它灰色的爪子蜷缩着，爪子里空无一物。它死亡的原因无从得知。这里有那么多好妒又领地意识很强的鸟——半英里内有两对金雕、红尾鹰和一对游隼，再往西一点又有渡鸦家族和凶猛的草原隼——它们中的任何一位都可能把这只鹗视为入侵者。春天是死亡的季节。一头小牛的尸体被冲到了岛上，这令喜鹊很高兴，或许雕也一样。

我不太确定白头雕在家庭生活上的时间安排。它们从12月就开始修那座巨大的雕巢，这是一项可以持续几个月的工作。雕巢看起来宽度超过6英尺。但我怀疑在4月的第一周，巢里已经有了小雕，这主要是因为我看到其中一只白头雕对附近的一只红尾鹰穷追不舍。在过去的几天里，这只雕一直在悬崖的西段巡逻。这么算来，白头雕的产蛋期应该在2月的最后一周，或是3月的第一周。雌雕在大约一周的时间内诞下两到三个蛋。两只雕轮流孵蛋，尽管雌雕往往比雄雕孵得更久，它俩的肚子上都有抱卵点——那是一部分裸露的皮肤，直接贴在蛋上，温度很高。天气温暖晴朗的时候，两位家长都可以稍事休息。不孵蛋的那位会窸窸窣窣地吃些东西。孵蛋需要约三十五天。一旦雏雕破壳而出，累人的工作便开始了。如果天气尚冷，父母中会有一位陪着雏雕，帮助它们保暖。当春天的阳光火辣辣地洒下时，两位家长就会化身为宽翼的遮阳伞。一开始，雄雕会忙于觅食并将食物带回巢中，每天来回四到八次。度过最初的几周后，雌雕也会参与打猎。到了育雏后期，大部分打猎工作落到了母亲的肩上（根据鸟类学书籍，我认为大一点的那只是雌鸟）。

白头雕日复一日地与红尾鹰搏斗，将其赶离雕巢周围。我很确定，巢内已经有了羽翼未丰的幼鸟。但我离开了两个星期，错过了所有的动静。当我在4月的第三周回来时，美洲白鹈鹕已经到了，它们喙上的大凸起表明，在鹈鹕的世界里，繁殖期到了。鹈鹕是飞行好手，在有风的日子里，它们升空和俯冲的动作都十分惊人。无知的渔民是怀俄明的一大悲哀，他们会射杀鹈鹕，因为他们认为这种鸟会把所有的鱼都吃光，什么都不给他们留下。在鸟之云的第一个春天，那些巨大的毛茸茸的白色尸体沿河顺流而下，让我大为震惊。幸好在之后的几年里，这种情况再也没有出现。

5月中旬，我结束爱尔兰之旅回到鸟之云，天空中绣上了成百上千只燕子。有几只强悍的毛翅燕，它们仍惦记着上一个夏天詹姆斯帮的善意，试图在屋檐下筑巢。在岛的尽头，我发现一只死了的鹈鹕，整个头部都没了，却没有其他伤痕。杰拉尔德说，先吃掉头是猫科动物的习惯。我认为美洲狮不会为一只鹈鹕花力气，或者，如果它这么做了，它不会只吃掉一个头做晚餐。但如果是大口径步枪或者猎枪，瞄准了的话，就能把头打掉。为了减少豪猪窝的数量，我开始在岛上堆放枯木和落枝，计划找个雨天点上篝火。河对岸尚有大量不受干扰的空间，可以为它们所用。一只又小又黑的莺鹪鹩在岛上发现了适合鹪鹩大小的鸟舍，正在往里搬。它的爪子里抓着几根比牙签大不了多少的树枝，还有几束枯草。

我在大门附近看到了一只白脸彩鹮，大为兴奋，虽然那里的灌溉装置正在溢流。这只鹮在这一带待了好几个礼拜。目击了鹮鸟的几天后，我坐在河边，看到两只鹭飞上了白头雕最爱的捕鱼树。它们太小了，不太可能是大蓝鹭，看起来也不像小知更鸟。读了几分钟关于鹭鸟的书后，谜底揭开了；它们是三色鹭，我第一次见到这种鸟。① 月底，尽管又迎来了一场寒流，北美金翅雀四处飞跳，像随手抛掷的金币。

倏然已是6月中旬，有害的杂草到处疯长——乳浆大戟、旱雀麦、白水槿，还有加拿大蓟。鸟巢里满是雏鸟，在更早些时候孵出雏鸟的肉食鸟收获颇丰。甚至一只横冲直撞的大蓝鹭也被小鸟们追赶着飞走了。我在鱼类与野生动物管理部的朋友罗恩和安德里亚来河上漂流。安德里亚正在做雕的数量统计，而这条河廊上显然有很多雕。当我们靠近鸟之云悬崖的东端时，

---

① 詹姆斯·汉考克，《北美洲的鹭鸟：聚焦它们的世界》(圣迭戈，伦敦：学术出版社，2000年)，第43—45页。

安德里亚发现，在我们头顶的岩架上，有一只成年草原隼和四只小隼，它们全部静静排成一排，颇像五具埃及木乃伊。我一直不敢靠近大鸟巢对面的围栏，怕金雕会不得不放弃那里，但现在我可以看到，它们的巢里有两只略大的雏雕。这个月还出现了一种我从未见过的昆虫——淡足依芒蝎，又名风蝎。它们是大盆地和沙漠地区的住民，颜色像稻草，约四分之三英寸长，模样很像蝎子，尽管它们并没有毒性。被打扰到的话，它就会咬人。风蝎吃小昆虫为生，所以我抓到这只以后，把它放在了室外，希望能抓点蚊子。不过可能性更大的是，它成了外头无数四处乱飞、饥肠辘辘的鸟儿们口中的点心。

我在卡普里岛度过了美妙的一周，回来正好是炎热又尘土飞扬的国庆日。这也是许多幼鸟初试羽翼的节日。我沿着路走到鸟之云最东边，很高兴没有收到来自金雕父母的咒骂。它们家的一只又大又黑的雏鸟拣了块窄窄的岩架，上头有岩顶笼罩，离雕巢不远，坐在那里，忍受——还能是谁？——草原隼的骚扰。不过，即使它年纪尚小，也已然强悍凶猛，隼还是离开了。我散步回来的时候，发现有鸟丢了一只挺大的雏鸟尸体在石台上，它的绒毛是白色，翅膀上的羽毛还没长齐，头也不见了。我想，这可能是一只大蓝鹭或沙丘鹤的雏鸟。

旱情很严重，日复一日地高温和干燥，很长一段时间都没有下雨。草地一踏上去就碎，夜里热得无法入眠，是适合风蝎的气候。詹姆斯帮还未完成壁板部分的工作，拖了好几周。但月底的最后一天下雨了，之前积聚的可怕热量稍事缓解，大地也恢复了些许生机。我打开前门，呼吸着美味的潮湿空气，听到雕在河边长啸，公牛牧场上有沙丘鹤。翠鸟是我们这里的稀客，它在白头雕的捕鱼树上坐了一小会儿，这无疑就是雕啸的缘由。降雨引起了昆虫数量大爆发，尤其是蚊蠓，它们一团团地在河边和岛上的柳树间飞舞。傍晚的时候，成百上千、数不胜数的燕子张着嘴快速从它们中间飞过，就像食肉鱼侵入一群惊恐的鲱鱼。

喘息的时间是短暂的。一股强劲的热风吹干了园子里的生菜，扯下所有并非钢铁之躯的花瓣。但那些小雕，无论是白头雕还是金雕，都喜欢这样酷热的空气。它们同父母上下翱翔，花式升空，又随气流翻滚而下。我一度见到过七只雕同时在悬崖上空不同的高度飞翔，其中有几只飞得极高，仿佛折断的回形针。

风势渐渐平息，一天晚上，有个朋友来吃晚饭。我们坐在室外，欣赏着四合的暮色。一只孤鹅鸣叫着顺流飞下。夏末的静谧笼罩了一切。我们坐在那儿，没有人开口说话，四下寂静无声。然后，"咻——！"的巨大一声，一只鹅落到了浅水滩上。一轮满月升起，把喷气式飞机的尾迹变成了一颗彗星。树林中，河水在闪闪发光。这是个可爱的晚上，直到我们注意到了些荒唐到好笑的事。詹姆斯帮之前安装了地下水喷灌系统，因此草地上零星缀着小小的阀门罩，每个大约4英寸宽，顶上有5美分大小的孔。我和朋友坐在月光下，看着一个又一个小脑袋从阀门盖上的小孔里冒出来——是老鼠！像下水道工人钻出检修孔一样，它们先是露出一个小脑袋，然后一整个身子都出来，奔到平台边缘，一只接着一只潜入下方。我们数了数，一个阀盖里出来了十只老鼠。詹姆斯帮听说之后并不觉得好笑，并用酒瓶塞子堵住了盖子上的洞。

到了8月10日，我发现鸟群中产生了一个令人不安的变化。它们似乎开始成群结队地聚在一起。两只渡鸦来到悬崖边，绕着岩架上它们去年的旧巢飞来飞去。这是老住户在察看自己曾经的快乐之家吗？我是这么认为的，因为其中一只渡鸦的脸颊上有一个白点，我记得正是这个白点使它有别于其他早期的居民。第一次注意到它时，我想到了欧内斯特·汤姆森·西顿的银斑，一只有着类似标记的乌鸦。还有一只在我们纽芬兰屋前潮池中觅食的乌鸦，它的左颊上也有一个白点。所以也许这样的斑点在乌鸦和渡鸦中是很常见的。如果它们的确是以前的老住户，那它们现在一定很失望，因为悬崖上已挤满了隼、大雕和红尾鹰。现在，这已是一座属于食肉鸟的悬崖了。当然，渡鸦本身并非卑鄙的机会主义者，而我之所以认为它们是草原隼的受害者，仅仅是因为我本身特别喜爱鸦类。

几天后的一个早晨，一阵难以言喻的美妙鸟鸣唤醒了我。我不知道那是什么鸟，从高高的卧室窗口也看不见它。我试着通过录有鸟鸣声的CD辨认它，但一无所获。这是一场麻烦的小型霜冻的前兆，它的到来完全在意料之外，却害死了我最顶上的番茄和豆子，西葫芦和黄瓜也都枯了。我并没有意识到，这样在8月中旬突如其来的霜冻在鸟之云每年都会发生，它会在菜园里的作物正好接近高度成熟时予以一击。

月底，詹姆斯帮出发前往科罗拉多的安特罗山，开始他们一年一度的露营和探索之旅。动身前，戴夫和德里尔新种下了三十丛灌木。他们刚刚离开视线，便有只知更鸟过来亲自步行勘察。它走到每棵植物和每块石头跟前，逐一细看。对屋后灌木的视察全程约十五分钟。当然我无法完全确定，但我怀疑那只知更鸟在把每一棵植物的优缺点都熟记于心。

9月的第一天，我在厨房里煮咖啡的时候朝悬崖上瞥了一眼，看见那只红褐色的美洲狮正在崖顶行走。它朝下走去，行至一片露出地面的岩层，右上方是两块摇摇欲坠的方形大石。这块区域的状况从上往下是看不到的。三周后，在天黑之前，我用望远镜观察着悬崖和下方的崩积岩堆，发现岩屑锥上有一块从未见过的大圆石。望远镜显示，这是一头死鹿，它显然是从崖顶上坠亡的。哪怕是最糊涂的鹿，也不至于从悬崖上掉下来。我猜是那头狮子把惊慌失措的鹿赶到了崖边。直到天黑，我还在通过望远镜努力观察，想找到那头来认领自己猎物的狮子。但狮子没有现身。

第二天早上，两只渡鸦在鹿尸上忙活，但它们啄不破鹿皮。煮咖啡的时候，我发现渡鸦已经飞走了，取代它们的是三十只喜鹊和两头丛林狼。丛林狼花了大概半小时咬穿了鹿皮。白头雕停在附近，等待机会，好几只渡鸦也候在一旁。其中一头狼离开了。狮子没有出现的迹象。上午10点左右，剩下的那头狼满口是血地狼吞虎咽了一番，最后不情不愿地蹒跚而去。喜鹊上场了。白头雕和渡鸦是最谨慎的食客，它们一直等到11点以后才上桌。第一头狼带着两个伙伴回来了，三头狼开始把鹿尸拖往崩积岩堆的边缘，那里约有10英尺的高度差。到下午，鹿尸已经掉进下面的灌木丛里，再也看不见了。也许狮子会从那里领走它。我突然产生了一个离奇的想法，也许邻居家前年坠崖的奶牛就是死于狮子的追逐。

9月最初的几天，草原隼离开了，接下来的一周，那些渡鸦又回来了。去车库的时候，我听见一阵响动挺大的呱呱声。声音很近，听起来就在车库里。那只鸟似乎停在了杰拉德放在屋子东头给猫头鹰歇脚的装置上（一些客人抱怨说猫头鹰让他们彻夜难眠）。是渡鸦又来视察了吗？它们是来过冬的吗？

18日，第一只从窗户飞进这座房子的鸟在黄昏时落到了地上，是一只小金翅雀。我把它留在室外的台子上，第二天早上，它已经不见了——我希望是因为它苏醒了。很多鸟儿会把自己弄晕，再从假死状态中醒过来。它们看起来相当迷糊，但其实还活着。北扑翅䴕高大英俊，是一种好斗的鸟。它们经常对着自己的影子猛冲下去，像块石头似的坠倒在地，两脚蜷着仰面朝天，好一会儿之后才睁开一只眼睛，颤颤巍巍地站起身来，踉跄着飞到近旁的树枝上。在那里，它会花一到两个小时做一番负面思考，然后再次向窗户飞去。

白昼越来越短，悬崖上光线的色调也在渐渐改变。落日时分，悬崖泛出神奇的色彩，一种像哈巴德南瓜果肉般深深的黄橙色。想到开始下大雪之后我就不能住在鸟之云了，我开始思考冬天怎么办。但我决定住得尽可能久一些。

我们又一次不情不愿地招待了来自河上游的一大群奶牛。它们踩踏并破坏了德里尔刚刚播下种子的草坪,蹄印在两年后仍清晰可见。我们找了个篱笆匠,在牛群最爱的小岛周围临时架上了电热丝,并安排这位新篱笆匠用Ａ字护栏把河的北岸和小岛整个围住。奶牛们会试着冲过铁丝网,甚至越过它——这些大型生物在自己想跳的时候能蹦得相当高——但它们对牢固的木质Ａ字护栏会多几分敬意。

到27日,大多数候鸟都离开了。我想起了9月早些时候和几个朋友在绿山露营的事。从那里,我们能俯瞰红色沙漠,还辨认出了古时的公共马车道和几群野马。我们徒步了一圈,注意到有不少鹰。上午的时候,我们意识到鹰正在全面迁徙。那天,数百只鹰从我们头顶飞过,速度很快,迁得认真又专注。灰噪鸦也很专注,但不是专注于迁徙,而是专心地用松树种子填满它们巨大的储藏室。它们会一粒接着一粒地把种子塞进自己的嗉囊里,然后带回自己的秘密储藏处。有只聪明的灰噪鸦,它想让自己的嗉囊超负荷运载,便在自己装得满满当当之后,跳到一块巨石顶上的小水坑里,抿上几口水,把种子弄湿,再接着搜集种子。

到10月中旬,大多数鸟儿都已动身南下。草地鹨是最后离开的。金雕去了别处,虽然可能还是在这一带。白头雕有一项重要工作——它们要在离河更近的杨树上建一座新巢,那里离我们的房子也更近。一只雕空运来满满两爪子碎干草,大概率

237

是从 TA 牧场的干草垛上偷来的。跟旧巢不同，这座新的雕巢非常醒目。我很担心夏天来河上漂流的那些人。还在不久前，本地的牧场主见雕就杀，连吃鱼的白头雕也不放过。这些鸟在想什么？它们打算直接从窝里捕鱼吗？当然，这对雕已经表达得很明确，比起隐私和离群索居，它们对河上的往来，还有我们在房子周围做什么更感兴趣。和人类一样，鸟类的世界也是无奇不有。对我们来说，这应该是很好的观雕机会，即使到了枝繁叶茂的季节也不会再有什么阻碍。几个星期以来，它们就像鸟类中的詹姆斯帮，跑前跑后搬运筑巢材料。材料主要是树枝，还有一段长度颇为危险的橙色细线，它可能会缠住在巢里乱跑的雏鸟。施工期间，它们偶尔稍事休息，去悬崖的东端捕鱼。如果金雕在家，它们便不会去了。但金雕真的离开了吗？一连下了好几天的雨和湿雪，县道成了一摊滑溜溜、油腻腻的泥浆。11 月第一天的傍晚，我沿着河边的栅栏散步。当我接近大鸟巢时，悬崖上传来了一阵呵斥："蠢货，快滚！"原来金雕在它们的凹槽卧室里。

天气渐冷，晴朗无风，我自新英格兰的童年时代起便很喜欢这样的日子。这一带的陌生访客毛腿鵟在田野间狩猎。白头雕做了件很不寻常的事情——它们对毛腿鵟穷追猛打，宣示自己的领土主权。毛腿鵟逃之夭夭。新窝看上去又大又宽敞。感恩节后的第二天，一只北美星鸦在一棵德里尔栽的灌木上出现了一小会儿，但它的脸上有深色的花纹，像个小小的黑色面具，看起来又有点像只灰噪鸦。尽管光看躯干和翅膀的话，这完全就是北美星鸦。它只在我眼前出现了短短几秒钟，然后就蹦走了，但我似乎经常看到一些跟西布利的插图有些微妙差异的鸟。

快到月底的时候，一小股暖风推来大片的云。一只白尾鹞途经公牛牧场上空，用它最慢的速度低空向前，几乎是擦着草尖在飘。然后它落在远处的草地上，离开了我的视线。再一次升入空中时，它借着风势飞得更高了。一天早上，白头雕中的一位往它们的新巢搬了根大树枝。树枝又长又笨拙，为了安置好它，白头雕不得不在巢的背面盘旋，在同伴的帮助下从后面把它踹进去。这真是一座大巢。几个小时后，一只大胆的渡鸦飞过来，停在白头雕捕鱼树西侧的树枝上，离雄鸟约20英尺。双方都有点不安。渡鸦假装淡定，伸了伸翅膀。雕从一只脚倒腾到另一只，仿佛在嘀咕着："这蠢货在我的树上做什么呢？"大个子雌雕飞了过来，停在它的伴侣身边。它刚刚落下，渡鸦就飞走了。

下午，平静了四天的风又刮了起来。金雕十分享受这点，它们翱翔高空，直到仿佛与那片蓝色融为一体。这像是某个《一千零一夜》故事的相反面。在那个故事里，有人在逃跑时回头，先是看到一个沙砾大小的东西在后头追赶，过了一会儿再看，看到了一个扁豆大小的物件。后来，追兵变成甲虫那么大，再是兔子，最后成了一只骑在疯骆驼上流着口水的恶魔。而在我的眼中，金雕先是缩小成知更鸟那么大，再是鹟鹩，然后是蜂鸟，最后成了小昆虫，成了浩瀚苍穹中的一粒粒尘埃。在灰茫的暮色降临前，白尾鹞回来了，但误入了悬崖上的敌方领空，一下子被四只渡鸦又追又咬。突然之间,仿佛专业人士从指间变出一组黑色折纸,又有一对渡鸦冒了出来。随着夜幕从东边张开,一轮满月升起,照亮了大片大片的薄云,像是为自己那白皙却有凹痕的脸覆上了布匹。

真是太惊人了!在翻阅一本关于怀俄明野生动物保护的大部头时,我看到一张全页照片,照片拍下了我家的悬崖,对面是雏雕站在沙洲上盯着往来的小鱼。照片摄于19世纪末,但现在看来没有任何变化。跟怀俄明其他许多地方一样,什么都没变,完全一致。几年前,玛丽·马尔和道格拉斯·B.休斯顿整理了一批19世纪拍下的黄石的照片,他们找到了那位已故摄影师的拍摄地点,拍下一些新的照片作为对比。① 肉眼可见的只有一些非常微妙的改变。在好几张照片里,同一批树——它们通常长得更高更大了,也有的已经倒在地上——仍在原地。几乎所有的照片都跟现在的场景高度一致。

11月戛然而止,在雪花刺痒又新鲜的气息里,12月开始了。降雪量有7到8英寸。我曾希望这个月一直无雪,但看起来这点希望已经破灭了。严重的窦性头痛夜复一夜地折磨着我,应该是饮食中的什么东西让我过敏了——是什么呢?白头雕不断把它们的新巢弄得更蓬松。西边 TA 牧场上的奶牛有一种特定的吃草方式——它们会叼起一捆草,再猛地把它扯向一侧。我想,牧草到了这个季节往往都能断得很漂亮。白头雕们喜欢在清晨

---

① 玛丽·马尔和道格拉斯·B.休斯顿,《黄石与时间生物学:跨越一个世纪的照片》(诺曼:俄克拉荷马大学出版社,1998年)。

收集筑巢材料。天色刚亮，我看到一只雕朝奶牛俯冲下去，抢下一丛断草，然后运回窝里——这几乎是从牛口夺食。早起的鸟儿有床垫材料领。

在修订完红色沙漠的书之前，我都无法离开鸟之云，但风雪不断袭来。没什么时间观鸟了，取信件和物资也成了冒险行为。通常我会把旧丰田挂上低速挡，冲过积雪堆，但有几处的雪被风拍成了坚不可破的吹积物，结结实实地把我困在了县道上。我试着快速穿过一座5英尺高的雪堆，它看起来很松软，相较深冬时的大雪堆来说也并不大。结果，我被高高顶在一个雪堆成的硬实底座中央，四个车轮都腾空了，全靠詹姆斯帮再一次用铲子、咒骂和强大的牵引带挽回局面。圣诞节前又下了一场雪。大雪深厚又美丽，安静地躺在难得的平静中。英雄的太阳露了一刻钟的面，便像受了伤似的落了下去。雕和鹊鸭是周围仅存的鸟类。黄昏时分，我滑着雪去了杰克溪的桥上。雾气从河面升起，悬崖似乎正在融化，崖顶在摇荡的泡沫之上飘荡。

第二天早晨，天气极冷，昨夜的雾气已化作树和灌木上的霜。在熹微的晨光中，它们披上了一层柔和的粉紫色。悬崖呈粉调的米色，仿佛穿着一件桃皮绒的外套。牧场里，黑色的奶牛挤在干草堆周围，它们的皮毛和柳枝一样覆着一层霜。太阳照亮了世界的边缘，风一往无前，玫瑰蜜桃色的雪山被渐次点燃，化作一场炫目的爆炸。杰拉尔德来了。他在雪中凿出一条小路，这样我就可以出门了，但我无处可去。目前是这样的。

又过了一天，还是很冷，中午也只有零下12度。整个上午

241

都在下雪,杰拉尔德又过来一趟,敲打了一番,让小路保持畅通。白头雕沉着地坐在它们的树上,透过窄窄一道没有结冰的河面盯着水下的鱼。这一天是在一种紧迫感中结束的。杰拉尔德还能让车道顺畅多久？我还能在这里待多久？

我一直坚持到了12月的最后几天。气温约零下15度,雪踏上去咯吱作响。上午晚些时候,我看见那对金雕高高飞过悬崖,在凛冽的空气里玩耍。又开始下雪了,我决定第二天试着从这里出去。小路被雪半堵着,即使是杰拉尔德也无法再让它保持长时间的畅通。如果明天不离开的话,我想自己将会在这里与世隔绝很长一段时间,被牢牢关在这条无法通行的道路尽头。我把行李塞进旧丰田,逃往新墨西哥。

在鸟之云的第一年就这样结束了,这也是我在这里度过的唯一完整的一年。3月,我又回来了。后来,我又在好几年的早春来到这里,一直住到阻路的大雪把我赶走。但我不得不面对这样一个现实:无论我多么爱这个地方,它并不是,也永远不会是我梦想中的那个最后的家。

后记

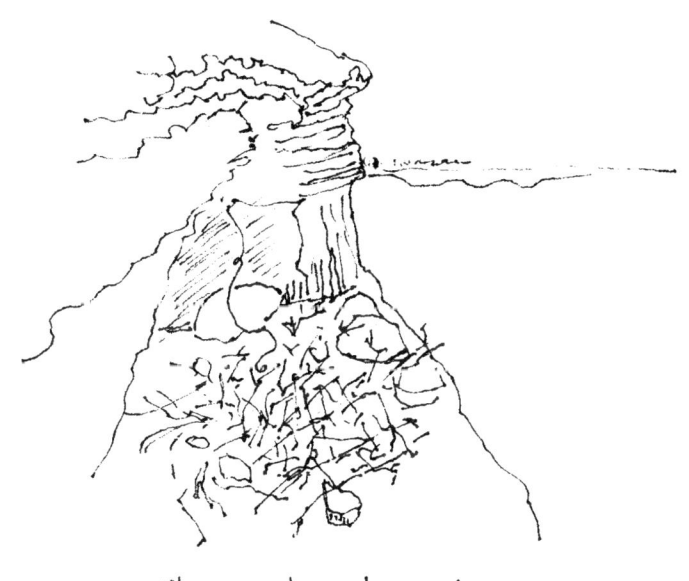

The ruined eagle nest

  2010年4月，我回到鸟之云，了解悬崖上鸟儿的生活近况。如果你也观鸟，你很快就能意识到它们的生活有多么危险。即使对这些耐寒的生物来说，怀俄明的冬天依然相当艰难。然而，比天气更为致命的是人类的陷阱和工具，大多数情况下，你根本不知道发生了什么。金雕不在大巢里，原因不得而知。

到了白头雕巢——它的体积几乎又扩大了一倍——我看不到孵蛋那只雕的脑袋,尽管它们之中应该有一只在那里。一只白头雕坐在它们最中意的捕鱼树上,我一踏出屋子,它便飞了过来。还是那么好奇。但日子一天天过去,我只看到了那一只雕,从未见到两只一起。雕巢看起来空着。后来,落单的那只也不见了。

杰拉尔德修好了去年秋天坏了的布什·霍格割草机,并决定把入口车道的边缘都修剪了。他在栅栏外TA牧场的那一侧发现了一只雕的翅膀和残骸。尸体位于鸟之云新的安全电线下方,那是本地的电力合作社在2004年架设的。杰拉尔德认为这可能是一只金雕,但当我察看残骸时,发现硬草间卡着那么多闪亮的白色颈羽。我就知道,这果然是那对白头雕中的一只。我们不知道它究竟是怎么死的。

雕从不浪费时间流泪。落单的那只白头雕消失的第二天,我远远看到西边的天空上有两道极小的鸟影,它们一飞冲天又俯冲直下,收紧利爪,复又在空中翻滚。我立刻意识到那只孤雕已经找到了一位漂亮的寡妇,或是一位未曾婚配的年轻同类。天快黑时,它俩双双向悬崖飞去,很显然,孤雕在向它的新婚妻子展示自己的地盘。突然,那只新来的雕腾空而起,朝西边飞去,孤雕也追随而去。我以为雌雕不喜欢这个地方。但在第二天早上,河边的树上停着两只雕。在这个季节建立家庭已经太晚了,心之所望要推迟实现,对野生动物来说也是常有之事。

244

理想之家的 A、B 面

(译后记)

《鸟之云》是安妮·普鲁全职写作之后少有的非虚构作品，是一个关于年迈的女作家为自己建一座终老之所的故事。用作者的话来说，它"融合了历史、鸟类和动物观察、土壤和水、珍稀植物、考古、围栏问题、盖房子的成败与艰辛，还有一些自然保护工作 —— 是一本介于回忆录和观察记录之间的东西"。

跟普鲁凌厉的小说风格相比，《鸟之云》更有些传统意义上的细腻女性风味。她从自己父母的家族史写起，写自己辗转住过的各色宅子，在怀俄明山间第一栋房子的失败，一直到相中这块地的心路历程 —— 与其说是筑巢的故事，倒不如说是借房子聊一聊自己的来处。

鸟之云位于怀俄明州北普拉特河边的峭壁脚下。取这个名字，是因为在一个怀俄明典型的大风天里，普鲁开车路过那里时，望见天空中云朵的形状像一只巨大的鸟，"头、喙和胸部在落基山上空隐约显现"。

这块土地既不通电也不通电话，只有一条土路与外界相连，但她深深爱上了这里，花了两年时间建起了"一座与自己兴趣、需求和性格相称的房子"，计划在此终老。

她为自己的写作生活安排了"一个大房间来摆放桌子、文件柜、地图箱、写字台、书架、办公用品、图书归类台和账簿桌"；也希望厨房的橱柜和抽屉有"红色、紫罗兰色、海蓝色、焦橙色、钴蓝色、酸橙色、砖红色、约翰·迪尔绿和鲣鱼蓝"。主卧的浴室里有日式的浴缸；橱柜的把手由麋鹿角制成，"漂亮，与人的手掌十分合衬"；用来收雨水的金属盘在雨雪融化后会向二楼的天花板投去粼粼的波光，仿佛"液体的云纹"。

如果对成品好奇的话，互联网上留下了一些鸟之云的照片，有兴趣的读者可以自己搜索一二。能看到浅色峭壁之下那座形如箭头的窄长房子，几经周折才铺上的"极似大西洋深处的海水"的地砖，会因为膨胀收缩发出"咔咔"声的聚碳酸酯窗户，大门上方壁龛背后的无头女身艺术品（我个人是真的很好奇），还有作家心心念念的大工作台和书架——她曾告诉媒体，自己在鸟之云的藏书大概有五万多册，"这座房子的核心和精华，就是屋里的五十二个书柜"。

在《巴黎评论》2009年春季刊的一篇访谈里，记者克里斯托弗·考克斯采访了安妮·普鲁，记录下她搬入鸟之云之后的一些生活细节，可视作本书的第三方角度补充叙述。

"来这儿可不容易。"普鲁在给记者的电子邮件里这样说。她亲自去最近的萨拉托加镇接人。路上，他们遇见了"一只狐狸、一只金雕和一头在三齿蒿树丛里飞奔而过的郊狼"。

"普鲁的房子是新建的：屋顶铺了太阳能电池板，屋侧还搭起一间内容丰富的温室。时值夏末，厨房的台子上摆满了刚刚采摘的西红柿，作家打算把它们做成冬日的酱汁。厨房那头是个大房间，内有一张写字台，金属书架上摆着数百本书。"这篇稿件描写道。

记者也提到，普鲁对她的图书收藏相当自得，它们按照她的个人趣味分类摆放：水资源、火灾、皮货交易、海事、河上旅行、各种门、纺织品、牛仔竞技、畜牧业、死亡、户外和印地安战争，还有一个法语标示的区域是她自己的全部作品。

《巴黎评论》说，普鲁在厨房里架了一部望远镜。一群喜鹊飞来起居室的窗前朝里看，她解释说："可能是你这张陌生的脸吸引了它们的注意，所以要来检查一下。"访谈结束之后，普鲁开车载着记者去了她家和北普拉特河后方的峭壁顶上，从那里可以近观金雕筑在悬崖一侧的巢。一路上，他们只碰见了一辆货车。两车交会时，普鲁说："今天可真有些堵。"

作为一个年近七旬的老太太，普鲁展现了惊人的精力和创作力。在为建房奔波和频繁的徒步、考古之旅外，她笔耕不辍，在搬入鸟之云之后出版了短篇小说集"怀俄明三部曲"的最后一部《随遇而安》，还为怀俄明的红色沙漠地区写下了随笔录《红色沙漠：一个地方的历史》，也就是书中所说的那本"关于红沙漠的书"。

《鸟之云》里也有普鲁作品的来处。"自然景观是我写作的一

247

切动力。"她曾告诉媒体,"故事的地点是第一位的——这个地方是什么样的,为什么会这样,地质情况如何,主要气候是什么么,天气怎么样,人们如何谋生,地里种植着什么,有什么动物。我会先研究这些事,然后故事就出现了,因为地点决定了会发生什么故事。"

书中反复出现了许多她过往作品中熟悉的元素:牧场、高山、森林和牛仔间的恩仇;纽芬兰、魁北克、潘汉德尔(长条地)、夏延,还有拉勒米。而她着墨最多的,还是怀俄明的凛冽狂风。"在鸟之云,时速70英里的狂风在冬季并不罕见,而时速100英里以上的那种,每个季节都会来那么几回。"在《鸟之云》中与它们再次相遇,既有故友重逢的亲切,又仿佛得到了一块新的拼图,为普鲁的小说世界添上一角。

而如果说"飞鸟相与还"的理想山间生活是鸟之云的A面,那它的波折和破灭则是这个故事无法忽略的B面。普鲁曾在书中罕见地聊到自己,说自己性格中有"负面的部分——专横、缺乏耐心、寡言、急躁又固执",但也"善于观察,能快速做出决策","时常自不量力,愿意去领悟,也爱尝试困难的事情"。在怀俄明的山间建一座理想中的房子无疑是"困难的事情"之一。《纽约时报》2011年的一篇书评曾说,《鸟之云》是安妮·普鲁"为建造自己的梦想之家而进行的西西弗斯式斗争"。

在风急天高的怀俄明建房,仿佛是一部美国西部版的《克拉克森的农场》,想法和问题都很多。反复搞砸的混凝土地板,不断超支的预算，漂亮却傲慢的浴室水槽，怎么都搞不定的围栏，乡村拖沓的施工效率——正如她自己所说，"延期和漫长的等待正是盖房子这件事的一部分"。

然而，一波三折地盖完房子之后，普鲁并没有迎来一个"从此过上了理想中的生活"的故事结尾。她轻信了房产经纪关于冬季道路维护的保证，而这条进出牧场的唯一的路成了鸟之云的阿喀琉斯之踵。每到冬天，它就被大雪和狂风牢牢封住，作家不得不从搬去的第二年开始，像候鸟一样去别处过冬。

这样的生活对独居的老人来说确实有些难以持续。在本书出版那年，也就是2011年，鸟之云被她以370万美元的价格挂牌出售，当时的一些书评家对此颇有微词。她本人始终非常犹豫，出售也不甚顺利。几经周折，她最后应该是在2014年前后把鸟之云售出，结束了与狂风和飞鸟相伴的生活，搬去华盛顿。

世事有时就是这么玩笑。倾其所有、破除万难，全力抵达了理想之地，却为早已预先埋下且人力无法改变的重大缺陷而不得不放弃。在开工前列出小小利弊清单时的内心煎熬，事后想来，究竟是对理想的考验，还是命运的最后暗示？

今时今日，在互联网上依然能找到怀俄明当地的地产中介转让鸟之云的历史痕迹，最近一次的挂牌价为550万美元。中介在资料中介绍说，它是一块"私密性良好，拥有标志性的悬崖、丰富生态多样性以及专业自建房屋"的地产。

有时候真有点好奇，不知现在住在鸟之云的是何方神圣，又在过着什么样的逍遥生活；不知新主人搬进去时是否接受了喜鹊的集体检阅，也不知金雕和白头雕是否还住在各自的地盘，是否还会从高空中朝奶牛俯冲下去，抢走它们口中的断草为自己筑巢。

陈雍容

2024年5月